BALADA DA PRAIA DOS CÃES

Do Autor:

De Profundis, Valsa Lenta

Balada da Praia dos Cães

O Delfim

José Cardoso Pires

BALADA DA PRAIA DOS CÃES

Grande Prêmio de Romance e Novela
da Associação Portuguesa de Escritores

Copyright © Herdeiros de José Cardoso Pires, 1968

Capa: Rodrigo Rodrigues
Foto de capa: Charles Peterson/GETTY Images

Editoração: DFL

2009
Impresso no Brasil
Printed in Brazil

CIP-Brasil. Catalogação na fonte
Sindicato Nacional dos Editores de Livros – RJ

P743b	Pires, José Cardoso, 1925-1998
	Balada da praia dos cães/José Cardoso Pires. – Rio de
	Janeiro: Bertrand Brasil, 2009.
	368p.
	"Grande Prêmio de Romance e Novela da Associação
	Portuguesa de Escritores"
	ISBN 978-85-286-1414-5
	1. Romance português. I. Título.
	CDD – 869.3
09-5887	CDU – 821.134.3-3

Todos os direitos reservados pela:
EDITORA BERTRAND BRASIL LTDA.
Rua Argentina, 171 — 2º andar — São Cristóvão
20921-380 — Rio de Janeiro — RJ
Tel.: (0xx21) 2585-2070 — Fax: (0xx21) 2585-2087

Não é permitida a reprodução total ou parcial desta obra, por
quaisquer meios, sem a prévia autorização por escrito da Editora.

Atendimento e venda direta ao leitor:
mdireto@record.com.br ou (21) 2585-2002

Balada da Praia dos Cães:
um romance em suspeita

*Lisboa, esse vulto constelado de luzes frias do
outro lado do rio é um animal sedentário que
se estende a todo país. É cinzento e finge paz.*

José Cardoso Pires surge na literatura portuguesa com
Os caminheiros e outros contos (1949), e, na sua longa jornada
com cerca de 20 livros, por ora finalizada com *Lavagante
encontro desabitado* (2008), texto publicado dez anos após a
sua morte, ele desvia-se da narração tradicional com sua
sequência lógica, envereda pela alegoria, cria personagens
ímpares e atmosferas densas. Um estimulante convite ao
leitor, envolvido por narrativas insólitas que o distanciam
de formas padronizadas, inserindo-o em um universo
textual onde é chamado a traçar seus próprios percursos.

Conhecedor da história de seu país e apresentando uma
visão essencialmente crítica a respeito dos caminhos que se
abriram e que se fecharam no processo evolutivo da vida
portuguesa, Cardoso Pires entrelaça intrincadas situações,
instigando-nos a percorrê-las em busca dos diferentes
episódios transfigurados em seus textos e a desconfiar não
só do discurso histórico, mas também do que se instala no
próprio âmbito da ficção.

Na complexa rede textual do escritor, desafia-nos, singularmente, *Balada da Praia dos Cães* (1982), romance que realiza um movimento contínuo no qual a matéria histórica é metamorfoseada num processo de construção narrativa que entrecruza diferentes vozes: a dos jornais, dos arquivos policiais, dos autos, dos relatórios, das personagens e a voz de um narrador profundamente irônico, figura tão misteriosa quanto o romance e que tem provocado algumas discordâncias entre os estudiosos deste livro.

Em sua primeira página, o romance simula o laudo da autópsia de um cadáver encontrado na Praia do Mastro em 3 de abril de 1960 e, na sequência, transmuta algumas informações trazidas pelo jornal *Diário Popular* de 31 de março e 1º de abril. A partir daí, principia a narrativa propriamente dita, subdividida em duas partes: a investigação, iniciada em 7 de maio, e a reconstituição, em 8 de agosto, articulando-se na estrutura romanesca as fases de um processo-crime.

Parodiando a narrativa policial, *Balada da Praia dos Cães* reconstrói o assassinato do ex-capitão do exército José Joaquim Almeida Santos, cujo corpo foi localizado na Praia do Guincho em 31 de março de 1960, acontecimento relatado quase que diariamente, durante três meses, por alguns jornais da época — *Diário da Manhã, Diário Popular, Diário de Notícias* e *O Século* —, constituindo o que se poderia considerar a versão oficial do crime. Foram responsabilizados pelo assassinato o oficial miliciano médico Jean Jacques Marques Valente e o cabo António

Balada da Praia dos Cães

Marques Gil, que receberam pena de quase 20 anos de prisão, e a amante do ex-capitão, Maria José Maldonado Sequeira, de 16 meses, por ter acobertado o caso.

Na prisão, o médico escreve um diário que, por intermédio de uma amiga, é entregue a Cardoso Pires. Tendo por fonte essas páginas, os jornais da época e, posteriormente, os processos da Polícia Judiciária e da PIDE, o autor compõe o seu romance e, de imediato, é possível verificar alterações quanto ao local onde o corpo foi encontrado, aos nomes das personagens, ao lugar onde se refugiaram e ainda em relação à forma como se procedeu o assassinato e às circunstâncias em que os envolvidos no crime foram capturados. O tempo transcorrido no romance foi também prolongado, nenhuma das datas correspondendo exatamente às dos jornais, variando ainda o enfoque dado a determinadas personagens, como o chefe das investigações, que ocupa posição diferenciada na narrativa, enquanto na imprensa aparece apenas como uma das pessoas encarregadas do caso.

Na transposição da realidade factual para o universo ficcional, o ex-capitão José Joaquim Almeida Santos transforma-se no major Dantas Castro; Maria José Maldonado Sequeira em Filomena Joana Vanilo Athaíde (Mena); o aspirante-médico Jean Jacques Marques Valente no arquiteto Renato Manuel Fontenova Sarmento; sua mãe, Renée Marie Roux Marques Valente, em Marta Aires Fontenova Sarmento; o cabo António Marques Gil no cabo Bernardino Barroca; o advogado Cunha Leal no Dr. Gama e Sá; o chefe de brigada da Polícia Judiciária José Saraiva Teixeira no chefe de brigada Elias Cabral Santana; o inspetor Franciso Correia das Neves no inspetor Manuel F. Otero; o agente Urbano no agente Silvino Roque.

Resguardadas as devidas diferenças, que atestam o processo de elaboração artística, é possível verificar no romance algumas passagens que permitem identificar de forma mais direta o texto-fonte jornalístico, devido à similaridade das situações. Em outros momentos, diferentemente, o texto ficcional distancia-se das informações dos jornais, na medida em que se serve da ideia geral ali contida, mas dá origem a uma nova sequência narrativa, o que pode ser observado na passagem que recria as especulações sobre os prováveis responsáveis pela morte de Almeida Santos. Enquanto *Balada da Praia dos Cães* joga com a probabilidade de se tratar de um crime político, os jornais vinculam a morte ao Partido Comunista, o que atende às diretrizes políticas do período salazarista, pois ao governo interessava, por um lado, aumentar a repulsa da população pelos comunistas e, por outro, afastar a possibilidade de o assassinato ter sido conduzido pela polícia política, implacável para com todos aqueles que contestavam o regime.

Um outro recurso adotado no processo de transfiguração das notícias converte a fotografia do jornal em escrita e, paralelamente, joga com os subtítulos. Além das notícias relativas ao crime, outros acontecimentos da época e até mesmo propagandas são mobilizados dentro do romance.

Balada da Praia dos Cães

Ao lado das transmutações acima consideradas, perceptíveis no confronto entre o romance e as fontes documentais, e que por si sós já afirmam o mecanismo de construção irônica, visualiza-se uma forma de composição entrecortada, uma vez que se desenvolve uma linha narrativa a partir do início da investigação do chefe de brigada Elias Santana em função da descoberta do cadáver e que se entremeia aos acontecimentos passados, ou seja, transcorridos entre a fuga do major do forte de Elvas e a sua morte. Entrecruzam-se no romance indicações contidas no Processo Dantas C., elaborado por Elias, declarações de Mena e do Dr. Gama e Sá durante os interrogatórios, relatórios, apontamentos, autos, notícias de jornais, num procedimento de montagem caótico que não segue a ordem dos acontecimentos, entretecendo espaço e tempo distintos.

A primeira parte do romance (a investigação) é composta de 6 capítulos, alguns deles subdivididos em diferentes sequências, introduzidas, em geral, por títulos elucidativos do assunto a ser tratado. Tipos gráficos distintos acompanham toda essa diversidade narrativa. A segunda parte (a reconstituição) é sintética; não traz divisão por capítulos numerados, apresentando apenas alguns títulos, não se detectando a estrutura entrelaçada da primeira parte, o que se amolda ao conteúdo aí configurado, uma recons trução do passado de forma mais ordenada, visto que Elias já tem traçado o perfil do crime. O romance traz ainda um apêndice e uma nota final assinada pelo autor, que esclarecem situações intrarromanescas, estabelecendo um vínculo com as fontes documentais, mas, paralelamente, essa ligação é atenuada em virtude da especificidade que caracteriza o texto literário.

VOZES EM DESACORDE

A estrutura multifacetada de *Balada da Praia dos Cães* é homóloga ainda à heterogeneidade de vozes de personagens que se entrecruzam e particularizam diferentes posicionamentos no contexto narrativo, que se constitui, portanto, por um mosaico de visões.

Um primeiro tipo de manifestação pode ser identificado pela voz de testemunhas, como é o caso do pedreiro que chegou a ver Mena nua em uma janela da Casa da Vereda (lugar que serviu de esconderijo após a fuga do major do forte de Elvas), e de uma comerciante de aves que alugava apartamento para Dantas Castro e que se sentiu lesada por ele ter-lhe ficado devendo e por ver as paredes do seu imóvel marcadas por frases obscenas. Em um outro nível, encontram-se as declarações de Aldina Mariano, que viveu durante alguns meses com o arquiteto Fontenova, de Maria Norah Bastos d'Almeida e de Francisco Athaíde, amiga e pai de Filomena, respectivamente. Ainda em um outro patamar, distinguem-se as declarações do advogado Gama e Sá e de Mena, cujo interrogatório se alonga por desejo de Elias, que fica inebriado com a beleza e a sensualidade da amante do major.

Balada da Praia dos Cães

Também o agente Silvino Roque tem voz no romance, seja nas conversas com Elias, seja ao reconhecer que Mena fez a confissão completa do crime já no segundo interrogatório. Distingue-se ainda o inspetor da Polícia Judiciária, Otero, que estabelece diálogos com Elias, com um coronel da Polícia Militar, e faz considerações sobre o acúmulo de material que Elias deveria ter em seu poder e que não veio à tona nos volumes escritos por ele.

Elias Santana, também conhecido por Covas, aparece no início do 1º capítulo caracterizado de forma bastante negativa pelo narrador. É ridicularizado pelos seus traços físicos e no exercício de sua profissão, tendo em vista a desconfiança instaurada ao se focalizar a investigação por ele conduzida: Covas arquiteta o interrogatório de Mena, faz conjeturas em função das declarações dela, vai desenrolando os fios emaranhados conforme lhe convém e, assim, alinhavando os dados para a confecção do processo. Deixa-se ainda levar por divagações, imaginando cenas eróticas em relação a Mena, que se torna objeto de desejo, uma obsessão do chefe de brigada, e que se amplifica devido à distância e ao desprezo que ela parece assumir diante dele. O incômodo sentido por Covas liga-se ao aparente desleixo de Mena, ao seu ar intelectual, à sua postura diante dele e dos fatos, à sua falta de pudor ao descrever seu envolvimento sexual com o major. Essa figura de mulher independente e liberal, ao mesmo tempo que perturba os valores conservadores do detetive, atiça seu desejo.

Institui-se uma espécie de jogo de poder entre interrogador e interrogada: de um lado, o detetive tenta pressionar Mena em função de suas visitas repentinas, obrigando-a a repetir várias vezes a mesma história, impedindo o seu sono, etc. de outro, ela, talvez percebendo a atração que causa em Elias, a utilizar seu corpo para transtorná-lo. Se, a princípio, ele demonstrava ter controle sobre a situação, começa a se sentir constrangido na presença da personagem feminina.

A imagem que se constrói de Mena no romance decorre do contato entre ela e o detetive durante os interrogatórios, dos relatos que faz a respeito dos acontecimentos que ocasionaram a morte do major e dos vários depoentes em relação a ela. Depoentes que se distinguem substancialmente, pois, de um lado, estão os que a denigrem e, de outro, os que demonstram simpatia por ela, diferenciação que nos possibilita identificar uma postura mais conservadora em uns e mais liberal em outros.

É principalmente por meio dos depoimentos de Mena que a figura do major vai se esboçando, a que se acrescenta a imagem proveniente de um panfleto da Frente Armada Independente (FAI) e também a maneira como Elias o vê.

Para Elias, o major é um mistério, um enigma, um rastro, pois o que se tem são apenas relatos, e ainda por cima diversificados, sobre ele. Se, por um lado, a imprensa constrói uma imagem negativa do major, por outro, o panfleto da FAI descreve-o como um militar corajoso, honrado e audaz, que não manifestava interesse por política, mas que,

Balada da Praia dos Cães

ao se sentir indignado em virtude do estado de subserviência imposto ao povo e ao exército pelo regime salazarista, participou de um levante militar. Esse panfleto, distribuído à população, além de sair em defesa do major, questiona o rumo das investigações.

O perfil do major que se infere dos relatos de Mena é o de um homem de ação, bom amante e machista. Constata-se o primeiro aspecto por meio dos relatos de suas aventuras na África e pela sua atitude de desprezo em relação aos que adiam a tomada de ação, invocando a lógica. A sua característica de amante é depreendida principalmente em função do relacionamento fervoroso que ele e Mena mantêm, primeiramente, no apartamento alugado por Dantas e, depois, na Casa da Vereda; pelo recorte de um conto erótico que o major envia para Mena com uma dedicatória na qual faz referência ao fato de eles já terem feito algo semelhante; por um relatório da PIDE que menciona vestígios de esperma no carro do major.

O machismo de Dantas é perceptível no seu ciúme por Mena, o que o leva, algumas vezes, a tratá-la como uma propriedade sua e a recorrer à violência, violência que poderia estar vinculada a um problema de impotência sexual que, segundo Mena, ele passa a manifestar.

O comportamento autoritário do major em relação à amante estende-se ao cabo e ao arquiteto, e, ao querer impor unicamente a sua vontade, não aceitando as opiniões dos outros, acaba por agravar as tensões na Casa da Vereda, o que culmina no seu assassinato.

A tentativa do major em firmar seu poder permite-nos sugerir que ele passa a construir um sistema autoritário semelhante àquele a que se opõe, podendo-se considerar a Casa da Vereda como um Portugal em miniatura, local onde imperam o medo, a perseguição, a vigilância. De acordo com essa perspectiva, o seu assassinato pode ser equiparado até mesmo à tentativa de golpe em que participou, com a dife-rença de que o "golpe" contra a existência do major teve êxito, pois os que viviam sob o seu domínio de terror conseguiram se libertar.

Entre as personagens que povoam *Balada da Praia dos Cães*, destaca-se ainda o chefe de Elias, inspetor Otero, ambos representantes da Polícia Judiciária, uma das polícias portuguesas que, juntamente com outras, constituem o modelo de repressão do governo ditatorial, apresentado no romance segundo a visão do narrador, que se mescla às vezes com a de Elias. Otero é ironizado, principalmente, pela sua pretensa intelectualidade e pela sua atitude subserviente no que diz respeito às intromissões da polícia política (PIDE) nas investigações do caso Dantas, o que indicia o seu relacionamento "amigável" e interesseiro com outros organismos opressivos do sistema salazarista.

A voz do narrador e de Elias se entrelaçam em outras situações, destacando-se a passagem em que Elias aparece lendo o *Diário de Notícias*. Por trás de sua leitura, manifesta-se o narrador, que questiona o teor das notícias ali contidas, aproveitando a ocasião para ridicularizar a função decorativa

Balada da Praia dos Cães

do presidente Américo Thomaz, mais um marionete de Salazar.

Ao lado das vozes das personagens e do narrador, também desponta a dos jornais: é a voz direcionada, que só pode propagar o que é permitido e convém ao governo totalitário, tornando-se um veículo desacreditado. No romance, a indicação de que foi segredado à imprensa que desviasse o caso do major para o crime comum e a expressão "jornais amestrados", que demonstra o quanto existe de coisificação ou desumanização, em que tudo perde a sua essência ou legitimidade, pois até jornais se transformam em bichos manipuláveis, revelam de modo sarcástico a interferência dos censores: não se poderia deixar nenhum rastro que possibilitasse vincular o crime à PIDE.

Sob uma outra perspectiva, ou seja, às claras, pois proveniente de uma personagem que não compactua com o sistema, evidencia-se a adjetivação utilizada pela amiga de Mena para caracterizar os jornalistas: "sinistros", "repelentes", destacando-se também a sua afirmação veemente de que existe censura, tanto é que os jornais já trazem impresso "Visado pela Comissão de Censura".

A propósito de um panfleto que chegou até Elias, um "discurso ao invés, porrada nos altos chefes, porrada no Salazar ... Corrupção nas Forças Armadas", e que alertava para o fato de o major ser "um pseudo-homem-de-ação ... *Um Provocador a Soldo do Governo*", surge a reflexão irônica de Covas, aliada à voz do narrador, a respeito da supressão ou desvirtuamento de determinados acontecimentos por parte dos jornais, que camuflam, assim, os fatos que não interessava difundir.

Semelhante aos jornais, o rádio é outro meio de comunicação controlado pela censura ("voz engravatada", como diz o romance), e apenas notícias irrelevantes ou que visam revigorar o sistema vigente e, por extensão, combater os que não lêem a cartilha do salazarismo são veiculadas. Assim, a par do noticiário que "está a falar, na caça às raposas do Thomas presidente e no Te Deum a que ele assistiu... pela conversão dos hindus", Elias ouve uma voz que diz: "Deixai vir a mim os pequeninos... mas não é ninguém, é só o famigerado capitão Maltês, armado de viseira, escudo e bastão numa das suas caçadas aos estudantes e disso não fala o noticiário." Neste último trecho, o que jamais seria divulgado vem à tona por meio de um processo de composição que traz parodicamente as palavras bíblicas e as características aterradoras de Maltês Soares. Uma estratégia que espelha a do próprio governo salazarista, cujo discurso está filiado a princípios religiosos para cativar o povo, povo que se sente permanentemente amedrontado em virtude da constante vigilância exercida pela polícia política, cuja teia sinistra é revelada em *Balada da Praia dos Cães*.

Ao longo do romance, vão sendo desmascaradas paulatinamente as arbitrariedades desse mecanismo repressivo do governo salazarista: violação de correspondência, serviço de escuta, rede de informantes, métodos de tortura, infiltração de agentes entre presos políticos. Este último aspecto dá margem à utilização de outros recursos na narrativa, a nota de rodapé e o apêndice, e pode ser exemplificado pela referência do advogado Gama e Sá a Casimiro Monteiro, "um gorila da Pide", e que o major conhecera no período em que esteve na Índia a serviço. Partindo de uma situação intratexto, mas extrapolando-a, o autor fornece outros dados sobre Monteiro com o objetivo de mostrar seus atos hediondos.

Por meio dessa mesma passagem é fornecido ao leitor mais um informe relativo ao major: a sua possível ligação com a PIDE, o que também se depreende no texto do panfleto anteriormente comentado. O apêndice esclarece, entretanto, que essa ideia não tem fundamento e era o major que estava sendo vigiado pela polícia política, como comprovam os arquivos dessa entidade abertos depois da Revolução de 25 de Abril de 1974.

Apesar dessa informação externa, o romance joga com a dúvida. Dentro desse âmbito, pode-se pensar na desconfiança de Elias com relação a dois pontos: que a PIDE já tinha conhecimento do crime e não o revelou porque lhe era oportuno que o cadáver ficasse a cargo da Polícia Judiciária e que a denúncia do local onde Mena estava escondida teve a participação da PIDE. Causa estranheza também o fato de a polícia política estar praticamente ausente nos oito volumes do Processo Dantas C.

A PIDE e a censura constituem mecanismos-chave do governo de Salazar para manter o controle sobre a população, o que justifica a ênfase com que são focalizadas em *Balada da Praia dos Cães*, tendo em vista as circunstâncias do assunto narrado. Mas, paralelamente, o que se apresenta como mais significativo são os recursos de construção literária de que se serve o autor para revelar a feição de um país oprimido.

Os diferentes fatos relatados no romance aparecem de forma desordenada, constituindo um grande quebra-cabeça, cabendo ao leitor reunir as diferentes peças espalhadas nos diálogos, nas vozes das personagens, nas falas provenientes dos interrogatórios, nos panfletos, nos *dossiers*, nas notícias de jornais e do rádio, nas notas do autor, no apêndice e na voz do narrador.

Diante dessa miscelânea de dados, o leitor realiza um trabalho de investigação, semelhante ao do chefe Elias na tentativa de desvendar o crime, e, ao procurar montar o jogo, o que se tem, simultaneamente à história do assassinato do major, é um panorama de Portugal da década de 60.

A par da censura e da polícia política, já consideradas, depreendem-se questões referentes à Legião Portuguesa e à Mocidade Portuguesa, organismos paramilitares do governo salazarista; a militares que se identificam pela crueldade dos métodos adotados e ao império colonial português, merecendo destaque este último ponto em função da articulação narrativa construída em torno da perda dos territórios indianos de Gamão, Diu e Goa. A notícia é divulgada por meio de uma sequência de parágrafos que evidencia uma descontinuidade espaçotemporal, tendo em vista que

Elias faz uma conexão com um período anterior, distanciado três meses do momento presente, quando o major e seus amigos ainda se encontravam na Casa da Vereda. Essa conexão entrelaçada simula a gravidade do problema rememorado: a perda das colônias portuguesas na Índia, uma derrota perturbadora para Salazar, que não aceitava a independência do que ele astutamente denominava territórios ultramarinos.

Esse assunto retorna posteriormente no romance, e de forma ainda mais irônica, ironia que, aliás, se apresenta como um dos mecanismos de manipulação da linguagem mais utilizados pelo autor ao longo do romance, recurso que possibilita manifestar um posicionamento crítico em relação a um determinado período do passado histórico português, um passado nebuloso. Mas a linguagem retira essas névoas, ora escancarando as situações de modo mordaz, ora utilizando um pouco mais de sutileza. Complacência, nunca.

A composição diversificada e entrecruzada de *Balada da Praia dos Cães* conspira na mesma direção indefinida que envolve o caso do major, pois, se, por um lado, a narrativa de Cardoso Pires indicia a resolução do crime, pautando-se nas declarações fornecidas pelos envolvidos, por outro, a dúvida persiste pelas artimanhas da linguagem. O crime em si funciona como um artifício do escritor na tentativa de desenhar um quadro muito mais amplo e complexo: o de um país que vive encarcerado, haja vista a imagem final do romance.

SUBVERSÃO DO ROMANCE POLICIAL

Não encarcerado encontra-se *Balada da Praia dos Cães*, que rompe as amarras do gênero policial a que poderia estar relacionado. Se, de imediato, visualiza-se no romance de Cardoso Pires a estrutura dual a que se refere Todorov (1970) ao caracterizar esse gênero literário, ou seja, a história da investigação e a do crime, logo em seguida a proximidade é questionada se atentarmos para as particularidades que se infiltram nessas duas partes, a começar pela própria figura do detetive Elias.

Diante das considerações de Boileau e Narcejac (1991) a respeito dos detetives como personagens excêntricas, solteiras, com cacoetes e manias, diríamos que Elias extrapola os níveis normalmente observados nos romances policiais tradicionais. A sua excentricidade chega ao ponto de ele se empenhar em cultivar a unha do dedo mínimo, crescida e envernizada, com a qual brinca durante os interrogatórios, admirando-a. Esse pormenor, aliado à sua outra mania de se expressar por meio de frases prontas, acaba por tornar cômica a sua imagem.

Além disso, causam estranheza o animal de estimação (lagarto) escolhido para lhe fazer companhia e as conversas que estabelece com ele; a relação com a família morta, mantendo intocado o quarto dos pais e o da irmã, com os móveis cobertos por lençóis, lembrando uma casa fantasma;

as expressões ou frases carregadas de humor negro que ele inventa.

Por esse ângulo de visão, Covas parodia a figura dos detetives clássicos, pois, se nestes últimos o caráter excêntrico diferencia-os das demais personagens, colocando-os em um patamar superior, no caso de Elias, essa superioridade não se manifesta, ao contrário, o que se acentua é sua condição inferior e, de certo modo, desprezível.

Com relação ao fato de os detetives serem solteiros, acrescenta-se a Covas a solidão, a que se soma ainda a insatisfação no campo afetivo e sexual, o que dá origem a um tipo de comportamento depravado, mas que só se realiza enquanto verbalização e fantasia. E mesmo nessas situações ele acaba por ficar numa posição subalterna.

Diferentemente dos detetives dos romances policiais clássicos que parecem ser incapazes de amar devido ao seu cerebralismo, Elias distancia-se da relação amorosa por, inicialmente, coisificar a figura feminina e, na sequência, transformá-la em fetiche.

Um outro aspecto ressaltado por Boileau e Narcejac sobre o romance policial e que afasta o romance de Cardoso Pires desse gênero é a questão do rigor no método de investigação. Rigor que não existe em Elias, que se deixa levar pela imaginação e por especulações no seu trabalho não criterioso, pois muito "peculiar", de investigador dos fatos, o que é acompanhado de muito perto pelo narrador de *Balada da Praia dos Cães*. Este, sim, vai a fundo no seu trabalho investigativo de linguagem e, por meio de verbos, como "adivinhar", "conjecturar", "imaginar", e outros, revela a composição arbitrária de Covas.

Além de registrar as interferências de Elias no processo, o narrador demonstra uma atitude irônica em relação à personagem ao se referir a uma "leitura segunda", a uma "ética de leitura", adotada pelo detetive, na qual prevalecem a suposição e a manipulação, em vez das provas e evidências, ficando demarcada a parcialidade do seu julgamento.

Também a fascinação que lhe causa a amante do major durante os depoimentos deixa-o embasbacado, fazendo com que ele priorize muitas vezes o que não é fundamental para a averiguação do crime.

Todas essas circunstâncias apontam para as limitações de Covas no desvendamento do caso, o que é literal e metaforicamente assinalado no romance pela sua miopia, miopia que se expande pelo fato de ele ser funcionário público em um órgão policial que tem sua atuação restringida pelo sistema de governo ditatorial ao qual está vinculado. Mais um aspecto que o distingue dos detetives tradicionais, que, de acordo com Martin Cerezo (2005), não podem estar inseridos em uma repartição pública ou em qualquer tipo de organismo, pois estes impediriam sua liberdade de ação.

Se pensarmos ainda que a resolução do crime geralmente constitui o clímax de uma narrativa policial, detectamos em *Balada da Praia dos Cães* mais um desvio. Essa resolução não se configura, de fato, pois a incerteza, a dubiedade, a indefinição, a desconfiança se instalam na trama romanesca.

Verifica-se um questionamento tanto da noção de "saber" quanto da de "verdade", diretamente vinculado à ausência de credibilidade em relação aos que estão envolvidos com as especificidades da narração. Em um determinado nível estariam as personagens, com ênfase para Elias, muitas vezes em dúvida sobre os acontecimentos; em outro, as fontes de informação, seja no que se refere ao depoimento de Mena, seja no que diz respeito aos meios de comunicação; em um outro nível ainda se destacariam as considerações do narrador a colocar em xeque a própria narração. No primeiro caso, tem-se a presença de um detetive problemático que se perde em elucubrações; no segundo, a manipulação do conhecimento; e, no terceiro, a sagacidade de um narrador a espreitar...

O detetive Elias mostra-se hesitante em diversos momentos, cercado de pormenores que não consegue decifrar. Tenta preencher as lacunas, mas se vê frequentemente desorientado, mergulhado numa quantidade de vestígios que não consegue relacionar. Além disso, ele duvida não só da fidedignidade das informações prestadas por Filomena, personagem dissimulada e astuta, como também das versões fornecidas pelos diferentes depoentes, atentando-se aqui não apenas para a veracidade do que se conta, mas também para a forma como o relato é feito. Em outras palavras, o que está em pauta é a narração enquanto tal, o ato de narrar propriamente dito, o que significa dizer que não só o narrador, mas também Elias, vêem os depoimentos como narrativas, e, portanto, sujeitas às mais variadas inflexões.

Esse tipo de situação se estende também aos órgãos de comunicação, especialmente em relação aos jornais que, sob o jugo da censura, conduzem as notícias de acordo com o que interessa em termos de convencimento do receptor, haja vista a criação descabida de se considerar o major como homossexual, vinculando-se, assim, a sua morte a um crime de natureza sexual com o objetivo de se anular a possibilidade de crime político.

Quanto ao teor investigativo avançar na própria esfera romanesca, acreditamos que essa situação se estabelece na medida em que o narrador, apesar de chamar atenção para as falhas, descuidos, conjeturas, invenções, erros de interpretação de Covas, prioriza, de certa forma, a sua perspectiva de visão como veículo narrativo, o que causa um impasse, colocando o romance em suspeição, uma obra a desconfiar de si mesma, uma obra a perscrutar o próprio rastro.

Essa maneira de proceder confronta mais uma particularidade do gênero policial, o seu autoritarismo, tendo em vista que ele se afirma com um discurso proveniente de uma personagem que lhe impinge um valor de verdade absoluta, o que é contestado narrativamente no romance de Cardoso Pires na recorrência que se faz à focalização interna, à variação de pontos de vista e ao entrelaçamento de diversas vozes.

Balada da Praia dos Cães

Um outro fator de distinção diz respeito ao modo como, em geral, o narrador do romance policial articula os diferentes pontos de vista com o propósito de organizar o seu relato: todas as peças devem estar devidamente encaixadas no final, o que não acontece em *Balada*, uma vez que a incompatibilidade entre as versões é impossível de ser solucionada, não havendo como chegar a um consenso.

O leitor também ocupa lugar diferenciado em um e outro caso. Se, no romance policial tradicional, ele tende a querer desvendar o crime antes do detetive, movido pela ilusão de que ambos têm acesso às mesmas informações, o que, na verdade, não se verifica, pois o leitor acompanha o relato do narrador, e não o do detetive, que não são inteiramente coincidentes, o leitor de Cardoso Pires não envereda por esse caminho, que, aliás, lhe é vedado logo no início do romance, que já traz a resolução do detetive: "E estes são os três suspeitos, os que mataram e levaram o segredo com eles." Mena, Fontenova e Barroca passam da condição de suspeitos a culpados, mas esta revelação não é desestimulante para o leitor, ao contrário, instiga-o a percorrer as páginas do livro em busca dos meandros da investigação que levaram a essa versão oficial. O que é primordial não é a solução do crime, não é exatamente descobrir o culpado e os motivos que levaram à morte do major Dantas Castro, mas sim o processo de construção do romance que nos permite vê-lo até mesmo como um estratagema no desvendamento dos limites do gênero policial e também de outros limites.

Ao promover essa discussão sobre o romance policial, um questionamento que se constrói de dentro, ou seja, a partir do conhecimento e da subversão de procedimentos e estruturas desgastadas, não estaria também *Balada da Praia dos Cães* debatendo o ranço do governo salazarista, o afunilamento de um sistema totalitário, o encarceramento de outras possibilidades de visão?

UM OLHAR DESCONFIADO

Mais do que propriamente aos fatos relativos ao assassinato, o romance de Cardoso Pires dá ênfase à narrativa criada por Covas com base na sua visão limitada sobre os acontecimentos, e, diferentemente do que se verifica na trama tecida por ele em que se chega a uma verdade, o romance tende a negar que esta, ou qualquer outra, seja rigorosamente a verdade. Reafirma essa propensão, a referência reiterada a um "baú de sobrantes", ou seja, pistas, indícios que não foram aproveitados por Elias, prevalecendo a ideia de que a morte do major é um texto aberto, com diversificadas probabilidades de leitura. Outro poderia ser o resultado se o investigador fosse outra personagem, pois Covas realizou um recorte, selecionou o que lhe era mais apropriado e construiu a sua versão.

A personagem Elias torna-se fundamental em termos da enunciação da narrativa, pois é por meio de seu olhar, comprometido, parcial, não objetivo, que o texto sobre o

Balada da Praia dos Cães

crime vai se fazendo. O que ele tem em mãos são também narrativas, construídas a partir dos depoimentos, o que é evidenciado pelo narrador ao se referir à história do assassinato do major como uma "fábula" ou como um "conto de Mena", ou seja, termos utilizados para caracterizar formas literárias são trazidos para qualificar o processo.

Ao promover essa mudança de foco dos fatos para o texto, realça-se a figura de Elias como organizador, como narrador, até mesmo como escritor de uma narrativa e, se seguirmos nessa direção, torna-se ainda mais instigante a relação que o narrador de *Balada da Praia dos Cães* estabelece com o detetive. Instaura-se um jogo de aproximação e distanciamento, uma vez que em alguns momentos suas vozes se entrelaçam, e o narrador invade a subjetividade da personagem, revelando seus pensamentos, mas quase que simultaneamente o distanciamento se impõe, pois geralmente o narrador não compactua com a opinião de Elias, fazendo questão de apontar essa discordância.

Em muitas ocasiões em que o narrador invade a subjetividade de Elias, a narrativa assume o ponto de vista dessa personagem, ou seja, é a partir de sua perspectiva que o leitor terá acesso a determinada cena. Essa forma de proceder não deixa de ser um risco para o narrador, pois levanta a hipótese de que se considere que ele e o detetive vêem, pensam, analisam os acontecimentos da mesma maneira. Entretanto, essa narração segundo a consciência do detetive tem o intuito de revelar como ele raciocina, como ele age, como constrói a sua versão dos fatos, enfim, como elabora o seu texto mediante as informações de que dispõe. Nesse sentido, o que se tem é uma aproximação irônica entre o narrador e o detetive, uma aproximação com distanciamento crítico, uma aproximação desconfiada, uma aproximação que revela a diferença.

O narrador de *Balada da Praia dos Cães* marca também a sua presença por meio de alguns recursos gráficos: ora pela inserção de uma palavra em itálico, chamando a atenção do leitor para a ironia ali contida, ora pela reiteração de frases em caixa-alta com o intuito de levá-lo à reflexão, numa dinâmica textual que em última instância visa despertar a desconfiança do leitor, complementando a sequência de desconfianças que se dissemina do autor para o narrador, deste para as personagens, destas para outras personagens e assim por diante.

Desconfiança amplificada por uma estratégia no plano da enunciação, tendo em vista que, em determinado momento do romance, o tempo da história do crime e da investigação (1960) é deslocado para a época de publicação do romance (1982), interceptando-se aí a figura do autor, que avalia os fatos à distância do acontecido, trazendo especialmente Elias do passado para o presente da escrita e, assim, perpetuando uma dúvida de outrora: aparentemente o caso estava solucionado, mas estaria aí revelada a verdade? E qual verdade?

As lacunas persistem, os vazios não são preenchidos, ao contrário, inserem-se ainda mais dúvidas sobre o que é apresentado como verdade, porque a onda de desconfiança que permeia toda a narração conduz a outras indagações possíveis — o questionamento do narrador em relação aos discursos de poder. Discurso difundido pelos documentos oficiais, pelos autos policiais, pelos jornais, enfim, pelo processo montado por Elias, discursos que trazem nas entrelinhas a presença de um sistema coercitivo.

Desautorizando os diferentes discursos, na medida em que coloca em dúvida o que é proferido, o narrador estaria propondo uma alteração na ordem discursiva imposta, tendo em vista que é no discurso que o poder se infiltra, é por meio dele que as regras são infligidas, é por meio dele que o domínio se impõe.

Como considera Barthes (1978), o poder está incrustado na própria língua, e só a literatura tem a capacidade de investir contra esse poder, na medida em que ela trapaceia com a língua, exercendo um trabalho de deslocamento, de desvio no interior da língua, não a utilizando simplesmente como meio, como instrumento de comunicação.

Balada da Praia dos Cães vai se posicionar justamente contra os discursos autoritários, unívocos, institucionais, limitadores, numa construção narrativa que por si só se faz livre e atuante. Um diálogo crítico, transformador, revolucionário, que se cria à margem do poder, nos interstícios da linguagem.

Corrobora essa postura até mesmo o aproveitamento que o romance faz de registros variados (jornais, relatório, laudo, etc.), não usualmente presentes nessa forma narrativa, uma abertura que se faz, portanto, em termos da própria composição romanesca.

Uma abertura que se expande também em direção ao leitor, uma vez que o romance de Cardoso Pires solicita o trabalho ativo do receptor na coprodução da obra, uma ação recíproca entre texto e leitor, de tal modo que o texto incita no leitor uma cooperação interpretativa; uma estratégia, provocada pelo autor, de revitalização do sentido potencial da obra. Estabelece-se uma espécie de cumplicidade entre os sujeitos da narrativa, pois ao mesmo tempo que se percebe um sujeito-narrador, capaz de levar o leitor a algumas conclusões, este exerceria a função de sujeito-receptor, que se deixa ou não conduzir, identificando-se aí uma relação interativa entre os dois sujeitos.

Balada da Praia dos Cães seduz o leitor, canta-lhe a "balada" dos cães, "cães-policias medalhados", cães perseguidores, cães que estão sempre à espreita, cães que encontraram o major, cães alegoricamente configurados no romance de Cardoso Pires.

Sônia Helena de O. Raymundo Piteri
UNESP – *campus* de S. J. do Rio Preto (SP)

BALADA DA
PRAIA DOS CÃES

CADÁVER DE UM DESCONHECIDO
encontrado na Praia do Mastro em 3-4-1960:

1. *Indivíduo do sexo masculino, 1,72m de altura, bom estado de nutrição, idade provável cinquenta anos* ....

2. *não aparenta rigidez cadavérica; não tem livores* ....

3. *na calota craniana, ao nível da sutura dta. occipito-parietal, há uma perfuração circular de 4mm de diâmetro provocada por projétil* ....

4. *perfuração do temporal esq., na tábua interna* ....

5. *ruptura da dura-máter ao nível dos orifícios descritos nos ossos* ....

6. *a órbita esq. apresenta uma fratura esquirolosa com perda de substância óssea numa área circular de 4mm de diâmetro, à qual se segue um trajeto que se dirige para o lado direito do paladar duro* ....

7. *encéfalo em putrefação adiantada, com o aspecto de uma massa verde-cinzenta, fétida* ....

8. *perfuração do 3.º espaço intercostal com infiltração hemorrágica do músculo circunvizinho* ....

9. *perfuração do saco pericárdico* ....

10. *perfuração do esófago* ....

11. coração: 4 perfurações interessando sucessivamente a aurícula esq., apêndice auricular esq., artéria pulmonar e base do ventrículo, pesa 300g, em avançado estado de putrefação.........

12. perfuração da 7.ª vértebra dorsal num orifício circular de 4mm de diâmetro que é início de um trajeto que se prolonga até ao canal raquidiano onde se encontra alojada uma bala de arma de fogo.............

13. outro projétil na região muscular do cotovelo esq.............

14. bala de arma de fogo alojada no estômago, com depósito de abundante massa sanguínea.............

15. ausência de sinais de homossexualidade ativa ou passiva.............

Ap. Exame "in situ": *Areal acidentado de pequenas dunas, numa das quais, a cerca de 100m da estrada se viam a descoberto um cotovelo humano e um joelho cujos tecidos se apresentavam parcialmente destruídos.............*

.........e cobertos de moscas. Removida a areia com os cuidados necessários, encontrou-se o corpo de um indivíduo do sexo masculino deitado na posição de decúbito lateral esquerdo em adiantado estado de decomposição. Calçava sapatos trocados, isto é, o pé direito no esquerdo e o do esquerdo no direito, e meias de lã em bom uso. Cronômetro de pulso marca Tissot MM parado nas 05.27.41 horas. Não foram encontrados documentos, haveres ou quaisquer referências pessoais. Nas regiões a descoberto algumas peças do vestuário apresentavam-se rasgadas pelos cães.............

.........um dos quais, cão de fora e jamais identificado, foi aquele que chamou a atenção dum pescador local e o levou à descoberta do cadáver. Este cão parece que tinha sobrancelhas amarelas, que é coisa de rafeiro lusitano. Provavelmente andava à divina pela costa e como tal deve ter pernoitado na zona dos banhistas que nesta época do ano se resume a algumas armações de ferro e pavilhões a hibernar. Pelo terreno encontravam-se restos de férias, farrapos de jornais soterrados no areal, um sapato naufragado, embalagens perdidas; a boia de socorros a náufragos sempre à vista, dia e noite; refugos de marés vivas; o conhecido cartaz *PORTUGAL, Europe's Best Kept Secret, FLY TAP* crucificado num poste solitário. Foi neste verão fantasma que o cachorro em viagem se veio acolher.

Ao alvorecer seguiu jornada rumo ao norte, precisamente na direção mais deserta, o que não se compreende tratando-se dum animal aos sobejos, a menos que algum fio de cheiro urgente o tivesse chamado de longe; e assim deve ter sido porque, quando passou pelo pescador, ia a trote direito e de focinho baixo a murmurar. Levava destino, isso se via. Logo adiante apressou o passo, entrou em corrida e perdeu-se nas dunas.

Porém não tardou a aparecer, desta vez esgalgado no cume das areias a uivar para os fumos que vinham do oceano. Isto, bem entendido, intrigou o pescador que pelo sim e pelo não se dirigiu às arribas, sem que o animal interrompesse um só instante o seu apelo ou o olhasse sequer. E o pescador subindo sempre foi-se chegando a ele e já muito próximo parou e viu:

Viu no fundo duma cova uma conspiração de cães à volta do cadáver dum homem; alguns saltaram para o lado assim que ele apareceu mas logo retomaram a presa; outros nem isso, estavam tão apostados na sua tarefa que se abocanhavam entre eles por cima do corpo do morto.

Há aqui uma certa ironia, diz o inspetor Otero da Polícia Judiciária. Segundo consta, a vítima gostava desvairadamente de cães.

A INVESTIGAÇÃO
7 de maio de 1960

I

Presente nos autos e em figura própria Elias Santana, chefe de brigada. Indivíduo de fraca compleição física, palidez acentuada, 1 metro e 73 de altura; olhos salientes (exoftálmicos) denotando um avançado estado de miopia, cor de pele e outros sinais reveladores de perturbações digestivas, provavelmente gastrite crónica. No aspecto exterior nada de particular a registar como circulante do mundo em geral a não ser talvez a unha do dedo mínimo que é crescida e envernizada, unha de guitarrista ou de mágico vidente, e que faz realçar o anel de brasão exposto no mesmo dedo. Veste habitualmente casaco de xadrez, calça lisa e gravata de luto (para os devidos efeitos) com alfinete de pérola adormecida; caranguejo de ponteiros fluorescentes, marca Longines, que usa no bolso superior do casaco com amarra de ouro presa à lapela; farolins de lentes grossas, à toupeira, com comportamento mortiço; carece de capilares no couro cabeludo, o crânio é pautado por cabelinhos poucos mas poupados, e distribuídos de orelha a orelha.

[*Elias Cabral Santana*, folha corrida: n. em Lisboa 1909, na freguesia da Sé, filho dum juiz de comarca.

Estudos liceais no Colégio de São Tiago Apóstolo, que abandona por morte dos pais, tendo ficado aos cuidados da irmã até à maioridade. Jogador noturno e cantor lírico em academias de bairro. Após um período de internamento no Sanatório da Flamenga, Loures, é admitido como estagiário na Polícia Judiciária (10-7-1934) por despacho do então diretor, juiz Bravo. À margem é conhecido por Covas ou Chefe Covas decerto porque, prestando serviço na Seção de Homicídios há mais de vinte anos, tem passado a vida a desenterrar mortes trabalhadas e a distribuir assassinos pelos vários jazigos gradeados que são as penitenciárias do país. Com louvor e dedicação, também consta da sua folha de serviços. Com a reserva e a sem paixão que competem à sua especialidade e tanto assim que jamais pronuncia a palavra Defunto, Finado ou Falecido a propósito do cadáver que lhe é confiado, preferindo tratá-lo por De Cujus que sempre é um termo de meretíssimo juiz. Elias Santana, o Covas, costuma responder que "anda aos calados" quando porventura o encontram em serviço a horas e em locais inesperados e por aqui já se pode avaliar a discrição e a naturalidade com que encara os mortos e os seus matadores, nada mais tendo a declarar.]

Assim sendo, e na sequência dos fatos ocorridos no dia três de abril do corrente ano de mil novecentos e sessenta, passadas que foram setenta e poucas horas sobre o achamento do cadáver dum desconhecido na Praia do Mastro, a cinquenta quilómetros de Lisboa, o mencionado Elias

Balada da Praia dos Cães

Chefe, por sobrenome Covas, medita sentado na cama com o jornal da véspera aberto na página do crime.

Está em pijama de cetim. São sete da manhã no seu domicílio à Travessa da Sé, terceiro andar alto com vista para o Tejo. O quarto é um compartimento interior com postigo oval a dar para a escada. Cómoda bojuda, matriarcal. Mesinha de cabeceira em mogno, tampo de mármore, escarrador de porcelana colorida. Lençóis bordados com monogramas das iniciais MT entrelaçadas.

Elias parece suspenso entre o jornal e o sono. Mas não: medita de fato, e na direção dum altar de fotografias armado em cima da cómoda. Numa delas vê-se o juiz de toga e de esposa ao lado; noutra, os mesmos e uma menina de folhos, ao colo da máter; numa terceira, o casal e a filha mais um infante montado num cavalo de pasta (em fundo distingue-se perfeitamente um pano de cenário de jardim de repuxos, a menina já não tem folhos e está de pé segurando uma bicicleta pelo guiador); por último, um rosto de mulher jovem em moldura de prata, olhar suave, pureza e melancolia (o sinal ao canto do lábio é o mesmo da adolescente da bicicleta mas mais pronunciado, mais pessoal, e agora a testa é encimada por um caracol de cabelo).

Elias está sem óculos, tem pálpebras pisadas e rugosas como as dos perus. Mastiga em seco fitando sempre (através das pálpebras? por uma réstea sumida?) aqueles retratos desfalecidos em sépia de antepassado. Depois levanta-se e atravessa o corredor, há aqui um cheiro que não engana: ratos?

Em chinelas, jornal na mão, dirige-se à cozinha mas antes visita dois quartos de móveis amortalhados que lhe ficam em caminho (*le tour du propriétaire*, como dizia o falecido pai em Elvas quando dava a sua volta pela quinta antes de ir para o tribunal). Vai a um, vai a outro, espreita o vulto das pratas amontoadas em cima da mesa, os canapés e os cadeirões de damasco, tudo envolvido em lençóis; e o espelho soleníssimo, o aparador de nogueira e a estatueta do pescador que mergulha a linha no vidro do aquário onde em vez de água ou de peixes está depositada uma maçaneta de porta; o guarda-joias, o licoreiro; e mais sudários, mais extensões de brancura; uma morgue doméstica de objetos trabalhados. Em cada quarto há ratoeiras — mas intocadas, escarnecidas, porque ratos de casa não vão em milagres, diz Elias, e os desta são tão sabidos que até escapavam ao radar se fosse preciso.

Entra na cozinha. Cozinha, pia de pedra e janela para as traseiras onde há varandas com pombais e roupa estendida a secar; vasos e caixotes de flores nas janelas, ervas selvagens a crescerem nos telhados por onde passeia a rataria, antenas de televisão. Elias, com lume brando e desencanto que baste, aquece o leite da manhã.

Daí a nada já atravessa o corredor atrás duma malga fumegante e vai sentar-se numa sala com janelas sobre o Tejo. Fragatas, cacilheiros de vaivém. A labareda gigante da Siderurgia lá longe na Outra Banda e ali à mão rolas a arrolhar de papo em beirais pombalinos e gatos narcisos a lamberem-se ao sol.

Balada da Praia dos Cães

Elias mergulhando bolachinhas no leitemel: Temos que com isto são oito horas e hoje vai ser um dia sem santo nem maré.

Falou na direção duma caixa de vidro que está por baixo da janela. Areia, é que se vê lá dentro. Depois, abrindo o jornal: Para já, é o dia do coice do morto, mano. Coice do morto, alguma vez ouviste falar?

Plantada na areia, há uma criatura a escutá-lo no fundo da gaiola vidrada, percebe-se agora. A escutá-lo ou alheada em sono aparente, não se sabe. Um lagarto. Lizardo de seu nome, lagarto de estimação, corpo arenoso. Parece em eterna posição de arrancada, cabeça imóvel, pescoço para a frente, os compridos dedos das patas traseiras todos abertos e firmados no chão.

Estás-te nas tintas, continua Elias, um olho nas sopas, outro no jornal (mas é ao lagarto que se dirige, é para ele que desabafa). Um rastilhante como tu tem mais em que pensar.

IDENTIFICADA A VÍTIMA
trata-se do ex-major do Exército Luís Dantas Castro que em Dezembro passado se tinha evadido do Forte da Graça, em Elvas, onde aguardava julgamento por participação num abortado golpe militar

e isto não é mais que a patada do mau defunto. Coice do morto, assim chamado, porque vem em pantufa de fantasma, ninguém espera, ninguém vê, e dá em cheio no vivente desprevenido que é para o caso o bom Elias.

Entre o lagarto Lizardo e a malga das sopas o chefe de brigada está todo virado para o estendal de notícias que se abre diante dele com badaladas de primeira página a anunciar o defunto. Retrato do dito: o De Cuju, dito cujo, fardado de oficial. Descrições, conjecturas sobre o podre, um cheiro a cadáver que até arrepia. Depois vem o passado, história antiga, como é uso nas conversas de velório, o morto fez, o morto aconteceu, ai coitadinho; e *andante, andante*, resmunga o polícia em pijama, segue o funeral. Agora juntam-se mais três à procissão,

OS SUSPEITOS,

e qualquer deles, *dramatis personae* postos na praça pública para servirem ao jogo das reconstituições, qualquer deles — uma mulher, um arquiteto e um cabo são em fotografia de jornal pouco mais que rostos carbonizados. Uma mulher, Filomena. Mal se lhe percebe o olhar mas vê-se que é nova, muito nova. O outro, um cabo. De bivaque e todo tão suspenso, tão à mercê da máquina que o estava a fotografar. Uma criança. O outro também, o arquiteto. Quase sem barba, sem rugas, tem o ar compenetrado de quem cumpre um momento solene. E estes são os três suspeitos, os que mataram e levaram o segredo com eles. Já foram gente, é o que lembra vê-los assim impressos, em grão de cinza.

Elias: *Andante, andante*, que o coice do morto vem mais para o fim.

Balada da Praia dos Cães

Sabe tudo linha a linha, pode dizer-se. Leu e releu o jornal, e por isso acelera a pauta (como na música) *andante, andante*, até que a páginas tantas bate com a mão: Cá está. Aqui a notícia entra em oração de sabedoria encomendando o defunto para o lado pior do inferno, o mais torvo. Política, eis o pecado,

> uma vez que, tendo sido posta de parte a hipótese de crime sexual a princípio admitida, todos os indícios recolhidos, indicam estar-se em presença de um assassínio político. O fato de o cadáver ter sido calçado com os sapatos trocados é por si só revelador, pois constitui uma prática da execução dos traidores entre os grupos clandestinos

e nestas entrelinhas Elias está mesmo a ler que é por aí que a Pide vai entrar, não tarda, e então é que vai ser o bonito, duas polícias a desconfiarem uma da outra que é como os meus olhos te viram. Já sinto o Anjo Leproso a escaldar-me aqui a orelha, avisa ele em voz alta para o lagarto Lizardo. Topas, irmão?

A olho rasante passa por cima da página dos cinemas e Notícias do Ultramar, paz plurirracial, Fim do silêncio com os aparelhos Sonotone, preços populares, Luas & Marés. O pior, pensa, é que há gente que só lê os jornais à contraluz para descobrir a palavra apagada pelos polícias da caneta e quando não a descobre inventa-a. Isso é uma censura segunda, confusão a dobrar, e qualquer dia andamos mas é todos a ler o escrito pelo excrito (se é que essa palavra existe nos dicionários) porque a nós ninguém nos come por parvos, Portugueses, e ao Elias PJ ainda menos, não lhe custa nada a admitir que a Pide há muito que sabia do crime e que só esteve a fazer tempo para passar o cadáver à Judite Judiciária com todo o malcheiroso que assanha o público e transforma os agentes da Benemérita nos servidores caluniados do dever.

Lizardo mantém-se impenetrável no seu planeta de vidro. É um dragão doméstico; pequeno mas dragão. E pré-histórico, sobranceiro ao tempo. O dono acerca-se dele para verificar o termóstato fixado na gaiola porque é mudança de estação e há que regular o calor. No verão tem muitas vezes que humedecer a areia para que o animal não se excite e não se ponha a bater o rabo com lembranças da fêmea ou de penhascos de sol a pino.

Elias levanta os olhos para a janela: Como e quando é que a Pide vai atuar? Sempre ouviu dizer que: Polícia que espia polícia é criminoso a dobrar. Isso admite-se?

No céu, o azul de abril foi rasgado pelo sulco dum avião a jato a caminho dos infinitos.

Elias: Qual será o papel do inspetor no meio desta jogada?

Dr. Otero, inspetor: "As polícias devem prestar-se colaboração no âmbito das suas competências." Pois, no âmbito das competências. Elias está a vê-lo, óculos fumados, a falar pela boca do Diretor. As mesmas palavras, o mesmo bater de cigarro para dar tempo à frase. Disse alguma coisa, Covas?

Balada da Praia dos Cães

Ninguém o trata por Covas

Ninguém na sua presença o trata por Covas a não ser o inspetor. Justificação: andaram juntos na mesma brigada até Otero ter concluído a licenciatura em direito por conta, verdade ou mentira, duma viúva flamejante do bairro das Colónias. Agora há aquele gabinete da Polícia Judiciária, com carpete e maples pesados a distanciá-los aos dois, agente e inspetor, e um retrato do Salazar na parede. Disse alguma coisa, Covas?

Elias Chefe: A Pide. Já sinto o bafo do Anjo Leproso a escaldar-me na orelha.

Otero ajeita dossiers com mão cuidadosa, volta a página à agenda, arruma cada coisa no lugar próprio da secretária para arrumar as ideias. Para não se precipitar.

Finalmente, o parecer de Otero: As polícias devem-se colaboração no âmbito das suas competências.

Otero, ainda: Isto tendo em consideração que num homicídio político a palavra deve caber à Pide.

Ouvem-se ambulâncias desvairadas na rua, o sol arrasta-se pelo tapete. Se Elias se voltasse no maple poderia ver na janela o abril azul cortado em oblíquo pelo jato dum avião.

Mas Elias ouve e medita, segue com a unha gigante os veios do braço do maple. Não está nada a ver a Pide a chamar para ela este defunto. Atiçar e ficar de fora, ah isso sim, é menina para isso, agora aguentar com o cadáver nem pensar. As polícias políticas são todas a mesma droga, diz.

Antes que apareça sangue já estão a lavar as mãos com sabão macaco.

Otero diz que não será bem assim. Enquanto havia a hipótese de crime sexual, de acordo, a nós o morto. Mas agora, diz, o caso mudou de figura.

Elias, em cima do lavrar da unha: Quando o sangue cheira a política até as moscas largam a asa.

O inspetor põe-se a sacudir a lapela do casaco com a ponta dos dedos. Covas, diz ele, quer os gajos queiram quer não queiram, o morto é político, é matéria com *animus conspirandi*. E como você muito bem sabe aí a palavra é da Pide, ou então o que é que ela anda cá a fazer?

Endireita-se na cadeira, Elias só vê dele uns óculos em bronze dourado polaroid a refletirem a janela e um cigarro a acenar por baixo dum bigode ruivo; o mais, *animus conspirandi* ou *anus conspirandi*, mais cu, menos cu, soa a conversa de empata para jornais amestrados se rirem. Elias lá para ele sabe apenas que: houve intenção, mais nada. Alguém segredou à imprensa que desviasse o caso para o crime comum, apresentando o major De Cuju como um viciado de rabo para a lua a ser estraçalhado por uma matilha de arrebenta-cus.

Chiça, berra o inspetor, mais uma ambulância. Tenho dias em que saio daqui todo aos apitos.

Momento, o telefone tocou. Otero responde com acenos, palavras secas. Desliga.

Prepare-se, anuncia então. Acabaram de descobrir a casa dos gajos.

Elias fica de boca aberta: A casa?

Inspetor: Um telefonema que a Pide detectou. Mas está vazia, já se deixa ver.

A casa, o covil

A casa. A casa, tal como se vê nesta fotografia do Século Ilustrado, está numa encosta entre pinheiros e acácias. Voltada para o mar? Parece. Aquela linha lá ao longe deve ser o mar, é com certeza o mar, e para este lado fica a serra de Sintra, como se pode verificar pelo mapa. Cá está: oceano, Vale do Lourel, caminho a tracejado. Neste ponto assinalado com uma cruz, temos a casa — aqui mesmo junto à estrada que vem de Mafra, cota de 200 metros, mais coisa menos coisa. A estrada no código rodoviário tem a referência EN-016B, autocarros 17, 223 e 224.

Esta povoação, Fornos, deve ser onde eles se iam abastecer, diz Elias.

Provavelmente, muito provavelmente.

Daqui de cima, da estrada, a casa não se vê. Quem passa adivinha-a quando muito pela mancha breve da chaminé a espreitar entre as árvores e tudo isso, proteção natural, acessos, isolamento, demonstra claramente — palavras do inspetor Otero em conferência de imprensa — o cuidado com que os criminosos atuaram desde a primeira hora. Tudo estudado em pormenor e preparado em antedata, tinha dito o inspetor. E o chefe Elias, para os seus botões: Antequê?

Este mangas ou sonha em esdrúxulo ou anda a tresnoitar os calendários.

Mas vamos à casa, é o que interessa,

DESCOBERTO O COVIL DO CRIME
Onde Teria Estado Sequestrada
UMA JOVEM ENLOUQUECIDA,

os jornais embandeiram-na em títulos e fotografam-na em todas as posições, de frente e de lado e voltada para o pinhal.

Situada a meia encosta*, há ângulos em que nos aparece em corpo inteiro. Garagem, dois pisos e águas-furtadas com janela para o vale no sentido do poente. O terreiro, claro. O terreiro é uma das coisas para que o inspetor chama a atenção porque se encontraram sinais de lajes levantadas. Quanto ao resto, o imóvel tem todo o aspecto duma vivenda

---

* A trajetória seguida pela Pide para referenciar a Casa da Vereda é ainda hoje um dos pontos obscuros do "Caso Dantas Castro". Se está fora de dúvida de que se tratou de denúncia, é evidente também que das interpretações postas a correr na altura dos acontecimentos apenas duas subsistem com alguma validade. Uma delas, a do senhorio da casa, que teria reconhecido a companheira do major pelas fotografias da Imprensa, e uma outra que atribui a denúncia a alguém da vizinha localidade de Fornos onde Filomena Joana fazia as compras semanais. Hipótese igualmente viável: após a Revolução do 25 de Abril os ficheiros da Pide revelaram a existência naquele lugar de dois informadores efetivos e de um filiado na Legião Portuguesa, organização que colaborava estreitamente com a polícia política. (N. A.)

Balada da Praia dos Cães

traçada a mestre de obras local, uma das muitas que há nos arredores de Lisboa fechadas durante meses em escuridão e bafio campestre e que uma vez abertas à luz aparecem cruzadas pelo trabalhosíssimo fio da aranha e por carreirinhos de formigas legionárias. Terá um azulejo no hall a saudar Quem Vier Por Bem e mantas de retalhos a servir de tapete na sala. Aí haverá uma lareira (há mesmo: fundamental o pormenor da lareira com a acolhedora cesta de pinhas a ilustrar) e não faltarão por toda a casa pratos e artesanatos de feira, entre os quais o gato de barro pintado (oco, 33cm de altura) que está em cima da cómoda no primeiro andar. A própria tenaz da lareira deve ter sido negociada num serralheiro das redondezas ou nos vendedores ambulantes que assentam tenda nas estradas à passagem dos automobilistas de fim de semana.

Bem entendido que estes e outros acessórios também têm a sua palavra a dizer sobre o ocorrido, mas não para já. Para já o chefe Elias e o agente que o acompanha andam por ali como gato em casa estranha, ou seja: circulando sem tocar e reconhecendo o geral.

Transitam em primeira paisagem, se assim se pode dizer. Nada lhes garante que no fundo duma gaveta não esteja a chave do segredo; ou que por baixo daquelas mantas de trapo tecelão os topa-a-tudo do laboratório, com as suas lupas e os seus reagentes, não façam acordar as implacáveis manchas azul da prússia que falam como gente quando acusam: Sangue, cá está. E eles lá andam, os topa-a-tudo; e o fotógrafo. Andam todos. Elias e o seu ajudante é que não se impressionam, continuam na hora do gato. Antes de medir à unha e de raspar no grão de pó há que avaliar em horizonte, ligar entradas e saídas, vaguear pelo piso inferior que em tempos foi garagem e que agora está ocupado por uma mesa de pinguepongue toda empenada e por um monte de garrafas vazias, rótulo brandy três estrelas; e subir aos quartos, subir à mansarda onde haverá uma pilha de jornais que eles terão de soletrar na esperança de descobrirem uma data, um número de telefone, uma página mutilada. Mas não agora. Agora o monte de jornais pode esperar, a traça já comeu o que tinha a comer e se calhar morreu envenenada com a prosa. Elias chefe abre a janela de par em par e fica no alto do telhado, senhor da paisagem até ao oceano.

Pássaros pontilhando a ramaria, o horizonte do mar por cima da copa das árvores e entre o céu e a linha de água uma luzinha fria a caminhar para o crepúsculo. Um petroleiro? Elias demora-se a olhar. Tempo ao tempo. Só no dia seguinte começará o inventário dos sinais e dos palpites, confiado como sempre no Velhaco das Algemas. Tempo ao tempo. Mais depressa se apanha um assassino que um morto, porque, como dizia o outro, o morto voa a cavalo na alma e o assassino tropeça no medo.

Elias: Era nesta janela que aparecia a mulher dos seios nus.

Se continua a alongar-se no rasto do petroleiro acordará dentro de pouco tempo com a casa encadeada em pôr do sol; e logo a seguir cairá a noite, é assim nesta época do ano;

Balada da Praia dos Cães

e então começará a verdadeira vida que habita os forros das casas abandonadas, nem ele sonha: caruncho, tropelias de ratazanas e uma vez por outra pancadas de insetos noturnos contra os vidros da janela — a mesma janela que as fotografias do Século Ilustrado indicam como uma seta porque foi lá que certa testemunha viu uma mulher de seios nus a mirar o oceano. Viu ou diz ter visto, caso a apurar.

Elias desce ao terreiro, toma referências.

Situada a 150 metros da estrada nacional 016B e a igual distância dum caminho conhecido por Vereda do Lourel (diz o processo) a casa não tem confrontações visíveis que a delimitem em relação às habitações vizinhas, as quais são raras e dispersas. Verificou-se que foi alugada sob nome suposto ao seu legítimo dela proprietário com todo o recheio de roupas e móveis, incluindo telefone. Mais diz o processo que, além da referida Vereda do Lourel, os incriminados dispunham, como acesso à estrada, de um carreiro natural onde foram encontrados vestígios de passantes, nomeadamente um lenço de senhora, uma esferográfica e três embalagens vazias de cigarros SG; que nas suas deslocações a Lisboa ou alhures os locatários utilizavam o autocarro cujo apeadeiro mais próximo dista cerca de 300 metros da casa; que da relação dos objetos apreendidos consta um binóculo de precisão Canon 7x50 em uso no exército português, com estojo e jogo completo de acessórios.

Teria sido com esse binóculo que a mulher dos seios nus espiava o oceano?, pergunta o repórter do Diário da Manhã olhando cá de baixo do terreiro. Dirige-se ao agente Roque que por sua vez manda chamar a testemunha local.

A testemunha local, um pedreiro espavorido com olhos a crepitar debaixo dum chapéu de palha, reduz-se à expressão mais simples. Binóculo? — desconhece. Apontam-lhe a janela das águas-furtadas como um posto de vigia mesmo a calhar: espionagem, contrabando, que tal? E o homem encolhe-se todo: sabia lá, uma testemunha local não é obrigada a adivinhar o que fazem dois seios à vela numa gaiola de telhado.

Pedreiro, meu remendão, não te ponhas a atirar cal às ventas da polícia, ameaça o agente Roque só com os olhos.

E o repórter do Diário da Manhã todo sherlock: Então, nosso amigo, faça por se lembrar.

Trabalho perdido. Entre o polícia e o escrevente, o pedreiro de olhos a crepitar muda o corpo dum pé para o outro como se estivesse num atoleiro. Marca passo no dito e no redito porque o que sabe já confessou à luz da sua santa fé e pela saúde dos filhos que tem em casa.

O relato do pedreiro

Declarou que coisa de mês e meio atrás, quando procedia à limpeza dum poço que fica a obra de cem metros da Casa da Vereda, e tendo subido ao aerodínamo do mesmo para lhe dar uma demão de tinta, avistou dessas alturas um vulto à janela das águas-furtadas que reconheceu ser duma mulher. Estava levemente recuada, como que para evitar ser vista do exterior e parecia despida; ou pelo menos tinha os seios nus, isso podia ele garantir como testemunha voluntária e de boa-fé que era.

À pergunta de se fazia frio naquele momento respondeu que não. Tão-pouco se apercebeu de quaisquer sinais de inquietação ou desespero no referido vulto que se encontrava parado e de frente para o mar e assim se conservou até que um cão começou a ladrar no pinhal, tendo-se então (o vulto) retirado para dentro.

Movido por natural curiosidade, o pedreiro declarante tornou ao mesmo local para ver a mulher em questão, o que efetivamente aconteceu por duas, digo, três vezes, e sempre em aparições fugidias. Em nenhuma dessas ocasiões ela voltou a aparecer nua nem a testemunha notou que tivesse qualquer binóculo ou instrumento semelhante, apenas olhando a direito e parecendo muito pálida à luz verde do pinhal. Eis tudo. Era uma mulher nova e de cabelos negros.

Cabelos negros ou platinados?, pergunta o agente Roque.

Negros, responde o pedreiro; e agora, sim, está quieto. A outra, a dona da casa, é que tinha o cabelo a modos que de cor cinzenta, disse.

De certeza?, rosna alguém nas costas dele.

O pedreiro volta-se: é Elias, o chefe de brigada. Andava por ali a rondar, e lançou-lhe a bisca de passagem. Disse e seguiu, vai embalado pelo cheiro dos pinhais e sobrevoado pelos pássaros da tarde.

O homem põe-se outra vez a mudar de pé. Maldita a hora em que se lembrou de levar confidências à polícia, deve lamentar-se ele do fundo da sua ignorância de pobre-diabo (admitindo que o pedreiro era assim tão pobre-diabo como isso, duvida o repórter do Diário da Manhã: ninguém lhe tira da cabeça que está diante dum voyeur rural, uma espécie de abegão do Marquês de Sade viciado em espreitar cenas de bosque).

O jornalista e o pedreiro-testemunha enfrentam-se no terreiro à entrada da vivenda, dali quase não se vê a janela da mansarda porque fica um tanto recolhida em relação à fachada. Mas que a janela existe, existe. Está lá, e todos os leitores do Diário da Manhã do dia seguinte irão ficar em suspenso diante dela, denunciada por uma seta que atravessa o céu por cima do pinhal. Ei-la. Aí temos a seta aberta a branco na fotografia; e mais abaixo, no rés-do-chão (ver legenda), há uma outra janela que também tem a sua história e que é a da sala onde se reuniam os criminosos. Quando o inspetor Otero lá chegou e viu o pessoal da Judiciária acocorado pelos cantos a desencantar mistérios, deitou as mãos à cabeça: Mas isto é um festival de pistas. Estamos lixados, há aqui matéria para mais de vinte volumes.

Elias ouviu o pasmo e continuou por alto. Antes de mais nada interessa-lhe o conjunto, pontos de orientação, neste momento ele e um estagiário medem o carreiro que vai da vivenda à estrada, cento e cinquenta metros fora os tropeções. Elias na ponta da fita métrica considera: Irmão, uma descida destas à noite é de partir a bússola da paciência a qualquer um.

Ainda por cima, à chuva, diz o estagiário. O padre deve ter passado um mau bocado, chefe.

Balada da Praia dos Cães

Elias: Padre? Quem lhe disse a você que havia um padre metido nisto?

Estagiário: O cabeção, Chefe. Então o cabeção que estava no guarda-fato?

Do fundo do carreiro o chefe de brigada figura toda aquela encosta em torrentes de água, árvores a esbracejar, vento e noite. Pelo que sabe da fuga do Forte não tem dúvidas que foi de noite que o padre e a amiga chegaram àquela casa; e se a noite quando cega é já de si a face mais traiçoeira da terra, uma noite de inverno e com chuva grossa é o deus à balda, verdadeiramente o deus à balda, deve ter berrado o prior quando se viu naqueles vendavais. Impossível contar os passos, como tentaria qualquer militar ou capelão em semelhantes condições, porque daquela estrada para baixo não havia medida nem norte, era tudo acaso e confusão.

Feitos os cálculos pelo provável, Elias Chefe determina que chegaram ali de madrugada. De táxi, não podia ter sido doutra maneira. Claro, de táxi. Apearam-se na estrada (talvez na paragem dos autocarros) e para diante havia o carreiro, mas encontrá-lo? O padre contava com o guia que o acompanhava, uma jovem neste caso.

"Mena", chamava ele no meio da tempestade.

Tinham-se lançado pela encosta abaixo e às duas por três cada qual andava para seu lado. Aqui e ali um rasgão no escuro, "Mena, Mena", e tudo, voz, correrias, era levado na enxurrada. Até que, não se sabe como nem onde, a mão da jovem rompendo as cordas da chuva encontrou (finalmente) outra mão, que era a do padre, e investiram os dois por charcos e por silvas e por socalcos pedregosos e chegaram a uma parede, uma porta, ao tão desejado milagre duma fechadura que cede. E de repente, luz: Casa da Vereda, como designam os autos. Aqui mesmo, este sítio. Moça e sacerdote encontravam-se num pequeno hall, recuperados ao pavor e à tempestade.

Elias: Tal qual a História dos Meninos da Mata. Só que desta vez faltou o cão Piloto.

Conhece os personagens pelas fotografias em poder da Judiciária. A moça e o sacerdote aparecem-lhe num clarão lívido, de gelo. Um frente ao outro no pequeno hall da moradia. O padre como um felino fugido ao dilúvio: todo de negro, a assoprar água pelas costuras. Ela encostada à porta, a arfar, a arfar. Torcia o cabelo, espremia-o nos dedos mas pouco a pouco foi-se imobilizando, ainda imprecisa dentro da esfera de água que a envolvia, ainda apagada, mas com um brilho velado a carregar-lhe o olhar. E o padre, curvado e a sacudir a cabeça, que era um tudo-nada grisalha e escurecida pela chuva, o padre tinha também os olhos nela, parados. Mediam-se os dois, como que se mediam. E de repente jogaram-se um ao outro, assim mesmo, jogaram-se, e rolavam pelas paredes, e sorviam-se na pele, nos cheiros, saliva, tudo, irmanados na chuva que traziam, e só se ouvia uma voz soluçada, um gritar para dentro, cego e obstinado ("Homem… sim, oh, homem…") — a voz dela retomada em toda a sua verdade ao fim de oito meses de ausência. Oito meses, porra.

Balada da Praia dos Cães

Exato, oito meses. Março-janeiro, datas dos registos da polícia. E agora revolvendo-se os dois pelo chão, apagavam esse tempo um no outro. Devoravam-se em campo aberto, ali mesmo sobre o soalho, contra os pés duma mesa, por cima dum tapete de retalhos que era todo em fio áspero, cru do pano, e que lhes lavrava a pele levantando calor, luz por dentro. Quando fecharam enfim o nó do tempo, deram por eles num espaço desconhecido, uma sala vagamente insinuada pela luz que vinha do hall.

Assim se achavam e assim se deixaram ficar. Lado a lado. Nus e rodeados de humidade, num sossego morno a divagar à flor da pele. Fumegavam?

"As vezes que eu sonhei este momento." A moça sorria de manso, para longe.

"E eu", disse o homem. Sorriu também: "Cheguei a pensar que já não era capaz."

"Oh", fez ela. Levantou os braços para o teto mas pesavam-lhe, deixou-os tombar. Então sorriu doutra maneira. Com malícia, só para ela.

Agora voltavam a sentir a tempestade. Verdade, o vendaval andava lá fora, e era como se os dois, assim nus e no meio dos destroços de roupa espalhados pelo chão, tivessem sido levados pela água e pelas trevas para um território secreto à margem do pavor e do tempo.

O homem — padre, capelão, ou lá o que fosse — inclinou-se sobre o corpo que estava ao lado dele e que tinha uma claridade tranquila entre os vultos sombrios derramados pela sala: era duma nitidez assombrosa apesar da vaga penumbra a que estava exposto. Ah, e viam-se os dentes da jovem a cintilarem muito brancos.

Pelas fotografias apreendidas na busca da polícia ao apartamento de Mena, Elias adivinha esse corpo. Um corpo suntuoso; e todo no concreto, cada coisa no seu lugar. Admira-o em particular numa foto em que ela aparece em bikini num relvado de piscina com um friso de pavões ao fundo — e era uma verdade, aquele corpo. Coxas serenas e poderosas, o altear do púbis, era isso, era essa verdade saudável e repousada que o homem fugido à tempestade contemplava, apoiado num cotovelo. Alongava-se ao correr da pele dela, subia à curva viva do pescoço e voltava aos seios que naquele dia talvez estivessem em botão de mel, ou em ponta crespa, endurecida e escura; e ia e voltava; com gravidade, com demora; detendo-se uma vez e sempre no púbis denso, renda e almíscar, plantado no triângulo de brancura que o bikini deixara no verão da pele. Tinha um esplendoroso, um pródigo e ardente púbis, imaginava Elias.

O homem sentia os vincos do soalho gravados nos joelhos e nos cotovelos mas continuava fascinado com o espetáculo da jovem. Lá fora era chuva e vento, e à volta deles havia manchas de roupa espalhadas pela sala, um sapato, um vestido a monte — despojos abandonados pela maré. E em grande plano, muito alvo, o cabeção do padre a boiar no luar do hall.

Gargalhada de Mena: "Padre! Nunca pensei!"

Máscaras & Figurinos

Elias retira o cabeção do monte de peças que acabou de chegar do laboratório: Um padre. Era só o que me faltava.

O inspetor estende o braço por cima da secretária para lho pedir. Mira e remira, Guarda-roupa Minerva, lê-se na parte de dentro em letras comidas pelo suor. Observa que é duro como um corno, nenhum padre a sério usaria um cabeção daqueles.

Elias Chefe: É duro mas faz ponta.

Acha?, pergunta o inspetor sem deixar de examinar o cabeção; nunca tinha ouvido dizer que aquilo fizesse ponta a ninguém, mas enfim.

Refiro-me às mulheres, diz o chefe de brigada. Parece que ir para a cama com um padre faz uma ponta das antigas.

Elias remexendo nos objetos que vieram do laboratório: Calculo. Um padre é pai, é Deus, é pecado, tudo duma assentada. Há gajas que não querem outro petisco.

Otero: Você, Covas, só lê livros depravados.

Elias: É.

O inspetor cada vez que pega no relatório das análises fica de queixo caído. Indícios e mais indícios, pistas por todos os lados. Diz: Os tipos só faltou deixarem o cartão de visita e o bilhete de identidade.

Elias: Há casos de exibicionismo, que é que quer?

Otero: Exibicionismo? Há mas é indícios a mais. Até dedadas, já viu pior? Um criminoso que deixa as paredes cheias de dedadas de sangue ou é doido ou anda a gozar a polícia.

Elias: Ou é um analfabeto a praticar a assinatura, também pode ser.

Otero: Motes, Covas. Você e os seus motes.

Elias puxa duma pastilha rennie com o desgosto de quem cumpre um horário. Boceja: Ai, ai, amanhã por esta hora está este rapaz no Forte de Elvas a cumprimentar a sargentada. E a seguir: Vi uma ocasião uma fita do Boris Karloff onde aparecia um pintor que colecionava impressões digitais dos mortos. Fotografava-as a cores e fazia uma data de massa com aquela droga.

Otero, assinando o expediente da manhã: Picasso dos cemitérios, quer você dizer.

Elias: Estou a falar a sério, o tipo chamava àquilo pintura dactiloscópica, que era para impressionar. Mas um dia lixou-se porque fotografou uma mão que apareceu ao desbarato lá na morgue e, vai-se a saber, era a mão que pertencia ao segundo corpo de que o Frankenstein tinha sido feito.

Otero: Sim?

Elias: Pois, e o Frankenstein caiu-lhe em cima.

Otero: Queria direitos, não me diga.

Elias: Queria a mão, era o que ele queria. Com duas mãos de corpos diferentes o Frankenstein tinha uma certa dificuldade em estrangular, não acertava lá muito bem, de modo que começou a perseguir o aguarelas para o obrigar a dizer onde estava a mão que ele tinha fotografado e ficar com as duas iguais. O Frankenstein sempre teve um certo fraco pelas simetrias.

Balada da Praia dos Cães

Inspector Otero: Pois é, Covas. Você e os seus motes.

Elias: Não faça caso, é da úlcera.

Otero, rabiscando assinaturas: Ah, pois, a úlcera.

Elias: Úlcera maior. Só me dá aos dias pares e na altura dos equinócios.

Otero: Felizmente. Mas se eu fosse a si, Covas, se eu estivesse no seu lugar punha-me a pau. Com um processo como este não há bicarbonato que lhe chegue para acalmar as miudezas.

O chefe de brigada espreguiça-se. Vai alta a tarde na mansão da Judite Judiciária e àquela hora a maior parte dos agentes anda a mariscar pelas cervejarias do Conde Redondo e arredores.

Otero arruma a papelada: Para começar vamos ter os jornais à perna como nunca tivemos. Depois há o arsenal de provas que os tipos deixaram e que você acha que é só precipitação, precipitação da fuga, foi o que você disse, e que eu, nem sim nem não, tomo nota e fico à espera. Mas lá que há indícios a mais, há. Sangue, impressões digitais ao desperdício, o caderno do major, etiquetas nas roupas, gaita, isto a si não lhe diz nada?

Elias despedindo-se: Tudo quanto é serviço diz-me sempre respeito.

[*Manuel F. Otero, folha corrida*: As observações de há pouco ao examinar o cabeção de sacerdote demonstram um conhecimento direto da vida religiosa que lhe veio da sua frequência do Seminário (9.º ano incompleto). Filho de camponeses nordestinos, distrito de Vila Real, ingressou no funcionalismo como amanuense do Tribunal Cível daquela cidade donde passou à Polícia Judiciária na categoria de estagiário. Promovido com distinção a agente de 2.ª classe: idem a agente de 1.ª classe com a classificação de "Bom". 1) Iniciativa e imaginação satisfatórias, boas relações de trabalho. 2) Persistência e sentido promocional: Otero, enquanto agente da PJ frequentou a Faculdade de Direito. Licenciatura difícil, prejudicada por diligências na província e por romances com divorciadas, nenhuma das quais com estatuto social apreciável. 3) Desajustamentos, complexos de afirmação: vestuário com pretensiosismos de distinção; o cabelo, retintamente ruivo, que na infância lhe causou algum isolamento (tinha a alcunha do Cenoura ou do Estás-a-Arder) é um dos atributos que cultiva na sua imagem cosmopolita. Otero revela frequentemente uma certa passividade de rotina que pode atribuir-se à impossibilidade de conciliar o trabalho na polícia com o estágio indispensável a um projeto de exercer advocacia. Resíduos de um discreto e não confessado anticlericalismo característico dos indivíduos que abandonaram o Seminário.]

Otero, sozinho à secretária, põe-se a dar rotações ao cabeção na ponta da esferográfica. Faz girar esse colar, essa coleira como lhe chamam os homens da Judiciária, vulgo Judite, que só sabem falar entre o Código Penal e o parolar dos marginais mas que, chamando coleira àquilo, estavam muitíssimo certos, concorda Otero. Um cabeção não é mais que uma coleira, uma coleira branca, Domini canis, coleira de cão divino.

Ou anel, pensa ainda. Uma espécie de anel de castidade enfiado no pescoço.

Anel de castidade, hóstia furada, o cabeção que o inspetor gira no eixo duma esferográfica, é a órbita na qual se suspende o corpo dos padres deste mundo. E eles lá vão: subindo ao céu, gravitando naqueles anéis, rodando sobre si mesmos, muito hirtos, mãos cruzadas sobre o peito, sotainas ao vento, subindo a prumo, subindo sempre, no sentido da eternidade. Todo o planeta está sobrevoado por padres suspensos em cabeções de pureza, a gente é que não os pode ver por causa dos nossos pecados.

Mas esta coleira que caiu em cima da secretária do inspetor traz remetente. Com ela muito bem guardada num envelope a mãozinha da Judite bateu à porta dum costureiro dos teatros, Parque Mayer, Lisboa, por sinal pederasta e toucado de capachinho. Reconhece?, perguntou.

Tête-à-tête com um capachinho

O qual costureiro disse que sim, reconhecia, e que a peça constava das folhas de armazém da firma Guarda-Roupa Minerva que a tinha alugado para alguma récita de caridade.

A quem, não podia o capachinho precisar. Alugara, pronto. Um guarda-roupa de teatro não é nenhum notário, passa-se o trapo ao cliente, cobra-se a dolorosa e au revoir, chèri. O mencionado costureiro estava velho e de muitas vidas para poder recordar todos os palhaças e todos os borboletas que lhe batiam ao balcão. Dizia: Se eu tivesse memória, santinhos, já nem chamava a nada de meu neste rico corpinho. E com isto sacudiu as mãos como quem enxota para longe incómodos que não levam a coisíssima nenhuma.

Simplesmente, polícia é polícia e guarda sempre um trunfo na manga, de modo que quando o falante se preparava todo lampeiro para regressar à agulha e ao dedal, a mão da Judite sacou dos entreforros uma fotografia de mulher e bateu-a em cima da mesa. O costureiro pegou a bisca. Puxou os óculos para a testa e, de alpendres à Gago Coutinho, fez Oh. Era ela, pai da vida. Era ela, lembrava-se agora, a demoiselle que lhe tinha vindo buscar um vestidinho de sacerdote com o respectivo cabeção.

Perante isto, tudo arrumado, o nome agora era o menos. O nome estava e está no ofício do Presídio Militar do Forte, Elvas, Confidencial, que Otero tem em cima da secretária: Filomena. Ou Mena. Filomena Joana Vanilo* Athaide (segundo os arquivos daquele Depósito Disciplinar) de 23 anos, solteira, que por autorização superior visitou o major Dantas Castro nas datas tais e tais e nas condições de vigilância determinadas pelo Regulamento, Elvas, Forte da Graça, tantos de tal.

---

* Van Niel, e não Vanilo. A mãe de Mena, já falecida, era filha de comerciantes sul-africanos (correção, a lápis, do inspetor Otero).

Balada da Praia dos Cães

Otero: A que propósito é que uma merda destas vem em ofício confidencial?

Chega-se à janela. Os elétricos sobem a Conde Redondo a fio lento com cachos de passageiros a deitar por fora. Cachos de moscas. Há vendedores ambulantes perseguidos por polícias de maus fígados, snack-bars, montras de eletrodomésticos, o Soares da Tabacaria está à porta a ver passar os passantes. Que são muitos, os passantes; e como moscas, também. Como moscas atarefadas. Vão de rolinho de papel selado a caminho das repartições de bairro, a caminho dos guichets da vida em ordem, lá vão eles; ou se não vão aos selados vão à mão da Judite pela contrafé do nunca se sabe. Ambulâncias. Ramonas. A pastelaria Açoreana à esquina da Gomes Freire, outro mosqueiro. E isto é a Conde Redondo em dia de todo o ano: uma rua empinada que leva à cadeia e ao manicómio Miguel Bombarda, a casas de passe, a quartéis e ao mais que há e não se vê. Boa merda tudo aquilo. O mundo é um grandessíssimo cadáver com moscas de vaivém para abrilhantar.

De pé, em silhueta de inspetor atrás das vidraças, Otero faz o ponto da situação:

Nos tempos que correm nenhum polícia de homicídios está livre de apanhar um coice de morto, para usar as palavras do Elias Covas há bocado. Dir-se-á: é um mote, um improviso, o Covas quanto mais à rasca está mais ácidos deita cá para fora em cuspidelas de campanha alegre. Mas o Covas neste ponto tem razão. Um belo dia está o bom do inspetor a julgar que interroga um cadáver comum e, zás, o morto amanda-lhe o coice. Cadáver político, ora toma lá. E nesses casos é que, nada a fazer, quando o investigador vem a si está enterrado na fossa política até ao pescoço e só vê é jornais às gargalhadas de primeira página a apregoarem que o crime era subversivo e a apontarem para o cadáver a duas colunas com os sapatos trocados. Ritual comunista, olha A Voz, olha o Diário da Manhã, traz o ritual comunista. E não ficam por ali, entram em delírio. Se não é pedir muito perguntam pela espia dos cabelos platinados, é lá uma curiosidade deles, porque, louca ou sequestrada, a imprensa, a opinião, o país têm o direito de saber quem são os traidores que ainda agora venderam a Índia aos inimigos e já andam na nossa própria casa a ameaçar as pessoas e os bens da Nação.

Otero considera-se na fossa. Positivamente. Tem que reconhecer que é um inspetor a ver passar os elétricos. Um possível advogado que depois de fugir de padre ficou em bacharel a fazer horas. Também, padre ou inspetor vinha a dar no mesmo, quem não se agarra à cruz agarra-se à lei e ele passa a vida a desfolhar missais de papel selado onde se fala de mortos e de abjurações e trabalhos da Justiça. Interpreta os textos e os testemunhos mas não pelo lado da fé, isso é o menos, mas também não os folheia com as mãos preciosas dos advogados. Não, a ele cabem-lhe as entrelinhas mais desprezadas: iscas denunciantes, chafurda no sangue, o sangue é o lago de Caim por onde Otero anda ao candeio.

O pior, murmura, é que o sangue desta vez é político. Grupo S, Subversivo, a merda é essa.

(Merda: palavra-chave do inspetor Otero, de significado amplo e muito pessoal. "Merda até ao traço do lábio": locução que utiliza frequentemente para designar um sentimento ou uma situação de impotência absoluta.)

Oh Elvas, oh Elvas

Elias Chefe e agente Roque vão, Alentejo, campos longe, a caminho do Forte da Graça. No comboio Elias canta "Oh Elvas, oh Elvas, Badajoz à vista."

Roque: Já é coincidência. E tem lá família, Chefe?

Elias: Em Elvas? Ninguém.

Retoma a cantiga em pianinho, a acompanhar a paisagem. E no meio disso: Elvas para mim é o sítio onde aprendi a tabuada e onde tirei os três. O resto, vais ver, é só sargentos.

De tempos a tempos consulta o relógio de bolso enquanto vão passando na janela postes elétricos a espaços certos; ou então afaga os cabelos que lhe pautam a calva miudinha; ou deixa cair a prega do olho (Elias foi jogador noturno, dorme depressa) mas nunca tira a mão de cima da pasta que tem ao lado, no banco. De frente para ele o agente Roque lê o Mundo Desportivo.

Lá mais para o sul Elias abrirá a pasta para dar uma última vista de olhos aos papéis. Além dos apontamentos que alinhavou leva algumas fotografias apreendidas na casa de Mena.

Tinha gasto uma manhã naquele apartamento, que era pequeno e já assumira a indiferença das casas fechadas há muito tempo. Frente para o parque do Jardim Zoológico, Estrada da Luz; interior em confusão organizada. Colares pendurados na maçaneta duma porta; uma máscara africana com viseira de palha, sinistra essa figura; a estante e o espaço vazio do gira-discos (na prateleira de baixo havia álbuns de Mahler e Albinoni e a Missa Luba, long-playings de Sinatra e dos Platters; uma planta seca a transbordar do vaso de porcelana. E as fotografias, claro: afixadas num painel de corticite por cima da cama. Mena numa rua de Paris (o urinol lá ao fundo é inconfundível, tinha dito o inspetor), Mena a fazer ski, Mena num restaurante, à luz da vela (com alguém que desapareceu, uma parte da foto foi recortada à tesoura) e por último Mena no relvado duma piscina. Nenhuma imagem do major, por mais que a polícia tivesse rebuscado.

Realmente, daquela casa o que tinha ficado com vida era Mena no retrato da piscina. Só ela, e ali, naquele enquadramento. Cabeça levantada, direita à objetiva, saía do plano da luz e do liso da fotografia. Tinha tempo e hora. E umas coxas soberanas, não se cansava de admirar Elias. Atrás viam-se japoneiras em flor e qualquer coisa como pavões.

Pavões?

Pavões, pavões. Pavões reais. Faziam um friso de personagens atentos, irizados de cobre e verde-azul. Todos em pose, com as suas cabeças coroadas pelas guias de haste fina rematadas num olho de penas, e mesmo numa foto a preto e branco eram a verde e ouro essas manchas minúsculas porque naquela imagem pressentiam-se todas as dimensões, cor e volume, natureza e carne.

De modo que cada vez que o chefe de brigada se lembra da foto pensa: mulher em fundo de aves. Uma mulher escoltada por aves de palácio (só mais tarde saberá que ela usou uma corrente de ouro no tornozelo como as aves reais; mas não agora, agora ela está descalça e sem ornatos) é assim que Elias a conjectura aqui em viagem, ou no seu gabinete da Judiciária, ou em casa na companhia do lagarto confidente. Voltará à fotografia mais adiante, quando a mostrar aos guardas do Forte para identificação, e no Forte há de haver pelo menos um, tem a certeza, que não deixará de perguntar: Pavões?

Ou talvez não.

Talvez nem se apercebam, em matéria de paisagem os guardas dum Forte de soldados sabem de muralhas e chega. Andam encaroçados de esperma, mão no sexo pelo bolso roto das calças e só terão olhos para aquele corpo de jovem fêmea, para aquela altivez repousada. Alguns é possível que ainda recordem a voz dela onde havia um travo agreste, noturno, ou talvez mesmo o olhar, que era direto, demorado. Dirão: Era ela, a referida.

Entretanto Elias murmura música e passeia a mão da unha comprida pelo penteado trabalhoso. O comboio avança, o comboio avança, o comboio aproxima-o da infância, e ele alarga-se, campos fora, campos fora, pensando a paisagem, a terra dourada, campos fora, campos fora, a caminho de Elvas, a Raiana.

(Recordações de Elias no comboio:
— os passeios ao Guadiana, a caça às rãs;
— o barbeiro enlouquecido que subiu ao mais alto dos Arcos (aqueduto) da Amoreira, a população juntou-se cá em baixo para o ver (cair?);
— o pai vestido de juiz à janela do tribunal; senhoras a tomarem chá nas arcadas da Rua da Cadeia depois da missa do domingo;
— a Sé, mortos sob o lajedo;
— ele e a filha do caseiro a recortarem gravuras do *Álbum das Glórias*;
— idem a tentarem ordenhar a cabra mocha; o senhor Vairinho, professor;
— ranchos de marranas (prostitutas camponesas do outro lado da fronteira) invadindo a cidade na noite de São João;
— Oh Elvas, oh Elvas, Badajoz à vista.).

Faz calor e ainda a primavera vai uma criança. Mas em Elvas ou febre de assadura ou frio de sepultura, tinha prevenido Elias, e o agente Roque não estranha. Contudo é uma terra amável, Elvas, uma cidadezinha de presépio, não desfazendo. Abre com um aqueduto de muitos arcos em pedra antiga e tem no pico dum monte o Forte dos Presos, dito da Graça, ou Depósito Disciplinar em mais propria-

Balada da Praia dos Cães

mente falado, e desse Forte avista-se Espanha, contrabandos e etecéteras.

Com que então Elvas!, murmura o Roque diante da porta de armas da cidade.

Os dois agentes ainda hoje recordam o espetáculo daquelas ruas à hora do hastear da bandeira nos quartéis. O toque do clarim soa celestialmente e alastra-se a tremular pela planície, os habitantes mais respeitáveis descobrem-se, alguns travam o passo de chapéu na mão. Observa, hermano, diz o chefe de brigada ao companheiro. Leva-o até ao café, à Pousada, ao largo do tribunal; comem churros e veem televisão espanhola. No dia seguinte pela manhã fazem peito e, em cumprimento do despacho do Exmo. Inspetor, avançam para o local da diligência que fica nos chavelhos de Judas dado o retorcido das alturas a que está situado. Que se lembrem, apenas pararam uma vez, e essa para apreciarem um monumento em caminho, padrão ou glória de qualquer coisa, que diz

ESTA MEMÓRIA
SE PÔS PARA QUE OS MORTAIS
DEEM GRAÇAS AO
SENHOR DEUS DOS EXÉRCITOS
E DAS VITÓRIAS

e que fica a breve distância de uma fortaleza de casamatas protegida por fossos e muralhas. A dita.

Uma vez lá dentro, veem um formigar de soldados, encosta abaixo encosta acima, carregando ao ombro o célebre "barril d'água". São os condenados da tropa a cumprirem o seu fado. Enquanto eles trazem e despejam numa cisterna sem fundo, cá do alto do Forte, o chefe Elias e o seu acompanhante verificam que quase todos usam trapos em vez de botas e vestem fardamentos desirmanados à mistura com farrapos civis. A isto comenta o sargento de dia que os recebe que "tudo aquilo é uma grandessíssima coboiada", referindo-se evidentemente à indumentária dos presos.

Ao que Elias terá dito: Suplício de Tântalo, meu amigo; e respondido o sargento que nem tanto assim, dado que os guardas fecham os olhos ao que podem naquele sobe e desce de alcatruz, barril cheio, barril vazio. Só na quantidade da água é que eles têm de ser rigorosos para que não passe de pouco mais do que metade. Pela explicação do sargento, num barril menos cheio os balanços da água tornam mais dolorosa a subida, é fato, mas tem de ser assim que é como manda o Regulamento. Termina pondo-se em sentido porque passa o nosso, dele, Comandante.

O Comandante informa-se; e sabendo ao que vêm, leva Elias e adjunto para uma sala de visitas que tem cus de granada a servir de cinzeiros e um retrato de Salazar ao lado do estandarte do quartel. Chama-se "Sala Major Marques Maria", conforme podem ler na placa que está na parede. Convidados aos seus lugares, sentam-se e ouvem, entrando propriamente na matéria do

Balada da Praia dos Cães

Relatório

Ouvem:

— que a evasão do Major e Outros tinha sido do tipo convencional. Preparação meticulosa com apoio do exterior. Presumível colaboração de civis e, com toda a probabilidade, de familiares e simpatizantes do movimento subversivo a que os evadidos estariam ligados. Desvio de armas e outros artigos militares. Aliciação de um cabo da guarda. Fuga de todos os implicados. O Comandante fala seco e em rajada intermitente. Não usa monóculo mas podia muito bem usar porque tem cara para isso.

Leem:

— uma memória (que juntam ao Relatório) onde, com referência à evasão deste Forte ocorrida na noite de 31 de dezembro para 1 de janeiro pp., se identificam os participantes como sendo: a) major de artilharia Luís Dantas Castro, 47 anos, casado, na situação de detido do Tribunal Territorial para aguardar julgamento por tentativa de sedição militar; b) arquiteto Renato Manuel Fontenova Sarmento, 25 anos, solteiro, à data a cumprir o serviço militar com o posto de alferes miliciano e, pelos motivos do anterior, detido neste depósito disciplinar; e c) 1.º cabo Bernardino Barroca, 23 anos, solteiro, que se encontrava a prestar serviço como adido à Secretaria do Forte. Seguem-se várias generalidades salpicadas com muita caspa de amanuense e várias voltas ao quartel pelo meio que terminam a Bem da Nação com a assinatura do Comandante.

Veem:

— o Comandante abrir uma Carta de Portugal Centro-e-Sul e indicar nela um cruzamento de linhas e de sinais que é: Elvas, estamos aqui. Seguindo o dedo do oficial metem pela estrada de Reguengos que tomaram os fugitivos no volkswagen conduzido pela incriminada Mena na noite da evasão. O major Dantas ia disfarçado de padre, como agora se sabe, e o arquiteto à civil; o cabo levava o capote e as botas da ordem. Arrancaram nesta direção, Alandroal, Terena, Reguengos, cobrindo 75 quilómetros em cerca de uma hora. Uma hora, nunca menos, diz o dedo do Comandante, e isto atendendo a que era noite e noite de temporal.

Ora aqui os fulanos, das duas uma, ou tomavam a estrada nacional no sentido Évora-Lisboa ou iam em oposto, rumo à Espanha. Simplesmente, há também este desvio que parece que não vai dar a parte nenhuma, e não vai de fato, mas foi por aí que eles avançaram. Repare-se, é uma estrada secundária, secundaríssima, que chega a este ponto e acabou. Só que os sujeitos estavam bem informados e sabiam que podiam continuar até à fronteira pelo caminho que está marcado na carta a traço interrompido como se fosse um carreiro de cabras mas que é todo em piso de rocha, quase sem margens. E seguiram. O dedo seguiu. Vê-se o tracejado hesitante, dez, quinze quilómetros para leste, e subitamente aparece uma linha azul a cortá-lo. Curso de água, o dedo do comandante faz alto. O volkswagen tinha-se detido à beira dum precipício e os focos dos faróis estavam suspensos no ar, açoitados pela chuva.

Balada da Praia dos Cães

O padre lá dentro no lugar do morto e a amásia ao volante. O missal e a metralhadora como no nimas, pensa Elias Chefe que é homem de segundas matinées e de leituras de tabacaria.

Verificam:

— que a descrição do Comandante do Forte confere. Há de fato o tal precipício, como podem confirmar assim que chegam ao local num jeep conduzido por um soldado da GNR. Estão num cabeço pelado, à vista da fronteira, ali é que a quadrilha estacou. O missal e a metralhadora, repete Elias. De padres e de miúdas transviadas está o cinema cheio, já lá disse Santa Teresa quando apareceu ao Al Capone. Padres cowboys, padres guarda-costas, tudo isso tem barbas. Até padres do conto do vigário à italiana, quanto mais. Truque antigo, capisce?

Procedendo à necessária inspeção do local, os dois agentes logo deparam com a carcaça dum automóvel calcinado pelo fogo no fundo do abismo, a qual carcaça apresenta sinais mais que suficientes para se identificar como carro ligeiro da marca volkswagen e de duas portas. O achado encontra-se a pouca distância dum riacho que corre entre paredes rochosas; ao regressarem ao ponto de chegada os mesmos agentes não têm dúvidas de que o incêndio foi provocado. E nada havendo a acrescentar, o chefe de brigada senta-se numa pedra.

É primavera de cheiros, faz sol; água a correr lá em baixo. O condutor do jeep deixa-se ficar ao volante, Roque de pé, voltado para Espanha numa claridade dourada. Fim do mundo, pedregais. Um fósforo no depósito de gasolina, uma explosão, e em dois pulos o bando pôs-se do outro lado do mapa deixando a pátria num adeus de labareda. Não foi nada mal magicado, não senhor, reconhece Roque.

Elias tem um besouro fechado na mão, sente-o murmurar-lhe debaixo dos dedos com as patas. Não se importava de dar a unha de estimação para saber como e quando é que a quadrilha voltou a entrar em Portugal. Ou se alguma vez chegou a sair de cá, hipótese a considerar. Silêncio. Silêncio à volta perpassado de mil ruídos (os mistérios do campo), o garolar duma cabra, água a correr, o eco dum grito, muito límpido e matinal. Elias daria tudo para saber se o incêndio do carro à vista da fronteira não foi só encenação para despistar. Pega agora no besouro com dois dedos, espevita-lhe as mandíbulas com a tal unha comprida: Foi?, não foi? Se foi uma encenação também as cartas que o major mandou de Paris não passaram doutro golpe para baralhar. Mandou-as daqui para Paris e alguém se encarregou de as meter lá no correio para serem apanhadas pela Pide. Outro truque antigo, mais um. Mas isto são suposições, não pode vir no relatório.

Não sei se já reparaste, diz Elias em voz alta, que aqui perto há um apeadeiro de caminho de ferro. Falou para o agente Roque, não para o besouro. Não é verdade que há um apeadeiro aqui perto?, pergunta ao soldado que está ao volante do jeep.

Brejos, responde o soldado.

Cinco quilómetros, não?, torna o chefe de brigada.

E o outro: Menos. Três quilómetros, para aí.

Elias Chefe deita fora o besouro: Um apeadeiro, Roque, não aparece por milagre. Topas, irmão amigo?

Roque topa, não é tão morcego como isso: Major e companhia tinham-se escapado de comboio. Tate, confirma o chefe de brigada. Os noctívagos em vez de se terem passado para os espanhóis hermanos tinham mas era embarcado no dormente com bilhete de nunca-mais. Resta saber se o horário confere, bom irmão...

(Inspetor Otero, lendo o Relatório: Um criminoso que deixa labaredas no caminho ou tem medo do escuro ou quer encandear a polícia.)

Relatório (continuação)

... e nessa eventualidade deslocaram-se então ao mencionado apeadeiro que mais não é que uma paragem de lá vem um, desiludida e cheia de ervas. Serve unicamente as povoações de Murtal e Ventanas que em velhos outroras foram centros de abastecimento de umas minas de pirite, hoje praticamente abandonadas.

Os dois agentes, depois de terem estimado distâncias e tempos e levado em linha de conta as circunstâncias em que se deu a fuga determinam que: Bate certo.

Por outro lado, e seguindo o itinerário do comboio, admitem que os fugitivos se tenham separado em dois grupos na estação de Vendas Novas continuando o major e a acompanhante a viagem até Lisboa enquanto o cabo e o arquiteto tomavam uma das estradas de acesso ao Barreiro (?) ou ao Montijo (?), de preferência secundária. Precauções elementares, seja dito, que Elias não tarda a ver confirmadas no posto da GNR de Vendas Novas, onde no registo de ocorrências se faz menção dum furto de duas bicicletas na tal manhã do salve-se quem puder. Algumas peças dos veículos tinham sido posteriormente encontradas num pinhal conhecido por Mata dos Cabedos, quinze quilómetros ao norte.

A essa mata ou pinhal se deslocam os agentes em diligência utilizando um táxi de aluguer, e nesse percurso interrogam comerciantes e pessoas da região. Mas não tendo ali encontrado objetos, referências ou quaisquer elementos de interesse para a investigação, decidem alargar a busca e assim,

— nas imediações do pinhal e num percurso que avaliam em cerca de setecentos metros, é-lhes possível recuperar algumas peças ou acessórios de bicicleta, a saber: uma corrente de roda pedaleira nos ramos dum carvalho, outra nos terrenos dum balseiro que serve de extrema ao pinhal, um guiador de punhos de plástico e uma roda com o respectivo pneumático na cobertura dumas ruínas em que se presume terem estado abrigados os criminosos ou como tal supostos.

Daqui em diante será o nada consta. Charnecas, Tejo ao norte, Lisboa. Mas até Lisboa há mil caminhos, Elias e Roque dão tais voltas à carta de Portugal Centro-e-Sul e riscam-na com tantas linhas e em tantas direcções que às duas por três parece a palma da mão do Padre Eterno cruzada com todos os destinos da humanidade...

(Opinião do Comandante do Presídio: Uma evasão de tipo convencional pressupõe apoios exteriores.)

Relatório (continuação)

... mil caminhos aqui é como quem diz mil expedientes, posto que estes manos (cabo, arquiteto, major e companhia) eram de matacavalos — comentário do chefe de brigada à vista dos destroços das bicicletas. Serviam-se dos trotinantes e uma vez servidos acabavam com eles ao fogo e à porrada.

Roque acha que com isso os fugitivos pretendiam apagar a sombra e mais nada. Mas Elias responde-lhe em tom de bíblia: A sombra, estimado irmão, é o castigo do vivente. Nunca protege o próprio e alimenta-se dele.

E Roque: Nunca tinha pensado mas não está malvisto, não senhor. Os próprios cães quando fazem bem com a sombra deitam-se, e se calhar é por isso.

Elias Chefe: Irmão, os cães mijam de parede, essa é que é a sombra que os acusa.

Roque: E estes gajos é isto. Quiseram apagar a sombra e deixaram-na aqui nesta sucata.

Elias Chefe: Falas como um oráculo, mas a respeito de cães nunca te esqueças: a sombra do corpo passa, a sombra do mijo fica. A sombra do mijo é que nenhum ladrante até hoje conseguiu escapar. Fiz-me entender?

Daqui para a frente seguem-se vários ditos e acasos, nada que seja de interesse para o Relatório. À primeira vista, pelo menos.

Retomando, pois, a sua diligência os dois agentes regressam a Vendas Novas a hora tardia, razão pela qual decidem jantar em caminho numa taberna de farta-brutos. Olá?, diz o chefe de brigada mal se senta à mesa.

Com efeito, espetado num tonel atrás do balcão vê-se um par de chavelhos enfiado num guiador de bicicleta, com um letreiro escrito pelo dono da taberna: "Estes são meus." O referido achado alerta também o agente Roque, que, embora pouco crédulo, e como se diz apenas para deitar o barro à parede, procura informar-se de qual a proveniência do objeto, tendo-lhe sido respondido que se tratava duma oferta dum vendedor ambulante residente em Vendas Novas.

Elias Chefe, sentado à mesa, sorri. Não porque tenha duvidado da explicação do taberneiro, como posteriormente confessa, mas pela ingenuidade deles próprios, polícias, que são gulosos por dever de ofício e estão sempre à espera de milagres. Realmente só a varinha de São Sherlock poderia ter levado dois apóstolos da Judite a marrarem daquela maneira com o guiador duma das bicicletas roubadas ressuscitado em miúra de taberna. Que se lixe o guiador e andante, andante. Segue o relatório.

Logo depois, 10 de abril, um domingo, Mena caiu inespera-
damente nas mãos da Judiciária por denúncia duma telefonista
do Novo Hotel Residencial onde tinha chegado na noite ante-
rior. Estava no quarto, sentada e de mala feita — à espera.

Antes disso passara pelo seu apartamento da Estrada da
Luz (selado pelo tribunal) onde fez desaparecer vários papéis e
queimou as fotografias que restavam da busca efetuada pela
polícia. Uma caricatura dela própria, afixada na parede, apare-
ceu perfurada a ponta de cigarro, o mesmo tendo acontecido ao
esboço duma carta dirigida ao pai e interrompida na primeira
linha: "Acontecimentos terríveis atingiram a tua filha..."
Também no quarto do hotel foram encontrados fragmentos de
cartas idênticas, alguns parcialmente reduzidos a cinzas mas
suspensos na mesma frase, sempre a mesma.

A telefonista do hotel declarou ter reconhecido Mena pelas
fotografias dos jornais; por sua vez um funcionário da contabi-
lidade informou que na ficha da cliente estava debitado um tele-
grama para Lourenço Marques e presumivelmente dirigido ao
pai, na opinião da Polícia. O chefe de brigada Elias Santana,
que não esteve presente ao ato da captura (tinha ido visitar o

jazigo de família ao cemitério do Alto de São João) nunca se convenceu de que a denúncia não foi organizada pela Pide Na detenção participaram unicamente o inspetor Otero e o agente de 1.ª classe Silvino Saraiva Roque que se fizeram transportar no carro do primeiro.

Filomena Athaíde, Mena, não teve qualquer palavra ao receber voz de prisão, a não ser no momento em que lhe puseram as algemas e para pronunciar apenas: "Isto?" Durante a viagem para a sede da Judiciária conservou as mãos sobre os joelhos e não parou de as olhar.

Deu entrada nas celas privativas direta e imediatamente, sem passar pela fotografia nem pelo registo datiloscópico ou por qualquer outra identificação de rotina. Foram, assim, limitados ao máximo os seus movimentos e contatos dentro da sede da Polícia, mantendo-se a detenção rigorosamente confidencial por ordem do Diretor e no interesse da investigação.

O chefe de brigada visitou-a poucas horas depois da captura. Foi encontrar uma jovem de vestido rodado, sapatos-chinela e penteado em rabo de cavalo, muito diferente dos retratos que tinha dela. Com o agente Saraiva Roque fazendo as vezes de escrivão, procedeu imediatamente ao primeiro interrogatório que teve lugar no gabinete do inspetor e se prolongou até à madrugada do dia seguinte.

Balada da Praia dos Cães

Os dois agentes seguem a Carta de Portugal Centro-e-Sul. Vendas Novas, estão aqui. Mas antes?

Elias: Recapitulemos.

É dia ou noite, tanto faz. Tanto fez. E agora estão a contas com uma jovem que fuma, que se enovela em fumo, e que fala a uma infinita distância dela mesma.

Elias mastiga uma pastilha. Vejamos: a estrada. O carro. O incêndio. A seguir Brejos, a seguir Vendas Novas e em Vendas Novas, nem de propósito, mal o arquiteto e o cabo se apearam estavam duas bicicletas muito distraídas à espera deles. Correto?

Mena faz que sim, correto. De cima do mapa espreitam-na os óculos grossos do chefe de brigada; há um retrato do Salazar na parede.

Portanto, as bicicletas. E a chuva, a chuva tem a sua importância por causa da cronometragem do percurso. Por outro lado, com chuva também se correm muito menos riscos se seguirmos pelas estradas principais, admira que o cabo e o arquiteto não se tenham lembrado disso. Mas deixá-los, eles iam de cabeça baixa, para a frente é que era o caminho. Cabeça baixa e força no pedal, corrida a contrarrelógio, corrida a contradestino, contra tudo e contra todos e em particular contra as patrulhas da GNR que são fruta geral naquelas bandas. Até que se abrigaram no tal telheiro, já vimos isso. E debaixo dum pontão, talvez aqui onde estão estes dois traços sobre a linha de água; depois, conforme os próprios contariam à ora respondente Mena, parece que se aventuraram mesmo a beber dois dedos de aguardente numa tenda de faz-frio. Verdade? Isso em que altura? E qual a tenda? Qual o pontão? Em que sítio, exatamente?

Elias Chefe: Os autos querem-se completos.

Tudo é impreciso, roteiro vago. Os fugitivos iam na obstinação e no pavor e Mena segue-os ao longo do mapa pela memória do que eles lhe contaram. Na ponta da secretária o agente Roque bate tudo a teclado. Frase a frase, quilómetro a quilómetro, o cilindro da máquina de escrever vai rolando pacientemente, pedalada após pedalada, por caminhos, e estradas, curvas de nível, charcos. Toque de campainha, fim de espaço, nova volta. Logo adiante o primeiro furo, e outro, e a seguir as bicicletas destroçadas no pinhal. Mas isso foi antes do pontão, foi mesmo antes do telheiro. A máquina de escrever parou: Em que ficamos?

O cabo e o arquiteto perderam o norte, iam no vento. Tanto podiam estar para a frente como para trás, tanto para o errado como para o certo. E quando assim iam surgiu-lhes o camião-fantasma, um monstro a fumegar água com dois homens-sombra na cabina. Pegaram a boleia, meteram-se lá atrás no meio de caixotes de peixe no gelo, cobertos com uma lona pesadíssima. Quarenta, cinquenta quilómetros nisto? Ninguém sabe, nem eles sabiam. Batiam o dente na escuridão, espalmados entre o gelo do peixe e a lona por onde corriam levadas de água; quando os destaparam estavam num cais ao alvorecer.

Barreiro, anuncia Elias Chefe com a ponta da lapiseira em cima do mapa.

Faz um traço a atravessar o Tejo: Daqui seguiram diretos a Lisboa, não tem que ver.

Mas atenção, aviso. Lisboa, esse vulto constelado de luzes frias do outro lado do rio é um animal sedentário que se estende a todo o país. É cinzento e finge paz. Atenção, achtung. Mesmo abatido pela chuva, atenção porque circulam dentro dele mil filamentos vorazes, teias de brigadas de trânsito, esquadras da polícia, tocas de legionários, postos da GNR, e em cada estação dessas, caserna ou guichet, está a imagem oficial de Salazar e bem à vista também há filas de retratos de políticos que andam a monte. O perímetro da capital está todo minado por estes terminais, Lisboa é uma cidade contornada por um sibilar de antenas e por uma auréola de fotografias de malditos com o Mestre da Pátria a presidir.

Cabo e arquiteto tomaram balanço, arremeteram. Tempos depois já tinham atravessado o rio no ferry-boat dos operários e telefonavam duma cabina para tal número assim-assim, Casa da Vereda. Ficou nos autos que chegaram ao destino entre as dez e as onze da manhã e que os recebeu uma mulher a abraçá-los. "Finalmente", suspirou ela.

Tinha os cabelos platinados.

Mena, soprando o fumo do cigarro: Foi assim.

Intervalo.

II

Elias acaba de vir lá debaixo das choças onde esteve a interrogar Mena. Sentado à secretária vê através do painel de vidro da parede a sala dos agentes iluminada a flúor: despovoada, só mesas.

Ordem do Diretor, via Otero: A detenção é confidencial e rigorosa.

Elias relê apontamentos, relê fotografias, as fotografias são fundamentais. Tem aberto o dossier do crime, Livro dos Mortos, como lhe chama. Confissões, ofícios, primeiros autos. Livro dos Mortos. Compassos de *La Golondrina*. A voz de Mena, o cigarro de Mena. Elias em dois ou três interrogatórios já sabe o quanto-basta do crime. Murmura música. *La Golondrina*.

[Informação manuscrita de Silvino Roque, agente de 1.ª classe: "O cabo depois da fuga do Forte não passou pela casa da mãe (sublinhado *mãe*). Esta, Florinda Barroca, do lugar do Rugial, Paredes, denotou bastante frieza na maneira como respondeu, sem o menor lamento pelos fatos ocorridos. O cabo de ordens, Joaquim Pinto, que colaborou nesta diligência, atribui o comportamento da referida ao clima subversivo que domina a região e informou que o irmão dela, um tal Bartolomeu ou Bertolomeu Pardo (sublinhado), é indivíduo com cadastro político. Acha que não lhe parece provável que o cabo se tenha arriscado a ir à terra, sendo certo que se porventura o fez ou vier a fazer sem seu conhecimento, não haverá ali quem o denuncie. E mais não disse o cabo de ordens."]

Elias vai em salteado (conhece os textos). Para e treslê, no tresler é que está a leitura, é assim que ele arruma a cabecinha, e de quando em quando queda-se a admirar a unha gigante. Também pensa de alto, às vezes diz coisas. Mas se fala e ao mesmo tempo lê, a unha escuta — e não há nisto nada de especial, não se pense, porque é uma unha do mindinho, o dedo que tudo adivinha, e porque é com ela que o chefe de brigada sublinha todos os momentos indecisos da pessoa e dos casos.

Acolá, do outro lado do vidro da parede, alinham-se as mesas dos agentes. Tampos metálicos, máquinas de escrever, tudo numa claridade sem alma. Como se fosse um aquário, pensa. E se prestar o ouvido pode mesmo aperceber-se do zunir contínuo da luz do neon que é afinal o mesmo zunir elétrico dos aquários de sala quando ficam às escuras. Um dia se Deus lhe der vida e saúde ainda há de ver bolhinhas de oxigénio a subirem por aquele vidro acima e os sacanas dos agentes a darem à cauda, de boca aberta.

Agora puxa uma gaveta da secretária onde há de tudo, magnésias, ervanárias e diversos. Uma lapiseira-calendário

1953, um soutien de rendas em miniatura cristalizado num pisa-papéis; e livros, dois ou três livros do género *O Magnetismo Pessoal, Os Protocolos dos Sábios do Sião* e *A Vida Quotidiana dos Assírios*. Mais recentemente juntou *O Lobo do Mar*, de Jack London (trad. Guerreiro Boto, edição Europa-América, Lisboa) que abre sempre na página duma assinatura,

Bernadino Barraca
1º cabo 3976/57
F. G Elreas 12-5-1959

e aquela inscrição aparece-lhe como um adeus deitado ao vento antes duma viagem sem destino. É a partir dele que Elias embarca na leitura, cada vez que faz mais uma jornada pelos oceanos do Jack London. Mena ficou para trás, a esta hora está na tarimba duma cela a acender cigarros uns nos outros. Enquanto isso Elias vai atrás do capitão Larsen, deslizando em mar chão, noite clara, bancos de gelo habitados por colónias de focas. O sino de bordo. Capitão Larsen, lobo do mar. A silhueta dum veleiro em farrapos pardacentos a escorrerem dos mastros. Centenas de vultos a ladrarem: focas, diz Elias de si para si, animais metade cão, metade peixe. Com os focinhos inteligentes, os bigodes e o olhar terno dos cães mas terminadas em rabo de peixe. Para um rafeiro não viajado uma foca deve ser a sereia canina, o mito da cadela dos mares.

Elias deixa-se ir à deriva (faz horas para voltar a interrogar Mena nessa noite?) mas há outras coisas que o prendem ao romance, os sublinhados. Passagens sublinhadas a lápis — pelo cabo.

"Nós já somos todos mortos," é uma delas.

E esta (pág. 261) com uma cruz à margem para reforçar: *"Ele chefiava uma causa perdida e não temia os raios de Deus."*

Quando é que o Barroca foi alertado para estes avisos? Em 15-5-59 na sua cama de caserna ou depois, numa leitura segunda, na Casa da Vereda? Com que pressentimento infernal sublinhou ele aquilo, com que intenção? Elias atravessa o romance a perseguir esta interrogação. Segue viagem levado por um tal capitão Lobo Larsen, que é lobo até no nome e que por ser lobo põe em alvoroço o lado cão que há nas focas. Isso não está no livro, bem entendido, esse ódio de sangues cruzados. Mas há muitas coisas que não estão ali por escrito mas que correm como profecias à tona da prosa. Muitas coisas que estão muito para além do capitão Larsen e dos dias que se fecharam sobre ele.

Os sublinhados, por exemplo.

Por cima do horizonte da leitura o chefe de brigada divaga o olhar, pensa figuras errantes, chuva e vento. A Casa da Vereda. Entretanto há um transistor no canto do gabinete em cima do armário dos ficheiros: era deles, dos fugitivos, ainda está como veio do laboratório dentro do saco de plástico. À volta daquela caixinha quantas discussões não terá havido na Casa da Vereda?

Mena, há pouco no interrogatório: Ouvíamos o rádio, o rádio era o único contato que tínhamos com o mundo.

Elias traz o transistor para a secretária: Ora vamos lá ouvir este ventríloquo.

E palavras não eram ditas explode um gooong! e sai o noticiário das três da manhã declamado por uma voz engravatada, Lisboa, Emissora Nacional. Fala do Dia da PSP e das forças da Ordem em parada na presença de estados-maiores de cara dura em tribuna florida. Missa campal pelos agentes que tombaram no cumprimento do dever, paz ao casse-tête. Guardas a desfilar pela trela, cães-polícias medalhados. Discurso do ministro do Interior a arruaçar; fala da segurança das pessoas e bens e declara guerra eterna "aos agitadores que, a soldo do estrangeiro ou inspirados por ideias de libertinagem, pretendem por todos os meios corromper a Escola e o Trabalho, renegar a Moral e a Fé e pôr em causa a Autoridade", fim de citação.

Elias pisca os olhos, dormitante.

Recorda o inverno desse ano, o inverno que se viu: os fugitivos do Forte de Elvas encurralados pela chuva e pelo medo. Frio e vento, fumo e solidão, nesse ponto as confissões de Mena eram insistentes. Já se deixa ver que o rádio nessa altura não falaria de polícias a desfilar em primavera de casse-têtes, datas são datas, não era o momento; nem em missas campais por alma dos bons agentes emolduradas em criancinhas (Deixai, deixai vir a mim os pequeninos, implora uma voz ao ouvido de Elias, mas não é ninguém, é só o famigerado capitão Maltês, armado de viseira, escudo e bastão numa das suas caçadas aos estudantes e disso não fala o noticiário) o noticiário fala, sim, está a falar, na caça às raposas do Thomaz Presidente e no Te Deum a que ele assistiu mais para a tarde pela conversão dos hindus. Estas são as notícias da noite, recitadas talvez pela mesma voz que três meses atrás badalava naquele mesmo transistor na sala da Casa da Vereda. Com a diferença de que nessa altura a voz tiritava nos lutos do inverno.

Porque eram dias pavorosos então. Cheias no Vale de Santarém, bairros de lata à deriva, e lá no desconhecido, Casa da Vereda, quatro fugitivos debruçados sobre um rádio aceso. A sala cheia de fumo (a lenha devia estar húmida e a ventania sufocava a tiragem da lareira) e por cima deles derramava-se uma luz de enxofre. Não esta do frio neon onde habita o mundo da Judiciária, não esta. Uma luz torva, luarenta.

Nisto, goooong!, o locutor dá por encerradas as notícias e passa ao comentário oficial. Perda da Índia Portuguesa, o galeão no fundo com um lastro de estátuas de vice-reis, e o locutor cá deste lado a vociferar vinganças. O arquiteto saiu da mesa. "Está visto", disse. "Tão cedo não tornam a falar de nós."

(Elias fechando o rádio: Falariam, falariam, eles é que não podiam adivinhar. Mas quando isso acontecesse, o major só o Padre Eterno é que o poderia ouvir e os outros andariam em tal susto que perderam o comprimento de onda.)

Sossego no gabinete do chefe de brigada, vergastadas de chuva na Casa da Vereda.

Balada da Praia dos Cães

Major Dantas Castro: Não roa as unhas, nosso cabo.

O cabo Barroca deixou descair a mão, uma mão escura e mal podada. Tinha o mesmo rosto triste e teimoso que o chefe de brigada conhecia da fotografia posta a circular pela Judiciária e estava de capote pelas costas. Capote de tropa, botas de soldado e calças de bombazina — se isto faz sentido. No entanto era assim que ele estava, naquele preparo; assim é que Mena o tinha descrito a Elias ainda há pouco.

"Entretanto já lá vão três dias e o telefone sem dar sinal." (Voz do arquiteto).

"Aguentar, Fontenova. Os silêncios fazem parte das ofensivas." (Major Dantas).

Elias, voltado para a parede de vidro: Também digo, aguentar e cara alegre. Noites como aquela devem ter eles tido muitas, o inverno a apertar e o major às voltas na sala como parece que era costume dele.

Dantas C: "Deixe estar que se o *Comodoro* não deu sinal é porque tem as suas razões. Você reparou como os deputados começam a dar porrada no Brasil?"

"Passa", respondeu o arquiteto. "Qualquer dia estão todos de língua na boca uns com os outros."

"Isso foi tempo, Fontenova. Desta vez têm o Galvão no Brasil para lhes fazer a vida negra." (Elias baixa os olhos para o dossier do crime: há uma passagem em que Mena se refere de fato ao capitão Henrique Galvão). "A partir de agora", continuava Dantas C, "tudo o que os gajos quiserem fazer com o Brasil esbarra no Galvão, o Galvão é que vai mobilizar a malta toda, não tenha dúvida."

"E nós?" perguntava o arquiteto.

"Nós, o quê? Nós somos parte do conjunto, em que raio de país é que você julga que tem os pés?"

Um fumo a rastejar à boca da lareira e o cigarro do major a viajar, o major a deduzir em cima dos passos. "Ainda há outra coisa, Fontenova, saber se ele realmente está lá. Oficialmente, sim. Oficialmente o Galvão não pode sair do Brasil. Mas não terá saído? Você garante? Não estou a afirmar nada, só pergunto."

Fontenova estava de pescoço estendido: a ver para longe e por cima do rolar do fumo. O cigarro do major dava voltas, perdia-se. "Tudo se resume a um jogo de riscos", dizia a voz dele. "A presença do Galvão em Portugal seria uma operação de enormes dividendos políticos ainda que não resultasse em cheio. Do ponto de vista internacional era a grande pedrada, se era."

A voz agora vinha do outro lado da sala (e tal qual como está escrita nos apontamentos de Elias); seguindo-a, o major aparece sentado à mesa, com a Mena atrás, de pé. Mena em robe de noite e com todo o ar de quem curtia uma insónia, o eterno cigarro nos dedos. Tinha uma mão no ombro dele e a outra pendurada, a fumegar.

Dantas C: "Continuo a dizer, nada garante que o capitão esteja em Portugal, é apenas uma probabilidade como outra qualquer." Alongou os braços para trás envolvendo Mena contra as costas da cadeira. "Mas se estivesse, hein? A porrada que não seria para estes gajos, já pensou?" Avan-

Balada da Praia dos Cães

çava a mão pelos contornos de Mena, repetindo volumes, o corpo de Mena. "No fundo é o que muitos chamam um golpe de audácia, esses merdas." A mão. A quebra das ancas. O dorso de Mena. "O que eles não sabem é quando é que a audácia lhes vai cair em cima, isso é que os trama. E vai. E quando cair não lhes deixa ponta de saída porque foi tudo estudado e com todas as margens de risco. Para onde é que você está a olhar?"

"Eu, meu major?" (Voz do cabo.)

"Você, você. Então eu falo e você põe-se a olhar para onde?"

Pausa. Mena e o arquiteto fitaram-se por um instante.

"Barroca", tornou então o major. "Aquele telefone é fogo, fixe bem. Olhe para eles as vezes que quiser mas livre-se de lhe tocar. Entendido? Queima, Barroca. Entendido?"

Lá do fundo, da lareira, o arquiteto estendia o olhar para a janela (mas a janela estava trancada nas portas interiores, com aquele temporal era impossível que não a tivessem trancado, pensa Elias. Mas não importa, mesmo trancada) Fontenova voltava-se para a janela como se procurasse espaço e distância.

"Uma noite destas acordei com a sensação que estavam a ligar para cá." Era Mena a tentar desmanchar o silêncio. "Sonhei, foi o que foi."

De costas para ela o major decorava-lhe as coxas com os dedos por cima do robe. "Pior, tiveste uma alucinação", disse ele. Os flancos. As nádegas de Mena.

"Alucinação?"

"Alucinação auditiva, também há disso, não há?" Dantas C apontou o cabo com o queixo: "Aquele não faz mais nada senão olhar para o telefone, tu já o ouves tocar, não há dúvida que a trampa do telefone está-se a tornar um pesadelo."

Riso. A mão a explorar, a penetrar as entrecoxas de Mena. E nesse então Elias esquece-se do cabo, o cabo dissolveu-se no fumo. Ouve-se uma voz: "Sim, isto está-se a tornar um pesadelo", (voz do arquiteto).

Alguém disse: "Vou-me deitar." (Mena?)

"Claro", insiste o major, "o homem tem todo o direito de olhar". (Mena continua sob a mão de Dantas C; percorrida, divagada.) "Olhar para onde ele quiser. As vezes que quiser. Olhar à vontade, não é aí que está o mal. Mal nenhum", repetiu. "O mal está no ar sorna do gajo, na maneira como o gajo anda a rondar o telefone."

Passos no teto, botas pesadas, afinal o cabo tinha ido para o quarto. Passeava à espera do sono, deslocava-se em batida certa, de sentinela, e por fim deixou de se ouvir. Lia?

O chefe de brigada lembra-se do *Lobo do Mar* do Jack London, ainda há poucos minutos o tinha estado a folhear em cima daquela secretária. Sossego agora; nem vozes nem passos. A chuva continuaria a bater a Casa da Vereda mas eles nem a ouviriam; rajadas e vento, confusão no arvoredo. Inverno general inverno, aliado dos fortes e carrasco dos vencidos, alguém disse isto. O major Dantas ou o seu tão

Balada da Praia dos Cães

citado Liddel Hart das teorias militares? E por que não o Clausewitz, esse arrogante Shakespeare das casernas?*

O arquiteto sentando-se à mesa, de frente para Dantas C: "Havia de ser giro se o Gama e Sá tivesse perdido o número do telefone."

Dantas C: "Não diga nomes, Fontenova. O *Comodoro* se ainda não deu sinal lá tem as suas razões."

O arquiteto: "Aguentar, já sei. Estamos todos à espera do telefonema providencial."

"Aguentar, Fontenova, aguentar."

Elias já ouviu isto, parece-lhe; naquela casa o tempo e as pessoas repetiam-se por ecos. Mena, por exemplo, Mena especada atrás da cadeira do major era isso também: um eco, uma irradiação noturna, a fumegar.

Dantas C: "Tudo na hora própria e pelas vias próprias. O *Comodoro* não faz mais que cumprir."

"O *Comodoro* limpou mas foi o rabo ao número do telefone e a gente que se lixe."

"Palavra?" Sorriso do major.

A mesa das discussões. Um transistor apagado e um baralho de cartas. Partida nula?, pergunta o chefe de brigada lá do seu gabinete da Judiciária. Mas o arquiteto sacudia

---

* "(...) Às vezes ainda o mais deprimente de tudo é a ignorância com que esses intelectuais encaram as questões militares. Ainda há dias o Fontenova, que nunca na vida leu uma linha do Clausewitz, lhe chamou 'um Shakespeare de caserna que aprendeu a tabuada pelas tábuas de tiro'. Assim, com esta desfaçatez." — Do *Caderno* de Dantas C apreendido na Casa da Vereda.

a cabeça, não se conformava com o silêncio do doutor Gama e Sá. Do *Comodoro*, queria ele dizer.

"E se o tipo perdeu o número, Dantas? Se anda vigiado? Há mil hipóteses, você bem sabe. E nesse caso como é que a gente sabe? Quem é que nos avisa no caso de haver um falhanço?"

Aqui o major inclinou-se todo para a frente, queria que o outro o ouvisse bem ouvido: "Comigo", disse, "não pode haver falhanços, fixou bem? Nenhum falhanço, Fontenova."

Um frente ao outro e a névoa a atravessá-los pelo meio (não confundir as vozes, recomenda Elias a si mesmo; mas eles emudeceram) e eram só olhos, os dois. Crepitar da lareira, faúlhas a subir. Do primeiro andar nem sinal: o cabo lia e sublinhava por cima deles, Elias ia jurar que era o que ele faria nesse momento. Lia e sublinhava os avisos do Lobo do Mar ou então estava de orelha colada ao sobrado, a escutar.

Elias recomeça a ouvi-los, mas desgarrados. As vozes vinham como de longe, numa conversa de ressaca. "Nenhum. Nenhum falhanço, fixe bem." "Exato, a minha lista." "Recurso, você fala em recurso?" "Sempre a mesma chatice." "A minha lista, o Dantas sabe." "Repito, você fala em recurso?"

Chama-se a isto partir pedra, conversa tresmalhada. Era assim, foi assim, segundo a confissão de Mena feita a cigarros e a indiferença. É verdade, e ela? Onde está a Mena?

Balada da Praia dos Cães

"Posso começar os contatos quando o Dantas quiser."

"A sua lista. Sempre a mesma chatice", dizia o major.

"Por quê, acha que é assim de deitar fora?"

"Você não fala noutra coisa. A lista, ligações de recurso. Não fala noutra coisa."

"Como o Dantas quiser, mas eu penso que não perdíamos nada em tentar uma ligação."

O major encolheu os ombros, cansado: "Estudantes. Tudo malta estudante, essa lista." E por falar de estudantes: "Você tem a certeza que nenhum desses tipos está ligado ao Partido? Calma, não interrompa. Comunistas, pides ou esquerda de bolso são infiltrações que não podemos admitir. Estou-lhe a dizer, Fontenova. Escusa de fazer essa cara, que é assim mesmo."

Madrugada, a luz do gabinete e da sala dos agentes empalideceu com a claridade cinzenta que vem das janelas. Horas de Elias fechar o serão da política tresnoitada e mandar os desavindos enfiar os cornos na palha.

Foram.

Foi.

[Nos *Autos* de declarações de Mena ficou registado: "Que a respondente não tardou a aperceber-se dessa animosidade (em relação ao cabo) recordando-se de certa noite em que o major, ao discutir com o arquiteto Fontenova, descarregou a sua contrariedade no Barroca, o que o levou a recolher-se ao quarto; que não pode reproduzir com exatidão as razões e os termos da referida discussão mas que no decorrer da mesma o major fez por várias vezes alusão ao capitão Henrique Galvão; que o arquiteto manifestou o seu descontentamento pela atuação do "Comodoro" (dr. Gama e Sá) referindo-se na altura a uma lista de possíveis aderentes ao Movimento que tinha confiado ao major; que, a dada altura da discussão o major tomou certas atitudes mais íntimas para com ela, atitudes que se lhe afiguraram propositadas no sentido de pôr menos à vontade o cabo e de experimentar a reação do arquiteto..."]

III

Elias Chefe interroga Mena: Recapitulando...

O local é uma das choças da Judiciária, doze palmos de chão e uma porta com ralo de vigia. São o quê? Três e meia, um quarto para as onze? Já chegamos ao abrir dos malmequeres ou ainda estamos em horas de coruja? Mistério. Só perguntando. Ali, cela privativa dos subterrâneos da Judite, o tempo desfaz-se lentamente na luzinha-piloto que escorre do teto de cimento. Não há horas nem desoras (Mena não tem relógio, faz parte das anulações policiais tirar as referências ao preso) nem há lua nem sol; a dormir ou acordada, Elias pode entrar-lhe pela cela dentro e começar: Recapitulando...

Invasão do espaço individual, assim se diz. Violentação do território do sono e outras. Logo na primeira sessão de perguntas o chefe de brigada montou o cenário arrastando maples e mesas para ficar à vontade com Mena no gabinete do inspetor. Ele sentado a um canto, ela no meio da casa, em campo aberto. Depois, pergunta a pergunta, Elias foi chegando mais a cadeira. Palmo a palmo, como que por acaso. A presa sentada em solidão, sempre mais agarrada ao seu espaço íntimo, e ele a aproximar-se atrás de cada pergunta. Como que por acaso, como que por acaso. Pode fazer-se isso com pequenos movimentos de quem se inclina para ouvir melhor e avança um pouco a cadeira, ou no ato de se apanhar qualquer objeto que se deixou cair, ou indo à janela e ganhando mais um palmo ao sentar-se. Mil pretextos. Perguntas, sempre perguntas; às duas por três Elias já estava colado à prisioneira, cobria-a com o seu bafo de polícia. Invasão do espaço individual.

(Elias, quando às vezes acaba de interrogar um cadastrado: "Entrei pelo gajo dentro e rebentei-o pelas costuras".)

Mas Mena não estava preocupada em se defender. Não tinha esperado que a fossem buscar a um quarto de hotel com a intenção de "colaborar" — "colaborar" é um termo de polícia que se dá ao denunciante ou àquele que pretende resistir e se vai abaixo; e Mena não, Mena queria apenas ver-se livre de si própria e se calhar foi por essa razão que disse "Isto?" quando lhe puseram as algemas e a fecharam ainda mais nela mesma.

Mas há regras, e daquela vez o chefe de brigada não teve dúvidas de que a repulsa de Mena pela sua proximidade a tornava estranha e a impedia de falar (embora, reconhecia, ela tivesse dito o essencial logo de entrada). Além disso a existência da presa na Judiciária é confidencial e reservada por enquanto, ordens do Diretor. Por todas as razões e mais uma Elias passou a interrogá-la na cela e a distância conveniente, ela na tarimba, ele encavalitado numa cadeira, cotovelos em cima do espaldar como quem está de varanda.

Balada da Praia dos Cães

Na cela, sempre na cela. O Diretor não para de recomendar: detenção confidencial. Na cela, é lá que Elias a ajusta. E sempre a horas súbitas, também. A qualquer momento ela pode acordar estremunhada e dar com o pasma naquela cadeira a vigiá-la.

Acordar com a sombra dum polícia à cabeceira é de arrepiar. Mena inquieta-se, imagina traições do sono, os delírios e os pesadelos que podem comprometer qualquer pessoa enquanto dorme. Se ainda por cima o polícia faz um ar de rotina e diz quando ela acorda "Descanse, que não falou", então é que a pessoa se sente toda na mão e acredita que sim, que falou, e que se não foi desta será doutra, ou doutra ou doutra, que tem que ser.

Mena pensa: sonhar com cheiros, é isso possível? Só com cheiros. Sem gente, sem vozes. Preencher os sonhos com o rescender do capim depois das chuvas, com um aroma a bananas e a limões fechados no escuro. Sonhar com a infância em aromas, sabonetes lifebuoy chegados de Salisbury e cadernos de escola — novinhos, a cheirarem a papel. Cheiro a mãos de médico. Odor a pão à boca do forno. Cheiro a pai, cachimbo e àqua-velva. O couro das malas de viagem, duro e liso por fora, esfarelado por dentro. Madressilvas, o perfume noturno das madressilvas à volta duma casa. Cheiros para sonhar, é isso possível?

Durante semanas e semanas Mena tinha-se queimado por dentro com cigarros, tinha-se embrutecido com valium num batalhar contra as insónias da Casa da Vereda. Temporal, ruídos de sobressalto lá fora, e ela de olhos acesos no escuro, deitada ao lado do major e a fixar o vulto dum gato de barro que estava em cima da cómoda com uma cabeleira de mulher. O gato com a peruca enfiada na cabeça, a peruca das viagens clandestinas de Mena, reflexos platinados, cinza e mescla. Até de noite o adivinhava. Mas estranhamente o sono voltou-lhe na própria noite do crime. Em cima dos tiros e do sangue o sono abateu-se sobre ela de pancada; e foi espesso e brutal, e durou uma noite, e só uma, porque dali em diante era ela que não queria adormecer. Tinha medo de sonhar com o morto.

Pouco provável, observou-lhe o chefe de brigada neste ponto da confissão. Apontou a testa com um dedo: A psique, disse. O organismo arranja sempre maneira de se defender.

De acordo. Mas agora que dorme sem comprimidos, agora que Dantas C lhe desapareceu do horizonte das noites, agora Mena volta a ter medo de adormecer: nada lhe garante que quando acordar não encontre a sombra de Elias debruçada sobre ela como uma gargalhada suspensa.

Só duas perguntas, sussurra a sombra. E começa: Recapitulando...

[Instruções do inspetor Otero. Ponto *a*) — a identidade da detida só deve ser do conhecimento dos investigadores; ponto *b*) — a detenção deve manter-se rigorosamente secreta até à obtenção dos elementos fundamentais para a instrução do processo, o que terá de ser feito no mais curto espaço de tempo,] ou seja, depressa, depressa, no ver se te avias, porque há a lei que é doutora em caprichos e não gosta destas situações e porque há a Pide que todo lo sabe e todo lo manda e que pode vir arrancar a presa ao manto acolhedor da Judite quando bem lhe apetecer.

Elias Chefe: A Pide nunca se irá meter nisto antes da gente ter o cadáver passado a limpo com os maltratantes e tudo.

Elias logo ao segundo interrogatório tinha na mão todas as linhas com que se coseu o morto, daí para a frente era fazer teia e esticar o fio a ver o que pudesse cair. Com o que sabia e guardava podia selar o crime no mais-não-disse e despachá-lo para os juízes na primeira ocasião. Quanto a Mena: já confessou por inteiro, fechou o mundo que viveu. Foi para isso que se entregou; e que antes de se ter entregado, antes de se ter dado à morte, como se diz em policial corrente, passou pelo apartamento da Estrada da Luz e rasgou a imagem daquela que tinha sido, cartas, retratos, agendas, tudo; foi finalmente para dormir sobre esse campo lavado de memórias que, perante um polícia de unha macabra, fez o relato por extenso de tudo o que praticou, viu e soube. E isto por uma, duas, dez vezes, e a tal ponto que recordando em voz contada atingiu aquele frio distanciamento dos seres marcados pela fatalidade quando confessam as mais terríveis aberrações.

Elias sabe por experiência feita: a qualquer hora, neste mundo de subterrâneos há sempre alguém que se desfibra em cima dum cadáver sacrificado, alguém que se suga até ao tutano para selar duma vez por todas um capítulo mortal. E esse alguém, para assombro do próprio, nunca fala de si mas de um outro que em tempos foi; fá-lo despedindo-se do passado com um olhar duma incrível exatidão. Porque assim como aquele que habita com o suicida se mata em vida, também o que mata não faz mais que se suicidar nessa morte. Isto se não veio em qualquer bíblia podia muito bem ter vindo, mas é mais ou menos a conclusão a que chegou o chefe de brigada ao fim de muitos anos de traquejar com cadáveres malditos.

Portanto, quando Mena fala é já como se estivesse a uma infinita distância dela e dos outros. Oca, é o termo. De certo modo, morta.

Mas, diz Elias para ele, confissão acabada é verdade começada e esta menina dos pavões (sic) não vai assim sem mais nem menos para a gaiola dos arquivados. Enquanto não lha tirarem das mãos não parará de lhe assoprar as penas:

Só duas perguntas se não se importa.

Mena, estonteada, encara-o do fundo do travesseiro. Lá está ele pousado na cadeira junto do lavatório a sondá-la com aqueles óculos tristes.

Elias Chefe: Lembra-se por acaso dos livros que leu enquanto esteve na vivenda? Primeira pergunta. E, segunda pergunta, em que altura é que o cabo começa a afastar-se do major e por quê.

Pronto, agora é todo ouvidos.

Balada da Praia dos Cães

Mena recorda-se dum romance da Simone de Beauvoir que comprou na segunda visita ao advogado e dalguns números do *Reader's Digest* encontrados no sótão da vivenda; havia também *A Batalha das Linhas de Elvas* mas isso tinha ele trazido da biblioteca do Forte (ele aqui quer dizer *major*, é assim que Mena o trata nos interrogatórios). De livros é tudo.

Elias Chefe: *O Lobo do Mar*. Nunca leu?

Mena: É verdade. *O Lobo do Mar*.

Elias Chefe: E o major?

Mena: Como?

Elias Chefe: Pergunto se o major também leu *O Lobo do Mar*.

Mena responde: Ele não lia romances. E nesse caso, o chefe de brigada passa ao arquiteto: Também leu *O Lobo do Mar*? E quando? Antes ou depois dela?

Mena não sabe, mas é possível. O cabo sim, leu. Aliás o livro tinha-lhe sido emprestado pelo cabo.

Elias Chefe: Em que altura é que ele se começa a afastar do major?

Mena: O cabo? Mas eu já expliquei, já disse não sei quantas vezes que o cabo primeiro queria alinhar com a gente e só depois é que pensou em ir para França.

Elias Chefe: Depois, não. A combinação inicial era passarem-no para Paris logo que fugissem do Forte. Era ou não era?

Mena aperta os lençóis contra o pescoço. Fecha os olhos: Era.

Elias Chefe: Então?
Mena: O senhor sabe. O senhor está farto de saber.

Bernardino Barroca, desertor em parte incerta

É uma coisa, um remastigar que faz náuseas e que o chefe de brigada com certeza já nem ouve, não precisa sequer de ouvir, porque tem tudo naqueles papelinhos onde toma as notas para os autos. Mas a conversa do preso é a música do polícia e ele não está satisfeito, quer mais. Ouve e, confirmando para seu governo só dele, é como se esteja a apurar a letra daquilo que tem escrito nos apontamentos. A maneira como o cabo foi aliciado. As armas roubadas. A fuga.

Bichos como o Barroca são duros de roer. Não é Mena que o diz, é ele, chefe de brigada, que conhece a crónica desses ensimesmados. São gente que mastigou cascalho com o leite da mãe e alguns, como é o caso, também foram mastigando a revolta ao correr dos anos, mau sinal. Este caçou a cajado e partiu bolota com os dentes e, vá lá, era tratorista sem carta à data da encorporação. Anos e anos, ele e mais nove irmãos a verem a terra a despovoar-se a caminho de longes franças; volta não volta ia-se um vizinho, volta não volta ia-se outro, e o Barroca no dorso de um trator, rego vai, rego vem, repetindo os campos. Isto chegou a Elias pela boca do fiel agente Roque que anda agora a farejar o cabo por toda a parte com a sua matilha de muchachos, mas foram os velhos do lugar que contaram.

Balada da Praia dos Cães

Elias Chefe: Tem a certeza absoluta que o major já conhecia o Barroca antes da prisão?

Mena retoma o que ouviu ao próprio Dantas C, e é sempre a mesma versão, a mesma: conheceram-se num regimento de província, ignora qual, no dia em que o Barroca entrou na formatura com a cabeça rapada em recruta e logo ali lhe apareceu Dantas C, capitão nosso em figura de anjo guerreiro, capitão Castro, anjo castrense, um militar que anunciava que todo o oficial de cara levantada devia ser a perfil dobrado, diabo na guerra e missionário no quartel. Falava dos recrutas como se fossem órfãos, órfãos ou viúvos provisórios mal-amados e mal-comidos. Era assim.

O chefe de brigada regista a dois tons o que lhe vem de Mena e o que lhe segreda a memória, e nesta passagem por quartéis, portas-de-armas e cornetins a memória traz-lhe música e Alentejo de infância, baladas de desertores:

Oh Beja, terrível Beja,
terra da minha desgraça,
eram três horas da tarde
quando lá assentei praça.

Uma sina negra este lamento. Estava escrita nas linhas da mão do cabo, tão certo como ele se chamar Barroca. E a desgraça não tardaria; e aconteceria em Elvas, Forte da Graça, no momento em que ele, já cabo e quase furriel, viu aparecer Dantas C pela segunda e última vez, e nessa altura sem galões e debaixo de escolta. Na figura de anjo rebelde.

Continue, continue, diz Elias Chefe.

Mena acende um cigarro, sorve-o em profundidade. Endureceu.

Elias Chefe: O cabo estava disposto a ficar com o major mas percebe que o advogado anda a fugir aos encartes e fecha-se no quarto a estudar francês pela mão do arquiteto. Até aí tudo muito bem. E depois? Participa nas reuniões, não participa nas reuniões? Tem alguma discussão com o major? Tenta fugir? Tudo isso é fundamental.

Fica-se a correr a mão pela calva penteada, a unha gigante vai riscando o ar com uma lentidão calculada: Então?

Mena toma fôlego. Repete o repetido, ouve-se a custo. Oh, aquela unha. Mas segue, vai de memória enfadada ao correr dessa garra, para a frente e para trás, cena após cena, para a frente e para trás. E o outro no seu aparente ensonado é todo antenas, vibrações, estremece à menor paragem, à menor contradição. Lá no íntimo vai desenhando o Barroca a claro-escuro: um maltês de poucas falas por causa do Alentejo que o pariu. Sujeito de muitos engenhos, cauteloso e determinado, todos iguais estes manos. Como tal, compreende-se que se tenha desligado das galopadas do major até porque era cabo apeado e não se via lá muito bem nas alcavalas das conspirações: Se, como está relatando Mena, o Barroca se fechou no quarto a estudar fê-lo porque na doce França é que estava a guerra sua e não ali, nos ocos da revolução. Isso por um lado. Mas por outro, porque não queria ouvir muito para não estar em segredos: no caso de lhe deitarem a mão, quanto menos soubesse, melhor, chamem-lhe parvo.

A unha passeia, a unha passeia. É um bico de ave deserta a sobrevoar o penteado duma caveira burocrática.

Nesta altura o Barroca declamava pela voz de Mena o seu vacanças elementar, voici le lit voilá la porte elle est en bois, mas de repente vinha de lá de baixo um berro que punha a voar a papelada.

"Garde-à-vous, caporal!"

Era o major. O major a fazer graça rancorosa e a intimá-lo a comparecer ao jogo ou às notícias da rádio.

Ia. O rádio, o baralho, o fogão de sala — *les jeux sont faits*. Três homens à roda duma mesa e uma mulher que fumava, que fuma, com aquele aspirar arrastado que tanto incomoda o chefe de brigada (dentro em pouco a cela vai entrar em nebulosa, o prato de folha que faz de cinzeiro está a transbordar). Aquilo não era uma casa, era uma insónia, recorda Mena. Fumávamos como cavalos.

"Caporal, vocemecê já sabe dizer cagaço em francês? E desertor, diga lá? *Qu'est-ce que c'est un déserteur, Caporal?"*

Dantas C lançava as frechadas ao Barroca mas queria apanhar o arquiteto por estilhaço. Elias diria que era atirar a dois alcances, se isso fosse linguagem de tropa. Salta-lhe aos olhos que Dantas C nunca seria homem para perdoar que o Fontenova se tivesse feito mestre do outro à porta fechada. Sentia-se corneado, passe a expressão. Ou, como oficial, traído; traído por outro oficial que fazia alianças com um cabo à mesa do dicionário e do livro de leitura.

"*Ça và*, nosso Caporal?"

Este azedado vinha-lhe em qualquer maré, nunca se sabia. Podia vir quando o rapaz (o Barroca) se sentava ao baralho ou quando se apressava no comer: quando, por exemplo, numa manhã apareceu de barba crescida. "Olá? O nosso cabo a deixar crescer a barba à intelectual?"

À mesa do jogo era pior. À mesa do jogo cartas de azar, vinganças medidas. Mena diz: Jogavam forte. Mas forte aqui era tudo, dinheiro, meias palavras, cabeça baixa. E as apostas subiam aos contos de réis em vales. E vinham os apartes, as tais frechadas.

"Com que então a deixar crescer a barba?"

Dantas C recostava-se. Apreciava, sim senhor. Estudava as cartas, apreciando. Só que, azar do cabo, ninguém lhe tinha dado licença para deixar crescer a barba e isso era contra o Regulamento. "Pediu-lhe a si, Fontenova? Pois é, tenho muita pena mas vai rapar esses pelos, nosso Caporal. Já. *Vite, vite.*"

Elias Chefe: Ao que parece o cabo tinha mão para a batota.

Jogava o menos que podia, responde Mena. E o que ganhava era em vales, os vales eram a moeda corrente na Casa da Vereda. Havia-os por extenso ou rabiscados de aflição entre duas vazas, uns datados, outros à vista; no meio deles a polícia foi encontrar um que dizia "Vale uma gabardina e uma mala de viagem para o 1.º cabo Barroca, assinado Dantas C", o C aqui tanto querendo dizer Castro como Cem, como Comandante, Condor ou Cavaleiro, nunca se soube.

Balada da Praia dos Cães

Diga-me uma coisa, pergunta Elias, quando a senhora leu *O Lobo do Mar* encontrou algumas páginas sublinhadas?

Mena faz uma pausa: Páginas sublinhadas?

"Diário da Manhã": "Dinheiro a Rodos no Covil do Crime."

Donde veio? Quais as individualidades*, potências ou organizações que financiaram o major Dantas, queria saber a indomável imprensa deste país, 14-4-1960. Exigia a duas colunas; insinuava barbudos de Cuba e moscovitas de calça à boca de sino a espreitarem atrás do biombo, via mosquitos por cordas. Repetia o enigma da espia platinada, a espia que não esquecesse.

Essa do dinheiro a rodos também é cá uma destas bocas, rosnou o inspetor Otero. Mas pegou, disse o chefe de brigada, telefonamos aos jornais e veja lá se eles corrigiram. Por escrito, Covas, essas coisas fazem-se por escrito, disse o inspetor. Por escrito ou por falado é preciso que a Censura deixe passar, disse o chefe de brigada. E pronto, disse o inspetor, lá vem ele com a Censura. Não me lixe, Covas, não me lixe, vou mas é fazer um comunicado e veremos como é que eles se limpam a esse guardanapo. Em que termos, o

---

* "Entreguei uma única quantia, e essa de três mil e quinhentos escudos, e fi-lo exclusivamente por razões humanitárias e nunca por motivações políticas." Advogado Gama e Sá, em Tribunal, 9.11.1960.

comunicado?, perguntou o chefe de brigada. Nos termos oficiais em que se exige a reposição da verdade, respondeu o inspetor. E o chefe de brigada: E a Pide, já pensou? Inspetor: A Pide? O chefe de brigada: A Pide, a Pide.

Elias Chefe, para Mena: A Pide vai-lhe fazer a vida negra com essa história dos vales. Mas continue, íamos na questão do jogo. De certeza que todos os vales eram do jogo?

Mena, declarando o declarado, afirma que sim, cabendo a parte mais substancial ao major Dantas C e ao arquiteto Fontenova. Isto porque (seria necessário repetir?) o cabo jogava menos, passava a maior parte do tempo fechado no quarto, o que em dado momento provocou uma reação violenta da parte do major.

Reação violenta?, pergunta Elias Chefe. Em que altura?

Mena: Uma noite em que ele estava bêbado.

Elias Chefe: O major?

Mena passa a mão pela testa e para a olhar por entre os dedos uma mancha de bolor que tinha descoberto nessa manhã a um canto do teto. Tinha o feitio duma osga, o pardo e o repelente duma osga imóvel no cimento, com aqueles dedos abertos, minuciosos e arredondados em pontas de ventosa. Suspira. Depois conta: Ele estava tremendamente bêbado nessa noite.

Mena começa assim, o major na sala a embebedar-se sozinho, devia ter bebido toneladas enquanto esteve a escrever as cartas para ela entregar ao advogado. Essas. As supostas cartas de Paris, como diz Elias Chefe. Exatamente, passou que tempos a fazer rascunhos mas lá con-

Balada da Praia dos Cães

seguiu. Meteu-as em três envelopes que ela tinha comprado pouco antes da fuga da cadeia, uns assim sobre o quadrado e sabe Deus o trabalhão que lhe deu encontrar papel com marca de água francesa, mas enfim o major fechou as cartas e chamou-a a ela e ao arquiteto. Isto foi portanto na véspera da primeira visita de Mena ao advogado.

Quando o arquiteto entrou na sala, Dantas C foi direito ao assunto: "Não perca mais tempo, Fontenova, o cabo tem que ficar com a gente." Assim dito. Para arrumar.

O outro, faz-se uma ideia: ficou passado. E Dantas C: "O tipo sabe de mais para o largarmos da mão, só se fôssemos parvos. Por conseguinte pare lá com o francês e volta tudo à primeira forma."

Entrou então num discurso inconcebível contra o espírito mercenário dos rapa-tachos de caserna que só pensam na vidinha e nas tintas para o resto, nas tintas para a revolução, falou no humanismo fácil daqueles que se deixam levar por essa malta, falou da puta da piedade cristã, e do medo, e da ronha humilde, e do instinto de deserção ou lá o que era, Mena seria incapaz de repetir agora ali tudo o que ele falou, mas uma coisa era certa, o Barroca escusava de gastar mais os miolos a marrar no francês porque não saía da vista deles. A França a partir de agora era ali, Casa da Vereda, dizia o major Dantas C.

E para provar arrancou os três envelopes das mãos de Mena e pô-los bem diante dos olhos do arquiteto:

"Paris-sur-Tage, Fontenova. Quando a Pide apanhar estas cartas estamos todos em Paris."

Sentou-se a ver o efeito. "Homem, não é nenhuma tragédia", disse. E pôs-se a lançar fumaças para o ar: "Paris-sur-Tage. Nada mau, Paris-sur-Tage."

O arquiteto preparou-se para sair: "O caso do Barroca resolve-se, deixe lá."

E Dantas C: "Resolve-se, não. Está resolvido." Fumaça mais longa e mais profunda; uma baforada violenta a varrer tudo quanto o outro pudesse pensar. "Diga-lhe ", tornou Dantas C, "que desta casa não sai ninguém sozinho a não ser para o cemitério. E que se deixe de trombas, diga-lhe também isso."

Então desligou do arquiteto, desligou de Mena e pareceu regressar a ele mesmo, muito só entre os braços do maple. "Caras de medo", ouviram-no dizer. E depois. "Não gosto disto. Nada que eu mais deteste que caras de medo." Mas Mena supõe que nesse momento o Fontenova já ia nas escadas a caminho do quarto.

Elias Chefe: E a senhora?

Mena? Mena esperava também a sua aberta, que é que ela havia de esperar, e na primeira ocasião saiu. Antes de se deitar pensou num banho quente, um banho e o valium do costume ainda seria o melhor para descontrair de vez, e já estava esquecida em nuvens de vapor e na água a correr quando lhe chegou a voz do major a cantar em altos brados na sala. Ele a cantar. O Dantas C. Cantava uma cantiga de soldados, de propósito para o cabo ouvir no quarto.

Cantiga de soldados?, admira-se o chefe de brigada. E Mena: *Auprès de ma blonde*, uma canção francesa.

Conheço dos filmes, diz o chefe de brigada limpando os óculos ao lenço.

O fumo do cigarro de Mena rola pela cela. Perdido no meio dele alguém esbraceja empunhando três envelopes com uma alegria feroz.

Baú dos sobrantes: Diversos

Aqui é ela antes e fora do cárcere. Mena repensada de longe e em silêncio numa sala de lagarto e janela alta, através dos restos dos interrogatórios. Sobrantes. Baú dos sobrantes chama Elias a esse envelope para onde vai carreando à formiga certos avulsos do processo que servem ao bom polícia para tomar o peso aos figurantes. Cópias de arquivo, fotografias, recordações pessoais, notas à margem, há de tudo no envelope. Passa aqueles papéis com mão noturna e sagaz: parece que se iluminam e sai deles gente.

Declarações da porteira Emília que ainda não está bem em si depois dos fatos que ocorreram:
Não está bem em si, ainda lhe custa acreditar. E logo a menina do quinto esquerdo que ela conhece desde há anos, desde o dia em que o paizinho veio mais uns amigos de África comprar o andar aos senhores do prédio, ao afilhado, para melhor dizer, porque o prédio está em nome do afilhado, e nunca ela teve a apontar à menina Mena tanto como isto. Também é verdade que não é pessoa metediça, não tem

feitio, cada um é senhor da sua casa, bem basta a nossa, quanto mais. Agora, a menina. Se alguma vez podia sonhar uma desgraça daquelas ou, enfim, o que se passou. Estava longíssimo, pela sua saúde. Sabia do senhor major, sabia é como quem diz, via-o vez por outra. Por tal sinal que não era assim pessoa muito dada, não desfazendo, mas, é destas coisas, as companhias somos nós quem nas escolhe, ninguém tem nada com isso, e a menina recebia outros amigos, não muitos, todos colegas da universidade como um que chamavam o Nelson e outra que era a Norah e a Cristina, essa menos, mas sinceramente que nunca deu fé que se passasse naquela casa qualquer coisa menos própria, isso pode jurar. Para mais a casa, quem a quiser ver, está como a menina a deixou. Ou estava, agora não pode garantir porque os polícias andaram a inspecionar e aí já é como o outro. Depois que a Mena foi viver parece que para a Avenida de Roma, ou seja, quando se juntou com o senhor major para fazer lá a vida dela, a casa ficou-lhe entregue. Olhe, senhora Emília, a senhora é que fica encarregada de pagar as contas e o telefone e de tratar de tudo como se eu cá estivesse. De maneira que até os da polícia terem lá ido não faltava uma palha naquela casa, e por isso punha a porteira Emília as mãos no fogo.

Declarações de Marta Aires Fontenova Sarmento:

1 — Nenhuma. Recusa-se a falar por impedimento de saúde.

2 — O menos que pode dizer é que é desumano andarem a bater-lhe à porta. Considera um abuso. Esses senhores

Balada da Praia dos Cães

(a polícia) sabem perfeitamente que não há lei que lhes permita serverem-se de uma mãe para inculparem o seu próprio filho, de modo que lhes pede o favor de sair. Repete: os médicos proibiram-na terminantemente de receber seja quem for. Tem sido tão incomodada e há gente tão baixa, tão destituída, que foi obrigada a desligar o telefone.

(Elias Chefe, em Informação à margem: "De admitir que o corte do telefone não tenha sido motivado exclusivamente por chamadas anónimas, que de fato foram detectadas pelos serviços de escuta, mas para evitar que o filho entrasse em contacto com ela e permitisse referenciar o seu paradeiro. A ser verdadeira, esta precaução só pode ter sido aconselhada pelo advogado ou por *alguém* das relações do filho com quem a declarante mantenha contato.")

Conversa de Bar — *excerto:* (Estoril, 18-4-60, 0.30h, aprox.)

Um tal engenheiro Martins, cliente habitual deste Bar, e um indivíduo não identificado, em comentário ao Crime da Praia do Mastro que os jornais têm noticiado referiram-se a certa altura ao pai da amante da vítima, o qual tratavam por "Chico" ou por "Chico Ataíde". O primeiro confessava-se surpreendido por o "Chico" não ter vindo para Lisboa logo que soube que a filha estava comprometida no caso ("achava muito suspeito", foi a expressão), ao que o segundo, não identificado, respondeu que "o Chico andava com uma embrulhada qualquer em (Durban?) mas que desta vez não se tratava de saias".

Gracejando sobre o caso, recordaram alguns episódios ocorridos em Lourenço Marques com os quais o major e o Ataíde provocaram certo escândalo, tendo o eng. Martins afirmado que "em meia dúzia de meses deixaram a colónia semeada de cornos (sic) honra lhes seja feita". O segundo cliente mostrava-se bastante conhecedor da vida íntima do Ataíde que, pelo que deu a entender, vivia só ou era separado e que por qualquer razão nunca dispensara os devidos cuidados à filha para lá duma assistência material que, disse, seria mais que desafogada. Lamentava (com alguma ironia) que a rapariga tivesse caído nas mãos dum companheiro de coboiadas do pai, pois isso tornava a situação particularmente desagradável, ao que o engenheiro respondeu que "não fez o major senão bem porque pelos vistos não ia nada mal servido". O engenheiro disse ainda: "Fatal como o destino: papá fora, bacanal na cama."

A conversa derivou para assuntos de natureza comercial mas a breve trecho tornou-se a abordar o caso do dito Ataíde que ambos consideraram "ter levado uma porrada de arrasar qualquer um". Como já tinham alguns bons pares de whiskies discutiram em tom confuso questões de ciúmes (ou apresentadas como tal) e no decorrer da discussão o engenheiro não se cansava de repetir: "Pai que encontra a filha na cama com um gajo da idade dele tem ciúmes a dobrar. Hás de concordar que é chato."

A isto o cliente não identificado respondeu "já sei, já sei, mas não foi por isso que ele não veio cá saber o que é que se passava com a rapariga" e acercando-se mais do

Balada da Praia dos Cães

engenheiro declarou com toda a nitidez: "O Chico Ataíde está mas é a fazer horas para ir ter diretamente com a filha ao estrangeiro. Há uma organização por trás dos sacanas e qualquer dia estão todos em França."

A conversa ficou mais ou menos neste ponto, visto ter chegado um telefonema proveniente de Luanda para o engenheiro Martins. Este ao despedir-se do amigo ainda disse: "Eu se fosse comigo matava-os à porrada."

ass.) Tony Clemente, barman de 1.ª classe
Hotel Continental, Estoril

Eng. Martins: STI, SARL — Administração

Aldina Mariano:
A declarante é analista-ajudante no Centro Regional de Rastreio. Viveu maritalmente com o arquiteto entre janeiro-novembro de 55, tinha este vinte e um anos incompletos e ela dezassete (informação de Silvino Roque, agente de 1.ª classe).

À data em que fizeram conhecimento tinha deixado a casa dos padrinhos onde estava recolhida desde que viera para Lisboa. Motivo: os maus-tratos que lhe eram infligidos (coação e agressões corporais) como represália a "certo acidente da sua vida" (não especifica mas foi sem dúvida um aborto provocado) em virtude do qual esteve internada no Hospital de Santa Bárbara. Hospital onde pela primeira vez lhe aparece o arquiteto: a Aldina conhecera pouco antes um indivíduo que refere como delegado de propaganda médica, casado e com divórcio litigioso a correr nos tribunais. Ligação clandestina, portanto, e quase ocasional. Em consequência (do aborto?) o indivíduo em questão recorre a um amigo de confiança — para o caso, o arquiteto. Razão alegada: a impossibilidade de prestar assistência à doente com receio de que isso viesse a interferir no processo do divórcio, tanto mais que começava a ser pressionado com chantagens por parte do padrinho dela. Intervenção, pois, do arquiteto. Cumprimento escrupuloso da situação. Enfrenta desassombradamente as pressões do padrinho chantagista (agravantes da menoridade da rapariga, superioridade económica e social do sedutor, etc.) e não só ilude as responsabilidades do amigo como as transfere para si próprio. O que não deixa de ser estranho, mas enfim. Naturalmente, dá-se o inevitável: o conhecimento aprofunda-se, a Aldina e o arquiteto acabam por ficar juntos no quarto alugado que ela habitava algures em Almirante Reis. O arquiteto não deixa de visitar a mãe diariamente durante esse período...

"... oito meses duma vida em comum cheia de coisas inesquecíveis", recorda Aldina Mariano, "mas que desde o princípio me pareceu uma atitude um tanto forçada, uma coisa, não sei, que ele tinha imposto a si mesmo. Talvez por vontade de me proteger, talvez por desafio, não faço ideia. Havia e há um amigo dele do liceu, o padre Miguel, que é jesuíta e com quem nós nos dávamos bastante, e o padre Miguel é que dizia: O Renato tem uma necessidade terrível

Balada da Praia dos Cães

de se pôr à prova, escolhe sempre o lado menos cómodo. E eu hoje creio que era bastante assim. Não que a nossa ligação fosse só-só uma prova de compreensão, não vou até esse ponto. O que acontecia era que havia a tal preocupação de ajudar. Em tudo, mesmo nos momentos mais íntimos, uma preocupação, um desejo de proteger. É impressionante como o tempo nos faz compreender certas coisas, só agora é que percebo como isso já na altura me magoava, ele gostar de mim por essa necessidade de proteger. Verdade. Mesmo miúda tinha um pressentimento qualquer, sentia-me pouco à vontade, para não dizer infeliz. Enfim, tudo acabou como tinha que acabar, mas foram oito meses da minha vida que não é possível esquecer. Se não tivesse sido ele não sei se teria resistido, só quem passou por aquilo, santo Deus. E isto aqui, o meu lugar. Foi o Renato, o arquiteto Fontenova, ah sim, foi ele que me ajudou a estudar e a ir para a frente, mesmo quando já não tínhamos nada um com o outro. Para além do mais devo-lhe isso. Hoje estou aqui, tenho a minha independência, mas duvido que estivesse assim se o não tivesse conhecido. Tudo isto para que não haja confusões quando há bocado respondi que não tornei a ver o arquiteto desde que ele foi preso, e mesmo antes, mesmo antes, há meses que não o via, o que é rigorosamente verdade. Mas da mesma maneira também me sinto no dever de confessar que se ele por acaso tivesse procurado a minha casa eu nunca lhe diria que não. Custasse-me o que me custasse.

Bazar Ortopédico

Elias no Largo do Caldas: Neste largo apeou-se ela do táxi.

Ela é Mena no inverno, três meses atrás, e não numa manhã como esta perfilada de sol. Viajou de autocarro desde a Casa da Vereda até ao viaduto Duarte Pacheco, última paragem à boca da cidade, e aí meteu a Campo de Ourique à procura dum táxi. Impermeável escorrido, lenço colado à cabeleira falsa, a ver passar parabrisas. Elias faz ideia do desespero que não deve ter sido para ela essa manhã: é mais fácil enfiar um autocarro pelo cu duma agulha do que entrar num táxi em dia de chuva.

["A respondente", lê-se nos *Autos*, "efetuou o percurso em conformidade com as instruções recebidas (...) em Lisboa, fez-se transportar de táxi até ao Largo do Caldas e dali prosseguiu a pé até ao escritório do dr. Gama e Sá, na Rua do Ouro, onde chegou por volta das dez e trinta horas da manhã"]

tendo evitado, como admite Elias, a Rua da Conceição, já que a Rua da Conceição é como toda a gente sabe a rota obrigatória dos moscardos entre a central da Pide e os curros da cadeia do Aljube. Légua da Morte, poderia chamar-se àquelas centenas de metros que vão das celas à tortura.

Mas Elias não veio ao Largo do Caldas para reconstituir os passos de Mena na manhã em que ela fez a primeira

Balada da Praia dos Cães

visita ao advogado. Dirige-se para lá, é certo, chegou a sua vez de apalpar a palavra do Ilustríssimo Gama e Sá, mas se passou por ali foi porque de casa para a Rua do Ouro o Caldas lhe fica em caminho de diligência, como se diz em serviço. Está-lhe ao pé da porta, sabe esse largo de trás para diante e de diante para trás, o largo com a barbearia duma só cadeira e espelho de moscas, com os marceneiros de meia cancela que nunca se veem, só se ouvem, e com o casarão das janelas trancadas onde à noite anda uma luzinha a passear lá dentro. Numa manhã de sol como esta o casarão tem fatalmente um friso de pombas emproadas ao correr do telhado mas não vale a pena olhar, é sempre aquilo. Do outro lado é que sim, do outro lado, Rua da Madalena a descer, é a feira dos ortopédicos. Aí nunca falta que ver nem que meditar.

"Hoje, graças à Ciência, podemos reconstituir as partes mortas do corpo humano. Podemos animá-las de energia motora e restituir-lhe as formas e as expressões que foram da sua natureza." — Eminente prof. Hasaloff, de Viena da Áustria.

Calçada a pino, cada loja com o seu carrinho de inváli-do exposto à porta como se estivesse à espera da ordem de partida para um rally-surpresa. Vistas do cimo da rua, aquelas cadeiras resplandecentes parecem prontas a rolar a qualquer momento pelo plano inclinado abaixo, ganharem velocidade, altura, e desaparecerem como máquinas loucas sobrevoando os telhados da cidade. Ao pôr do sol recolhem domesticadamente, mas ficam as montras iluminadas porque essas são de todas as horas como os sacrários dos ex-votos no caminho de quem passa. Exibem membros articulados, espartilhos dramáticos que lembram palácios de tortura, pescoços de metal, Próteses & Fundas Medicinais. Numa das vitrinas, em moldura de veludo-relíquia, está o professor Hasaloff a proferir as suas palavras redentoras sobre as partes mortas do corpo.

Há também o carro da mão decepada, Elias nunca passa ali sem o olhar. E é fatal, estacionado diante da mesma loja, noite e dia sem arredar uma polegada, lá está o velho e familiar Oldsmobile com o letreiro *Bazar Ortopédico / Orçamentos Grátis* colado no vidro de trás. E a mão. Há sempre a tal mão pousada no volante, de borracha plástica, morena e quase terrosa e com um pulso peludo que termina num punho de camisa sem manga. Tem tudo, a mão, rugas, unhas, pelos implantados nos poros; no dedo próprio vê-se uma aliança de casamento.

Elias verifica invariavelmente: os pneus do Oldsmobile estão cheios, a carroçaria sem as poeiras crestadas dos carros abandonados. Dá ideia que viaja sem ninguém se poder aperceber, que se desloca a horas misteriosas e por sítios inconfessáveis, conduzido pela mão decepada. E quando se passa ali, lá está: parece um daqueles heróicos automóveis dos caixeiros-viajantes dos outroras poeirentos que percorriam as províncias escalavradas, orgulhosos das mercadorias que transportavam. Ortopedias, orçamentos grátis. E a mão, que afinal é oca e podia ser uma mão-luva para revestir outra mão de carne com os mesmos pelos, as mesmas unhas e os mesmos poros, a mão continua sem corpo mas fiel ao seu posto. Colocada sobre o volante como um selo de posse: o Oldsmobile é dela.

Nos acasos de Elias pelo Largo do Caldas há sempre este ponto obrigatório, a mão. Depois descerá ao Rossio, Restauradores, Parque Mayer, ou em inverso, rumo ao Tejo. Assim vai hoje, Rua Augusta abaixo. Semáforos e montras, filigranas, souvenirs, change-exchange, manequins e imponências bancárias, e bem no fim levanta-se o triunfal arco de pedra, porta da capital e do Tejo, todo em glória barroca e a irradiar bênçãos sobre o trânsito e o comércio, *Ad Virtutem Maiorum*. Bem no alto está o relógio solene, governo dos cidadãos, dez horas e trinta minutos. Estamos chegados.

Elias faz uma pausa de esquina para arrumar as ideias. Arrumar as ideias? O advogado fica a dois passos, só tem que virar à Rua do Ouro e entrar na primeira porta com engraxador.

Vão de escada com cavalheiros a lerem o jornal em tribunas de engraxador, cheiro a pomadas de cabedal, uma escada de madeira velha, é ali. Sobe por entre paredes de estuque suado, com o barulho da rua a escoar-se atrás dele, degrau a degrau, os pregões da lotaria, os travões dos autocarros, os panos de sacar brilho a estalarem no verniz do calçado. E quando é recebido lá em cima vê-se noutro mundo, maples de couro e silêncio alcatifado; sente-se um perfume morno, perfume de charuto, e a sala é de portas almofadadas, sombras a talhe doce. Elias está sentado diante duma mesa de mogno, uma extensão austera que ele atravessa com o braço para apresentar um documento:

Trata-se desta carta, senhor doutor. Saber se vossa excelência reconhece a letra e a assinatura.

Do outro lado despontam duas mãos vagarosas; brancas e lisas, despendem brilhos. Anéis, unhas envernizadas. Mais acima uma gravata a tremular em seda, e todo o peito, que é imenso, resplandece contra o espaldar do cadeirão. Por último a cabeça: óculos a faiscar, pele luzidia, barba polida a after-shaves e a toalhas a vapor.

Advogado Gama e Sá: Parece de fato a letra do major Dantas Castro. Lê e relê a carta. Sem pressas. Apalpando o queixo. Elias Chefe: A carta é dirigida ao advogado de defesa e remetida de Paris.

Estou a ver, estou a ver, acena o advogado enquanto lê.

Amigo e Doutor

Ah as traições, ah as cobardias dos galões e das estrelas, era o que a carta dizia. Antes porém importava agradecer a inestimável assistência que o advogado e amigo tão inteligentemente tinha prestado e pedir desculpa de só agora. Dizer sem lisonjas nem formalismos a muita honra por ter tido como patrono uma personalidade de tão reconhecido prestígio. O destinatário, o Amigo e Doutor. Alguém que a par do saber e da competência demonstrou a mais humana e espontânea dedicação. Doutor e Amigo. Pessoa da sua muita fidelidade e para sempre. Por isso, o dever duma justificação que o major sabia desnecessária mas que em todo o caso. Elvas, era a respeito da evasão de Elvas. Ele, Dantas C, não queria por nada deste mundo que subsistisse a menor dúvida de que a operação tivesse sido ditada por desespero ou menos confiança na defesa. Tudo menos duvidar um instante que fosse das capacidades do jurista e amigo. Doutor. De resto Dantas C, não tinha fugido. Apenas procurara outro espaço de luta como em breve se iria provar, os traidores que se preparassem. Sabia que essa corja de vende-pátrias andava a pavonear-se pelos estados-maiores com os galões conquistados à custa dos camaradas com quem firmaram compromisso de honra. Tinha conhecimento. Estava ao corrente. Embora longe da pátria Dantas C vivia-a por dentro, ainda não esquecera o major do monóculo que se tinha prestado à indignidade de comandar a escolta que o conduziu à cadeia, a ele e a outros oficiais. Contos largos, o Doutor sabia. Assim sendo, e dado que a subserviência imperava e que o Governo instituíra a corrupção como arma de elite, nem ele nem os outros camaradas detidos podiam esperar a menor justiça dos tribunais. Isto escrevia agora. Antevia toda a espécie de adiamentos, interposições e o diabo a quatro para que o julgamento fosse adiado, como até o próprio Doutor e Amigo tinha previsto. E não lhe ocultara. Esse favor devia. Pensou então que contra as falcatruas do silêncio só o escândalo em grande podia resultar. Pensou e o plano foi bem acolhido. Qualquer coisa que alertasse a opinião do país. Por conseguinte, explicava, ao levarem por diante a evasão estava seguro de que não só beneficiava os camaradas que ficavam no Forte como despoletava a consciência dos militares honrados. Que os havia, afiançava Dantas C, a instituição militar ainda não estava totalmente avacalhada, como se iria provar e ele sabia. Não dava razões, prometendo provar à vista. Aos quarenta e sete anos de idade, longe da pátria e dos seus, felicitava-se no entanto por não lhe faltarem apoios lá nos exílios errantes. E fazia jura, a hora de regressar não estava longe. Até lá não receava as dificuldades pois nem o pior dos piores é comparável ao espetáculo de cobardia que se vê em Portugal a cada passo. A carta despedia-se do Doutor e Amigo com os protestos da mais viva gratidão e deixava um endereço: Boîte Postale 300 Paris VII.

Advogado Gama e Sá, devolvendo a carta: Só um indivíduo transtornado se lembraria de enviar uma destas pelo correio.

Acende um charuto, o peito majestoso avoluma-se ainda mais à primeira baforada. É realmente um Doutor Habeas Corpus a cintilar na sala nobre, pensa Elias.

Inacreditável, diz. Inacreditável, não tem outra palavra.

O chefe de brigada lembra-se de Mena, três meses atrás neste gabinete: sentada na cadeira onde ele agora está? O incenso dum havano a subir dos mesmos dedos cravejados de brilhantes? Pergunta: É a primeira vez que o senhor doutor sabe da existência destas cartas?

Balada da Praia dos Cães

Cartas?, admira-se o advogado. O quê, ainda havia mais alguma?

Elias, é melhor não responder de pronto, corre o olhar pela sala até à porta (que está fechada e impressiona pelas almofadas contra o som e pelo batente dourado). Pensa em Mena outra vez. E depois, como quem não quer a coisa: É muito possível que o major tenha escrito outras cartas como essa, não lhe parece?

O Habeas Corpus recosta-se no cadeirão: Tudo é possível, meu caro senhor. Envia uma onda de fumo para as distâncias. Mas isto é uma imprudência, diz quase em segredo, caramba, é uma imprudência, repete; e então o chefe de brigada deixa-se seguir no rasto do charuto e, não há dúvida, vê Mena. Era ela à entrada da sala. Ou como se fosse.

Inqualificável, assopra o advogado. Uma carta assim, no momento que estamos a atravessar.

Mena. A porta fechada e ela cá dentro a escorrer chuva. Tremulava na água, muito hirta, havia um pequeno lago aos seus pés. E no entanto entrava sol pela janela e a cabeleira platinada irradiava luz gelada. Tinha três envelopes na mão, três recados alvíssimos, quase luminosos, que a água contornava deslizando por ela abaixo. Não parava de a cobrir, a água. Nascia dela.

Elias Chefe: Perdão?

Advogado Gama e Sá: Digo eu que é uma imprudência.

Elias Chefe: Uma imprudência calculada, talvez isso. Nada garante ao senhor doutor que essa carta tenha sido escrita em Paris.

Advogado: A mim? A mim tanto se me dá.

Disse isto para longe com outra baforada de charuto (teria visto Mena?).

Elias Chefe: Sabemos que o major não saiu do país, senhor doutor. O truque das cartas do estrangeiro não é lá muito original.

Ingénuo, diz o Habeas Corpus. Um expediente ingénuo, ainda para mais. O major tinha obrigação de saber que a polícia dispõe de informadores em Paris para verificar estas coisas.

Descansa as mãos sobre a mesa, boca descaída, o charuto pendente. Os grifos cravejados de anéis e de luzentes encandeiam a vastidão do tampo de mogno. Muito bem, diz. Mais alguma coisa?

Elias Chefe: Só mais uma questão, o problema do dinheiro. Depois da fuga o major nunca abordou o senhor doutor com pedidos de dinheiro?

Não vejo o senhor major desde que o visitei na cadeia por assuntos profissionais, foi a resposta.

Elias Chefe: Quem diz o major diz um intermediário.

Advogado Gama e Sá: Nunca.

Elias Chefe: Nem pelo telefone?

O Habeas Corpus ajeita um sorriso, como quem diz, imprudência sim mas nunca até esse ponto; mas o chefe de brigada mantém-se na mesma, olho apagado, à espera. Então o outro depõe o charuto no cinzeiro: vai ganhar tempo, tudo indica.

Balada da Praia dos Cães

Sabe muito bem, começa ele ajustando os óculos com os dedos (neste movimento Elias julga ter percebido um olhar de relance para o sítio onde esteve ou devia estar Mena) sabe muito bem, diz o advogado, que as organizações são rigorosas. Há canais próprios, regras a observar. (A voz soa levemente alterada, tanto pode ser endereçada a ele, chefe de brigada, como para um ponto mais distante em que permanecesse o vulto de Mena a ondular.) Um mínimo de cuidados, que diabo. Sabe isso, pelo menos tem esse dever. Não se aborda uma pessoa em qualquer altura e muito menos uma pessoa pública como eu. Não é chegar aqui do pé para a mão e passa para cá uma quantia.

Levanta-se.

Elias Chefe levanta-se também: Sim, mas às vezes há surpresas.

Disse isto e deitou-lhe um olhar certeiro, a ver o efeito. E depois, como quem não quer a coisa: Neste momento veio-me uma à ideia que não deixava de ter a sua graça.

O advogado: Sim?

Elias Chefe já com a mão na porta: A amante do major, senhor doutor. Não era nada do outro mundo se ela lhe aparecesse àquela porta um destes dias.

O advogado em despedida de mão mole: Meu amigo, surpresas dessas nem ao diabo se desejam.

E estamos conversados, Elias desce as escadas.

De novo os degraus esbeiçados e os poleiros do engraxador. Mas ao dar de caras com a rua tem um estremecimento: chovia, não era que estava mesmo a chover? Sorri por dentro, só faltava agora que se voltasse e lhe aparecesse Mena parada no meio das escadas e a escorrer água silenciosamente como uma dama do lago.

Fica à porta a apreciar o trânsito, gente a correr. De vez em quando olha para o friso de cavalheiros sentados naquelas tribunas de vão de escada, cada qual com um sapato no ar como se estivesse a dar a bênção com o pé ao engraxador ajoelhado à sua frente. Todos leem o jornal, certamente que não se querem ver no espelho da parede onde estão escritos a sabão os Prémios da Lotaria, Obrigado Exmos. Clientes.

O aguaceiro é um destes destemperos do abril chuvas mil que caem em pleno sol e à bátega larga. Chuva alegre, capricho de pouca dura para turista contar. Enquanto não chega a aberta Elias põe-se a figurar um copo de leite pingado e uma loira torradinha na esplanada da Suíça, a ver passar os carteiristas. Entretanto tem no bolso alguma coisa mais urgente, uma cautela de penhor que precisa de ser comprovada e, não é tarde nem é cedo,

["... a respondente, após ter saído do escritório do dr. Gama e Sá e sempre protegida pelos mencionados disfarces, deslocou-se a um prestamista da Praça da Figueira, número 118-F, sobreloja, onde transacionou alguns objetos de uso pessoal. Tal decisão ocorreu-lhe para compensar a escassa quantia de 3500$00 que o advogado lhe tinha dado, pelo que à saída do escritório rasgou a carta de que era portadora e na qual se fazia referência à mesma importância.

Balada da Praia dos Cães

Instada sobre a matéria da carta, a respondente tem ideia de que dizia respeito a ligações com militares identificados por nomes de código de que não se recorda, a não ser o de Rio Maior ou talvez Rio Grande, e este com a patente de coronel; que na missiva se aludia também a remessas de fundos, mapas geográficos e documentação falsificada, nomeadamente três bilhetes de identidade, um passaporte e uma carta de condução, tudo isto a ser fornecido oportunamente pelo dr. Gama e Sá após indicação pelo sinal telefónico que tinham combinado," — *Autos*]

desanda para Praça da Figueira, a dos ciganos de todo o ano, ciganos de camisa preta sobraçando cortes de fazenda, ciganos de relógio oferecido na concha da mão, ciganas com rodas de filhos às saias, ciganos a dar com um pau; e furando pelo meio deles Elias descobre a tabuleta do citado penhorista. Chega-se ao invejoso, que é cinzento e todo aos nós, e apresenta-lhe a cautela de prego e o cartão da Judiciária para melhor entendimento.

O homem tem cravos por cima do beiço e na asa do nariz, parece um daqueles pickles que se põem de lado à beira do prato. Só isto?, pergunta ele; e nem pestaneja, vai logo buscar os pendurados: isqueiro e cigarreira de plaqué de ouro, um alfinete antigo com diamante, uma corrente de ouro, tudo no total de 10 087$00, descontado o juro de lei.

Elias pega na corrente, põe-se a passá-la nos dedos e à volta do pulso. É uma cadeia delicada em forma de pulseira mas numa bela perna de mulher vale como um compromisso público de pato de cama. Atrás do balcão, o invejoso cinzento observa o deslizar da corrente nos dedos do polícia. A maneira como ele a estende em redor do punho, e a cinge, e a perpassa com a palma da mão, essas lentidões, esse voltear. Como a percorre em círculo com dois dedos e depois em torno do pulso, e como enquanto isto a unha mágica vai perdendo o brilho e o olhar se vai amortecendo atrás das lentes.

IV

"Nesta hora sombria da vida nacional. Nós, Oficiais das Forças Armadas, tomamos a decisão de, para honra da Instituição Militar, vir declarar ao País:

1. O nosso camarada, major Luís Dantas Castro possuía a medalha de Mérito e da sua folha de serviços constam vários prémios e louvores. Era um oficial de espírito militar, corajoso e audaz.

2. Educado em ambiente católico foi, quando estudante, filiado no Centro Académico de Democracia Cristã. Nas Forças Armadas não manifestou preocupações políticas até que, indignado com a subserviência imposta ao Povo e ao Exército pelo totalitarismo salazarista, participou, com dezenas de camaradas e civis, num levantamento militar, em virtude do qual foi preso e detido na Casa de Reclusão da Trafaria. Comportou-se com brio e dignidade, reagindo às interferências da Pide no processo. Transferido para o Forte da Graça, em Elvas, logrou evadir-se dali na companhia do alferes-miliciano, arquiteto Renato Manuel Fontenova Sarmento.

3. O cadáver do major Dantas Castro foi encontrado "por acaso" e nas circunstâncias misteriosas que a Imprensa

noticiou. A Nação tem o direito de perguntar: *Quem o matou e por quê?*

4. O major Dantas Castro evadira-se do Forte de Elvas para se juntar aos camaradas que tinham ficado em liberdade, na intenção de reorganizar as forças comprometidas com o levantamento abortado. Nesse propósito contactou com personalidades de destaque nas Forças Armadas e, assim, urge saber: *A quem interessava a morte do major?*

5. Os assassinos tiveram o propósito de enterrar o cadáver a pouca profundidade de modo a ser facilmente encontrado. Escolheram uma praia para darem crédito à versão da fuga do major para Paris e da sua posterior reentrada em Portugal, quando é certo que o nosso Camarada não se ausentou do País. *A quem interessa que se divulgue esta explicação?*

6. O nosso Camarada foi morto porque era necessário eliminar um combatente sincero e corajoso e porque interessava, com esta punição, advertir os seus companheiros de luta. *Quem o matou?* A Nação sabe quem mata os antissalazaristas, os militares que servem o País têm a vida dum Camarada a vingar."

O texto está assinado "F.A.I. — Frente Armada Independente". E vem em fotocópia carimbada: Polícia Internacional e de Defesa do Estado — Div. Investigação. Ao alto alguém tinha anotado a maiúsculas: *Documento A.* O Diretor?

Documento B. Carta datilografada (original) dirigida ao Diretor da Polícia Judiciária, Lisboa:

Balada da Praia dos Cães

"Neste país sem imprensa e sem liberdade ninguém dá crédito às vossas 'perspicazes' investigações sobre o caso da Praia do Mastro. Enquanto a tenebrosa Pide continua a praticar os crimes mais repugnantes a vossa atividade não faz mais que encobri-los. (ass) Um Português."

Documento C. Postal em capitulares endereçado à Polícia Judiciária, Lisboa. Original:
"O ASSASSINO DO MAJOR ESTÁ NA RUA ANTÔNIO MARIA CARDOSO. É DA PIDE."

Documento D. Fotocópia dum artigo do diário brasileiro Tribuna Popular, pág. 2, de 13-2-60. Tem o carimbo P.I.D.E. — Arquivo. Reproduz uma chamada na primeira página e o retrato a uma coluna do major Dantas C em sorriso aberto e camisola de lã (a mesma com que apareceu assassinado):

"Rio (Especial) — Círculos oposicionistas radicados na Guanabara responsabilizam a polícia de Salazar pelo assassínio do major Dantas Castro cujo cadáver foi descoberto recentemente numa praia dos arredores de Lisboa.

Em sequência de evasão espetacular do presídio onde aguardava julgamento, Castro se tinha domiciliado na França com o objetivo de ativar a resistência armada em seu país. A versão oficial protagoniza o crime na amante e em dois companheiros da vítima, atribuindo-o a discordâncias internas. Os assassinos teriam atuado em termos de execução política, alarmados com o regresso clandestino a

Portugal do major Castro, estando inclusive comprometidos na decisão grupos oposicionistas que rivalizavam com o Movimento liderado por ele.

Porém, fontes independentes e no geral bem informadas asseguram que Dantas Castro foi abatido pela PIDE, polícia especial de Salazar, num encontro preparado com falsos elementos revolucionários. Da amante e dos dois companheiros não foi até o momento encontrada pista. Personalidades contatadas pela Reportagem admitem com a maior reserva que os mesmos tenham atuado em cumplicidade com a Polícia e, na hipótese, o crime desde há muito estaria planejado.

De momento o caso apresenta interpretações controversas em seus detalhes, começando pela evasão do major do Forte onde se encontrava recluso. Esta foi saudada pela Oposição como vitória sensacional, sendo que, por outro lado, também não deixou de interessar ao Governo porque impossibilitou que o líder militar fosse levado a tribunal e trouxesse a público revelações comprometedoras sobre a corrupção e a instabilidade do Exército salazarista. Estes os pontos de vista de alguns entrevistados ao nos transmitirem suas hipóteses a respeito. Sua conclusão é que se a PIDE supervisionou a fuga de Castro do presídio por certo que os dois militares que se evadiram com ele já então atuavam como seus agentes. E, logicamente, seriam os mesmos também que, depois da fuga, induziriam o major a se deslocar a Paris no propósito de conhecerem por seu intermédio a rede de ligações oposicionistas no exterior que interessava à Polícia…"

… E este dossier não tem ponta por onde se lhe pegue, resume o inspetor Otero empurrando-o para um canto da secretária, é esterqueira e politiquice, chamar a isto documentos só mesmo um gajo retorcido. O diretor?

Tira um cigarro, bate-o na cigarreira, os punhos da camisa aparecem muito dignos e engomados. Isqueiro radioso, dupont de estalinho e chama pronta. Sopra duas lentas e refasteladas fumaças olhando de viés para o dossier: esterqueira. Uma coleção de papéis peçonhentos, denúncias, palpites de meia bola e força, ladainhas à liberdade, excomunhões e mais os outros azedos que os fanáticos da teia política rastejam por baixo da porta de quem trabalha. São folhinhas como aquelas que envenenam o país, estão impressas a merda simpática e só se leem a contraescuro. Ainda por cima deixam larva; por essas e por outras é que o Diretor PJ, fundo do corredor, porta em frente, mal elas lhe pousam na secretária enxota-as logo para o gabinete do resignado inspetor às ordens. Que para o efeito é ele, Otero. Braço responsável da Judite, com licenciatura de leis e compromisso de assinar.

Mas o Diretor Judiciário Judiciaribus também já não engana ninguém, toda a gente sabe em voz baixa que é um moscardo de serviço completo. (Grão-moscardo, se atendermos ao grau e à patente. Um grão-moscardo a vários voos, com escalas pela Pide, pela Censura e pelos entrefolhos da nação.) Isso é lá com ele, dir-se-á. Mas, porra, um esvoaçar de tal alcance baralha o geral e engrossa o dejeto.

Otero vem à janela, está uma manhã de sol, o que não quer dizer que a merda esteja em repouso. Pelo contrário, o sol leveda o podre e multiplica as larvas e quando o cidadão menos se precata já só sobrevive em bicos de pés e com trampa até ao traço do lábio. Trampa subversiva, que é a mais viscosa. E nada de ondas, nada de ondas, para que a fossa não transborde: ao menor gesto, ao menor resmungo, a merda política escorre para dentro do corpo do desgraçado e depois de o encher até às entranhas seca rápida e endurece transformando-o em estátua para curiosos da tortura.

O que aí vai, o que aí vai, murmura o inspetor Otero para se sossegar.

A quem interessava prolongar a morte do major

era antes de mais nada à Pide, ela é que no meio deste badanal de denúncias e de maldições vai fazer todos os possíveis para ficar de fora, sem deixar de embalar a extremosa Judite com cartinhas em segredo, fotocópias e panfletos, as tais esterqueiras. Entretanto Roque *y sus respectivos* andam por fronteiras de Espanha e areias de Portugal à procura do cabo e do arquiteto e muita sorte se não vierem de lá passados a grãos de chumbo. Mas se voltarem inteirinhos como é de desejar e trouxerem bem abocadas as duas peças desmandadas, nem vão ter tempo de as largar aos pés da Judite

Balada da Praia dos Cães

porque salta de lá a Pide e, com licença, leva-as a correr para casa. Ah, pois não. Como ginjas. Leva arquiteto, leva Mena, leva tudo, ao menos é um varrer de feira.

O inspetor Otero pensa: Que os leve, que os leve, e que lhe façam bom proveito.

Alguém que se dê ao trabalho de estudar o Processo Dantas C (Tribunal da Comarca de Cascais) não deixará de estranhar a quase ausência da Pide ao longo daqueles oito volumes. Correu-o de ponta a ponta, sente-se isso, os moscardos andaram-lhe por cima mas com todo o veludo das suas patas peludas, nada de confusões, só numa ou noutra página é que cravaram o ferrão e então aí foram até à cegueira. Tirando esses capítulos, que são raros, e um certo número de certidões, despachos e outras miudezas, o corpo da fábula foi levantado peça a peça pela mão sagaz do chefe Elias Santana mais a sua unha mágica. O método é dele, a prosa também (interrogava e fazia de escrivão, tinha apontamentos privados, versões para uso próprio e versões oficiais) Elias foi, a bem dizer, o cronista apagado dos sucessos que houveram lugar nesta parte da terra, dos quais fez relação e deu prova para instrução da Justiça e misericórdia dos crentes.

Na opinião dos jornalistas mais ligados à Polícia Judiciária este furão e amanuense do crime é personna non explícita aos olhos da Instituição. Os inspetores apoiam-se no seu traquejo de muitas mortes; tem regras muito pessoais, diz-se, mas em ambição fica-se por aí ninguém percebe por quê. Donde, a discreta tolerância que os superiores concedem às suas independências.

"Escuta o vento sem paixão mas também sem temor. Procura os seus sinais no deserto mais desapetecido, aquele onde não haja ovo de serpente nem caveira de camelo, e eis que estás na senda da verdade. Em breve se te abrirão as portas do mistério" — palavras de Moisés segundo Elias, ou garantidas como tal. Tomou-as como um conselho que vinha dos tempos em que Deus ressuscitava os mortos para não dar trabalho à polícia (comentário dele e em estilo próprio) e nos seus primeiros anos de investigador teve sempre a citação bem à vista debaixo do tampo de vidro da secretária. Parece que o recado profético lhe chegou quando menino do Colégio de São Tiago Apóstolo pela boca do professor de História, capelão da Armada, e que lhe tornou a aparecer muitos anos mais tarde esquecido num caderno da infância. Copiando-o em caracteres da Judiciária e no autêntico teclado das inquirições, fez dele a regra de ouro do agente que se presa.

Escuta o vento sem paixão... Todas as polícias têm as suas lendas e cada "homem da Casa" está sujeito ao fim de vários anos a ser conhecido por uma imagem bizarra ou por um lugar-comum, salvo seja, do mundo do crime. O chefe Elias Santana será o Covas, é essa a definição que circula dele na Judiciária e arquipélagos adjacentes. Mas se na sua alma deserta não há, como se diz, senão vozes de defuntos e música do passado, também no sono aparente em que se move não há mais que vigilância e leitura, uma leitura segunda para lá do que lhe contam e do que vê. Savater, ministro do tribunal de La Rota escreveu (*Memórias*, tomo II,

Saragoça 1907) que "*por mucho que se intente despreciar a los mytos personales que personificam al buen investigador hay que aceptar que tampoco existe exageraciòn sin verdad nifama sin razon*". E é o caso. O sono e o desencantado de que Elias se reveste são a sua capa de inquisidor, é com isso que ele faz frente às figuras do crime, "sem paixão e também sem temor". Na sua atuação no Caso Dantas C estão bem à prova o apagamento solitário com que ele se sabe imobilizar à vista da presa e a surpreendente brusquidão com que depois desfere o golpe.

Ao percorrer o Processo nenhum magistrado ficará indiferente à trabalhosa precisão de Elias Santana no entretecer das investigações. Contudo, uma atenta releitura dos autos e uma análise das datas das confissões de Mena levam a concluir que O CHEFE DE BRIGADA DESDE OS PRIMEIROS DIAS QUE ESTAVA NA POSSE DE TODA A VERDADE.

Estava. Só quem não queira ver. Logo a partir das primeiras declarações de Mena os autos suspendem-se ("devido ao adiantado da hora vai esta diligência ser interrompida para prosseguir oportunamente") e, mais, as datas vão-se espacejando, a matéria criminal é escalonada, repartida. Sendo assim, a quem interessava prolongar a morte do major?

O agente Silvino Roque (o mesmo que acompanhou Otero na captura de Mena) admite que ela tenha feito confissão completa do crime ao segundo interrogatório. Assistiu à ofensiva inicial de Elias Santana, não viu mais, mas por aí percebeu que tudo seria rápido e a esfolar. Compreende, também é verdade, que o chefe depois de apurada a conta corrente dos malefícios tenha trabalhado a detida pela sombra e pelo rendilhado, o que se justifica dado o natural brio do polícia numa matéria tão caprichosa. Interessava-lhe que Mena saísse dali devidamente aviada e subscrita e muito naturalmente quis ir mais longe, sabe-se lá onde. Como disse o agente Roque, a este respeito ninguém pode adiantar grande coisa: Elias interrogava a sós e habitualmente fora das horas de serviço.

Hoje, 1982, vemos claramente Elias Santana como o investigador que, uma vez senhor de toda a verdade, se entretém a deambular pelas margens à procura doutras luzes e doutras reverberações. Procura o quê? Uma face contraditória na confissão? Adiar a verdadeira morte do major enquanto não aparecem os fugitivos? O inspetor Otero diz: Nunca conheceremos o material que Elias Santana tinha em seu poder. Sabe-se apenas que ele foi juntando pacientemente apontamentos e fotografias ao chamado baú dos sobrantes onde guardava só para si. Até ao momento de fechar o processo (data da captura do cabo e do arquiteto, depreende-se pelos autos) o chefe de brigada não parou de sondar por conta própria e de arrecadar, arrecadar. Baú dos sobrantes, o cadinho das miudezas que fazem o tempero do crime. Seria com essa tralha, antevia Otero, que Elias se preparava para deitar cá para fora uns vinte missais de autos e de confissões, o enterro, digamos, de Mena e dos seus dois manos com todo o cerimonial e com todos os matadores.

Mas quando o processo lhe chegou finalmente e o viu em quatro volumes deste tamanho, o inspetor começou a compreender. Reconhecia-se ali o peso duma informação bem fundamentada. Mas resumida. Era densa e concisa, sem uma repetição que não fosse intencional, e impecável no método, articulação a toda a prova. Para se chegar àquele acabamento muito mais material tinha de ter ficado de fora, e que espécie de material, interrogava-se o inspetor. O Covas teria em casa um outro processo de Mena que guardava para ele?

A isso talvez só o lagarto Lizardo fosse capaz de responder.

Memento mori

Aquele que além vedes, irmão, porventura com uma caveira a seus pés (Elias não distingue bem), aquele devora o pão dos mortos à beira da cova que o há de devorar um dia. Está apoiado à enxada, alimenta-se e medita. À sombra dele e dos ciprestes dormem as almas sofredoras em sua escrita de mármore e suas assinaturas de cruzes, e é este o campo eterno dos humanos, Senhor como cresceu. Cemitério, jardim de lápides. Cresce e multiplica-se a cada hora diante do coveiro afadigado que come a triste côdea de manhã, ele é o pastor que conta o seu rebanho de pedra estendido ao sol pela colina; a sua vista só se detém na linha do rio, lá longe.

Elias está num banquinho de armar, à soleira do jazigo da família, com o termo de café com leite aos pés. Já limpou o pó das urnas, já as tornou a cobrir com as alvas toalhas rendadas repondo em cada uma, saudosos pais, saudosa irmã, a respectiva fotografia; varreu o chão com a vassourinha de maneirar, espanejou, mudou flores. Agora, enquanto lê o Diário de Notícias deste domingo, 17 de Abril, na paz duma ruazinha de jazigos, deita uma olhadela ao coveiro: está a meio duma encosta semeada de cruzes por onde vagueiam os visitantes solitários e no horizonte vê-se o Tejo em mar de escama de prata.

Por que razão é que os cemitérios hão de ficar sempre em lugares altos, sobranceiros aos mortais? Elias atribui isso a uma regra antiga: medo da peste. Vapores e podres de defunto só o chão das igrejas sossega e purifica. Ou então os ventos. Os ventos lá do alto levam tudo.

Anda uma mariposa por ali, e outra mais acolá, primavera de jazigos. Elias acompanha esses voejares de lantejoula.

Mas, voltando ao coveiro.

Voltando ao coveiro, Elias alarga a vista por toda aquela vertente que é como que um estendal de cadáveres cobertos com um lençol de terra. Campo geral lhe chamam, campa rasa e florinha. Mas à medida que se sobe a encosta acaba-se o raso e começa a cidade dos mausoléus: alamedas de cipreste e obelisco, vitrais solenes, portões guardados por anjos de pedra. Nas frontarias barrocas estão gravados nomes de família e as iniciais R.I.P., os mesmos nomes e as mesmas iniciais que já vieram no Diário de Notícias, página

Balada da Praia dos Cães

dos anúncios (que é outro lençol de mortos, essa página: colunas e colunas de cruzes de alto a baixo); e há frases do jornal que se repetem no mármore dos jazigos ou vice-versa, o eterno descanso dos que partiram e a saudade dos que ficaram; e retratos que são iguais na notícia da Necrologia e na moldura piedosa que está exposta em cima dos restos mortais.

À porta deste ou daquele jazigo amontoam-se crisânte-mos apodrecidos, lá dentro andam senhoras de véu pelos ombros numa lida doméstica. Elias conhece as dos mortos mais vizinhos, mas nem bom-dia nem boa-tarde, quando vem ali vem para sossegar, recolher o espírito. Vê-as chegar e conversarem baixinho e em voz de luto à porta dos seus defuntos, mas ele permanece distante sentado na banqueta de lona.

Está nisto quando chega uma cadela ao cimo da ruazi-nha, seguida por um arraial de ladrantes. Uma rafeira minúscula, no cio evidentemente, e vem a trote desgraçado, sem destino. Atrás dela a canzoada escorraça-se, fervem dentadas, e mais para trás ainda vê-se um perdigueiro coxo à babugem. E a cadelita, troquetroque, segue sem vontade, transportando a natureza. Descansa um pouco, senta-se. O cortejo dos cães faz alto à volta dela, é um ofegar de línguas penduradas, à espera. Alguns aguardam nas passagens entre os jazigos, outros tocam-na com os focinhos pelo traseiro para a fazer levantar e tentarem a sorte; à falta de melhor os perseguidores mais desiludidos montam no parceiro mais à mão e procuram governar-se por ali. O perdigueiro, esse observa a distância a coçar a barriga com a pata coxa, cheio de convicção.

Elias procura uma pedra. Ainda ela vai no ar e já se ouvem ganidos com toda a matilha a desarvorar por esse cemitério abaixo, caim-caim, pernas para que vos quero. Elias volta-se para o Diário de Notícias.

Que está cada vez mais mula-de-enterro, o Diário de Notícias. Cada vez mais correio de mortos. Já não é só a página das cruzes, missas do sétimo dia, Agência Magno e etecétera, é a VELADA AO SOLDADO DESCONHE-CIDO, Mosteiro da Batalha, é A REVOLTA NA ÍNDIA, Naufrágio de Goa, eterna saudade, é o PRESIDENTE THOMAZ, outro morto. Cemitério impresso, pura e simplesmente cemitério impresso tudo aquilo. E o Thomaz em foto a duas colunas parece um pénis decrépito fardado de almirante. Há ainda o Chessman, o Chessman na cadeira elétrica, últimos parágrafos; e há outro terramoto anunciado para Agadir, se os sismólogos cumprirem; e desastres na estrada, São Cristóvão não pode estar em toda a parte. Até a foto dum CONGRO GIGANTE PESCADO EM SESIMBRA tem a encenação duma festa macabra: a presa suspensa num gancho, talhada a golpes de machado e uma fila de curiosos a medirem-se com ele para a fotografia. *Memento Mori*. O diretor do Colégio de São Tiago Apóstolo é que quando evocava um grande morto abria sempre com *Memento Mori*; e Elias e os outros infantes de bibe e compêndio completavam em coro: *Pul-vis-est* (pausa) *Et-in-gloria-tran-sit* (ámen).

Balada da Praia dos Cães

Agora a cachorra aluada erra pela encosta das campas rasas com toda a matilha atrás. O coveiro olha cá de cima, apoiado na enxada. Não se veem senão caudas como vírgulas a acenar por entre campas e crucifixos de pedra, e há uma poalha de borboletas a tremeluzir ao sol.

Elias lembra-se duma vez que viu um congro a comer à mão do tratador no Aquário Vasco da Cama. Enorme, mas nada que se comparasse ao gigante do Diário de Notícias. Uma serpente violácea a abocar pedaços de peixe e enquanto os abocava, o tratador contou que por serem de fomes insaciáveis e ainda para mais sedentários, os congros acabam muitas vezes nas garras do lavagante, um animal dificultoso e dotado de tenebrosa memória. Contou como ele serve o congro que habita as tocas submersas, levando-lhe comida a todas as horas e explorando-lhe a gula; como durante semanas e meses a existência do lavagante fica ligada a essa serpente estúpida de grandes sonos; como a vigia; como, vendo-a engordar, persiste em alimentá-la até saber que a tem prisioneira, inchada de mais para poder sair pelo buraco por onde entrou. Nessa altura, rematou o tratador, o lavagante aparece pela última vez à boca da toca mas já não traz comida, traz garras, e crava-as no grande monstro ensonado que alimentou durante tanto tempo.

Tumulto ao fundo do cemitério, o coveiro anda de balde no ar atrás dos cães. Atirou-lhes cal aos olhos e eles vêm apavorados por aí acima a ganir. Alguns passam por Elias como loucos; correm e rolam os focinhos e a língua pelo chão.

JOSÉ CARDOSO PIRES

Elias, tarde e noite

Elias vai passar o dia em casa. Jantar, depois cinema, mas até lá tem a janela: alegria ativa no Tejo, passeios ao Ginjal, gatos de telhado e um rádio a transmitir o relato de futebol; um vizinho em pijama a dar de comer ao pombal. Tem o rastilhante; Lagarto Lizardo, quem te pintou. Tem finalmente um envelope grande e gomado, dito Baú dos Sobrantes: mete-se a mão e saem curiosidades. Relatos, notinhas, fotografias; até versos.

"Ouve as cegonhas / ouve o bico batendo / intermitente..." São odes de Mena, caligrafia larga com os pontinhos dos ii em pequenos círculos onde se fala de cegonhas como que em esfera de madeira e da Autora a abeirar-se do sono redondo de Alguém para se penetrar dele, do sono e do corpo desse alguém, depreende-se. Há outros escritos, outros versejares, mas esses sem rima de cama: apontamentos, pedaços de testemunhas. Fotografias, também. Duas pelo menos, a da jovem na piscina com guarda de honra de pavões e a dos dois caçadores no rio dos hipopótamos. E mais tralha, mais. Um postal com a deusa da fecundidade, índios do Peru. Outro remetido de Taormina, Itália, onde um não-assinado escreveu em maiúsculas "Não há homens impotentes, há mulheres incompetentes" (o postal deve ter estado afixado muito tempo numa parede porque tem os cantos perfurados e com sombras de ferrugem dos punaises). Um livre trânsito do Twenties Cocktail-Bar. Um programa do São Carlos com um número de telefone circundado três

vezes. Tudo sobrantes do apartamento da Estrada da Luz, nada que venha a ser citado no processo, nem a papelada, nem os retratos e nem esta página (fotocopiada) duma revista que apareceu dentro duma ementa do Hotel Ariston Palace, Barcelona. Mas isso da página da revista (Erotika, chama-se ela) já demanda outro ler e outro rimar, tem uma nota do major que ainda há de dar pano para mangas. *Andante, andante*, diz Elias. Lá iremos.

Breve descrição duma paisagem:

A luz vem na vertical, é baça (forte teor de umidade) e monótona, distribuída por igual desde o céu sem nuvens até às águas do rio onde se banham hipopótamos. Águas lodosas certamente (ausência de reflexos). Hora provável: meio dia solar (projeção nula de sombras). Em horizonte, ao alto, o rio confunde-se com o céu. Corre da esquerda para a direita, a avaliar pela disposição dum batel que se encontra ancorado a pouca profundidade. Vistos à lupa os hipopótamos apresentam uns focinhos que fazem lembrar caricaturas. Há bandos de pássaros minúsculos a esvoaçar por cima deles.

Mais para cá é a margem de capim, com manchas distantes que vistas também à lupa devem ser pantanais. Sentados num tronco rastejante, veem-se dois caçadores, um de chapéu colonial, outro de boné camuflado, de campanha. O primeiro usa óculos de sol e tem barba curta com algumas brancas enquanto que o bigode é retintamente negro. O outro firma o rosto franzido contra a luz, o olhar revela uma certa ironia; fuma; tem ao peito um binóculo. Ambos seguram um copo que se determina ser de whisky pela garrafa que está no chão e que tem o bojo amolgado no formato inconfundível do scotch *Dimple*. Olham numa mesma direção.

Da paisagem fazem parte alguns negros descalços e de camisa saída por fora dos calções. São seis ao todo. Estão de pé atrás dos caçadores e sorriem de frente. Um deles levanta bem alto uma carabina em cada mão, agarradas pelo cano.

Esta divergência de direções do olhar — a dos naturais e a dos viajantes — demonstra que o conjunto humano se situa na paisagem em dois grupos com propósitos distintos. Os dois caçadores afirmam-se numa atitude de forasteiros, interessados nos hipopótamos e no conjunto natural; os nativos dirigem a sua atenção para a fotografia procurando registar a sua própria presença humana. Para uns o exótico está na paisagem, para outros na máquina.

Limites: A paisagem é fechada à direita por duas árvores majestosas que ocultam o horizonte do rio e à esquerda corta-se bruscamente no desenrolar das margens de capim. Fotografia a preto-e-branco, 18 x 24, tomada a um ângulo de 45 graus em relação ao eixo do rio.

Legenda no verso: *Foz do Save, Moçambique*, 10-2-54.

(Origem do documento: Viúva do major Dantas Castro, foto cedida a título de consulta à PJ.)

Maria Norah Bastos d'Almeida, professora do ensino secundário:

Começa por declarar que acha de nojo toda a especulação que se tem feito à volta dum caso pessoal que nem sequer foi ainda apurado. Quanto aos jornalistas o menos que pode dizer é que são sinistros. Ah, sim sinistros. Repelentes. Tanto mandar vir à custa da moça porque, porque foi para a cama com um homem casado? E as mãezinhas deles foram para a cama com quê? Com virgens, não? Sinistros. Uma data de frustrados que até na cama têm medo da Censura, e ela como declarante não vê onde é que está o mal, dizer que há Censura, uma vez que é público, os próprios jornais trazem "Visado pela Comissão de Censura". O que a encanita não é tanto os sujeitos armarem ao jornalismo à sensation, coitados, encanita-a é serem assim espertérrimos quando toca a dar no ceguinho (se o ceguinho não tiver cão, ainda há mais essa) e rastejarem como sabujos quando alguém lhes amanda de alto. Mas até nem é verdade que sejam só esses falhados a chagarem a vida ao semelhante, paizinhos é o que menos falta por aí para quem os quiser ouvir e for neles. Ela desde que é pessoa sabe que este país é de espertos e todo em moral que até chateia. Precisava mas era de ser pasteurizado com merda de ponta a ponta, que era como a Mena dizia. Escreva mesmo merda, qual é o mal, merda é um substantivo comum como outro qualquer. Comum a todos os bichos só aos anjos é que não. Deus, esta conversa é cansativa, dá náusea. Falar de Mena para dizer o quê. Que andaram juntas desde miúdas, que fizeram o curso as duas, que é que isso pode interessar. Interessa é que se diga que é uma moça com coragem, isso sim, isso é que interessa que fique escrito, uma moça que se assume e nada para o desatinado, ao contrário do que esses idiotas fazem supor. Desatinadas, as mãezinhas deles, que os deixaram vir ao mundo, essas é que são desatinadas. Aliás estamos para ver. Para ver como é que a Mena se vai aguentar, quer ela dizer. Não é assim de comer às colheres a confusão desgraçada em que a moça foi metida e mais a mais sem ninguém que lhe dê a mão. Só que a Mena é gente. Conhece-a, fizeram o liceu em Lourenço Marques e depois em Lisboa porque entretanto a mãe dela morreu com os copos num hospital da Rodésia e houve complicações. Ou morreu em Johannesburg, já não sabe. Cirrose e mau feitio tudo junto. Também foi melhor assim, porque a senhora acho que era mais que impossível, fazia a vida negra a toda a gente menos ao marido que esse não era parvo nenhum e tinha mais em que pensar. A este respeito não percebe de todo como é que os jornais ainda não se lembraram disso, da mãezinha castradora, porque então é que os saldos da moral lhes vinham todos ao de cima. Não que não vinham, certeza absoluta. Por informações que tem, dois dos tipos mais sórdidos do diário católico A Voz pegariam rapidamente no pormenor e então é que era vê-los a chorar a desagregação da família ao colo das meninas do Cais do Sodré, que é onde eles se vão aturar depois do Te Deum com o diretor. Mas nada disto a surpreende, declara. Este despachar à pressão está mais ou menos generalizado cá pelo burgo porque os

Balada da Praia dos Cães

portugueses são tipos que pensam muito depressa e ficam logo contentes. A ela, francamente a única coisa que lhe apetece é perguntar a esses e a outros manjamerdas que andam tão interessados na Mena e nessa especulação de coisas macabras: Pá, mas afinal vocês estão assim tão necessitados que até têm que inventar uma mulher?

Declarações de Francisco Ataíde, engenheiro:
Antes do mais deixa bem explícito que compareceu nesta Polícia por sua própria iniciativa e com vistas a obter esclarecimentos sobre a filha, Filomena Joana. Como prova pelo passaporte que exibe, chegou na manhã do mesmo dia ao aeroporto de Lisboa, vindo de Johannesburg onde se encontrava em viagem de negócios. As informações de que dispõe resumem-se às primeiras notícias publicadas nos jornais e só vieram ao seu conhecimento no dia anterior por telefonema do secretário da embaixada de Portugal na África do Sul. Sobre as suspeitas que impendem sobre a filha considera-as, evidentemente, precipitadas e especulativas mas afirma-se à disposição dos investigadores para que seja restituída a total e imparcial verdade dos fatos. Só então, está certo, a sua filha se apresentará às autoridades. Espera desde já que lhe sejam devidamente garantidos os direitos facultados pela lei. Requer a entrega de todos os bens apreendidos e o levantamento dos selos no apartamento da Estrada da Luz. Não lhe parece de interesse adiantar quaisquer esclarecimentos sobre as suas relações com o falecido major, indivíduo que efetivamente conhecia

desde os bancos do Colégio Militar mas com o qual só teve distantes e ocasionais contatos a partir de então. A fotografia que lhe foi apresentada para identificação refere-se exatamente a um desses encontros. Ao que julga, data de janeiro ou fevereiro de mil novecentos e cinquenta e quatro e foi tirada por ocasião duma caçada no Vale do Save um pouco a norte da reserva dos hipopótamos.

Como nas outras sessões de sobrantes Elias deixa para o fim o Retrato de Mena em Fundo de Pavões. Contempla-o sentado à mesa, tendo à mão esquerda o lagarto Lizardo no seu deserto vidrado e à frente a noite em janela de infinito. Aprofunda a foto em silêncio. Com a gravidade com que em pequeno fixava a imagem (a negativo) da Santa dos Quatro Pontinhos que uma criada velha lhe trazia na dobra do avental,

---

PAGELA DA IRMÃ MARIA
DO DIVINO CORAÇÃO

Fixe os 4 pontos que se veem na imagem
e conte até 20 sem desviar o olhar,
diante duma parede branca.

Feche os olhos e abra-os imediatamente.

Verá aparecer na parede a Miraculosa
Irmã Maria do Divino Coração,
Escrava do Senhor.

(Proibida a reprodução)

Aproximando a fotografia da sombra, o corpo de Mena como que se movimenta. O cabelo parece menos escuro no contraste com a pele (virá a ser platinado, uma peruca cor de cinza) e o biquíni é pouco mais que uma mancha; adivinham-se seios recurvos terminados em gota de mel e uma massa negra de púbis entre as coxas. Cabelo platinado e púbis negro: um espanto. Mena é uma extensão de beleza com um discreto traço de ouro a assinalá-la numa das extremidades — a corrente do tornozelo que Elias conheceu com as suas próprias mãos na visita ao penhorista cinzento. Essa, a corrente, continua no prego do invejoso, desde a manhã de chuva em que Mena a foi lá deixar. Mas nesse dia era inverno, inverno cerrado, e a Praça da Figueira varrida pelas águas era uma praça cercada de ciganagem recolhida nos portais. Gitanos com pinta de contrabandistas que tinham ido às sobras dos armazéns ali ao pé e que carregavam cortes de fazenda com mulheres e filhos atrás, Mena entrou pelo meio deles e das maldições que deitavam ao tempo no seu zingarejar de nómadas. Ao chegar à sobreloja nem hesitou, nem discutiu. Curvou-se e levou as pontas dos dedos ao tornozelo marcado: Adeus anilha de ouro, adeus voto de alcova, que regresso ao meu natural.

O natural dela, pensa Elias. A tal verdade que é todo aquele corpo em fundo de pavões. Sem a assinatura de ouro na perna, a pele nua, Mena em rigoroso total. Mas Elias também não ignora que foi por aí que ela depois se lixou quando se viu estendida e desnudada num cenário confuso de traves e de lençóis pelo ar.

["A respondente tinha dormido nessa noite sozinha nas águas-furtadas, dado que no quarto não lhe era possível conciliar o sono com as entradas e saídas do major. A agitação deste relacionava-se com uma discussão com o arquiteto que durou, ao que presume, até de manhã. A respondente desconhece o assunto ou assuntos debatidos entre os dois por tudo se ter passado, como atrás declarou, na sala de estar e em voz baixa, encontrando-se ela, respondente, na cama. Confirma no entanto ter ouvido o major pronunciar as palavras "porcaria de lista", ou mais exatamente "porra de lista", numa das ocasiões em que ele subiu ao quarto para ir à gaveta da cómoda em que tinha vários documentos fechados à chave. Acrescenta estar convencida de que o major aludia à lista dos estudantes e amigos do arquiteto que este pretendia fossem aliciados para o Movimento. Confirma o já declarado em relação ao mapa militar cuja proveniência efetivamente ignora. Esclarece que o major, nas sucessivas vezes que subiu ao quarto, aumentava de irritação. Que de todas elas dava mostras de contrariedade por a ver acordada, desconfiando possivelmente de que pudesse ter ouvido alguma coisa. Que tal suposição não tinha fundamento, pelas razões apontadas, mas que apesar disso o major a mandou levantar-se e ir dormir para as águas-furtadas com a justificação de que "ia haver chatice até de manhã."
—*Autos.*]

E de manhã Dantas C, olhos em chama, barba de espinhos, entrou de rompante pelas águas-furtadas direito a

Balada da Praia dos Cães

Mena e atirando os lençóis ao ar apontou-lhe a perna sem pulseira.

"E agora?"

O corpo nu. O corpo que Elias contempla (e completa) na fotografia da piscina nu e por inteiro. E o rosto era o mesmo que se sobrepunha à luz e à paisagem, pavões, fotógrafo, mundo; apenas estava de cal neste momento, e jazia enterrado numa enxerga com uma nuvem de lençóis a esvoaçar por cima dele.

"A corrente?"

A frieza com que o major preparou aquilo, admira-se Elias. Tempos e tempos calado, tempos e tempos a saber que Mena não tinha a corrente, e a vê-la de calças, sempre de calças, a ignorar os cuidados dela ao despir-se, e a deixar, a não estranhar, para quando menos esperasse lhe cair em cima, triunfal:

"Vendeste-a. Quiseste desligar-te de mim, minha cabra."

Mena à mercê, transida; a boca dele a contorcer-se no meio das traves que subiam para o teto.

"Com que então a desligares-te? A traíres-me, era isso?" Atirou um pontapé no cinzeiro. "Sabes o que é trair um homem como eu, puta?"

Teve uma ideia, saiu a grandes passadas; não tardou nada estava de volta com um balde de água e uma escova. Mas deparou com Mena levantada e em roupão e aí foi o fim, abriu-se todo num urro:

"Nua, sua puta."

Despiu-a aos repelões, atrás do roupão arrancou mantas, lençóis, tudo para longe, tudo para o corredor. Depois ficou à porta, olhos fechados, a dominar-se. "A trair-me, esta puta." Rosnava e respirava fundo.

Mena de pé, envolvida nos braços. Não era frio que sentia, era a nudez como uma impotência final; da porta do quarto Dantas C media-a como se ela fosse um espectáculo de misérias.

"A trair-me." (Tom frio, sussurrado; falando com outro alguém.) "E se calhar há uma data de tempo, sei lá há quanto tempo é que o coiro me anda a trair. Nem até onde." (A voz cresceu.) "Nem com que fim. E não tem uma explicação, a cabra. Uma desculpa. Orgulho de puta, é o teu orgulho de putinha, não é? Cala-te. Melhor não falares, melhor não mentires mais, ao menos tem esse resto de vergonha. Calada, porra."

Mas Mena não tentava sequer falar, não podia, estava seca e esvaziada por dentro. Virou-se para a janela: nua atrás da vidraça, nessa altura é que o pedreiro a viu? — mas não, nessa altura não teve tempo porque o major foi como quem lhe tivesse cuspido na cara, lançou-se a Mena e afocinhou-a no balde.

"Esfregar esse chão. Já."

Há aqui uma espera. Ele e ela recortados em silêncio; nem um gesto, um respirar. Depois o estrondo da porta. A volta da fechadura, a casa a estremecer com o major desvairado escada abaixo. Sossego, agora. Uma luz muito exata de sol de inverno (a única manhã de sol daquele inverno desgraçado) a avivar as arestas e o tosco do quarto, é aí que

Balada da Praia dos Cães

temos a Mata Hari que os jornais inventaram, os fala-barato, diz Elias para o lagarto Lizardo. Ela vai aparecer ao pedreiro quando for meio-dia, se o desgraçado não mentiu. Vai aparecer a prumo e toda nua. E exatamente ao meio-dia solar, à hora do zénite, que é aquela em que os pedreiros trepadores batem a sua punheta campestre. Quem nos diz a nós que no meio destas árvores da fotografia não está outro mirone escondido? Elias falou alto, às vezes nem sabe que fala, mas passados momentos vem-lhe o eco. Acontece isso quando as palavras se habituam a entreparedes e andam por aí, e muito especialmente quando se vive sozinho com um lagarto como o Lizardo que é uma criatura de silêncios barrocos. Tem o condão de suster e remeter ao dono tudo o que ele diz, e então Elias é aquilo: um homem a ouvir-se de memória e quantas vezes com estranheza.

Limpeza geral da jaula do rastilhante e nova ração de bichos. A urina esbranquiçada e pastosa começa a ficar menos espessa com os ameaços do calor, há que recobri-la. Segue-se o rancho, que tem de ser vivo e bem à vista, dado o escrupuloso do animal. Elias dispõe dum fornecedor de lagartas de confiança na pessoa prestimosa do dono do lugar de fruta lá do bairro; no último rebusco aos podres trouxe provisões para uma semana e de futuro ainda há de trazer mais se esta cidade moura tiver os calores que merece. Calor, calor. O Lizardo não faz mais nada que sonhar com o calor.

E posto isto, o jantar do proprietário. Elias prepara-o em dois tempos na cozinha: farinha maisena com rodelas de banana e chá Número-Cinco (de tomilho e sementes sortidas, Ervanária do Intendente).

Cinema no Condes.

Meia-noite e meia. À saída do Condes, um volkswagen da PSP à porta do Arcádia para despejar o capitão Maia Loureiro em sobretudo pelo de camelo. Aquele de dia passeia-se pela cidade a comandar o trânsito com cara de mau e à noite esconde-se nas putas com cara pior. Lá mais para o espairecer vão chegar os Manos Tropelias que são condes de torre, cavalo e xeque-mate, e vai ser champanhe até vir o dom Sebastião a cavalo marroquino. *Andante, andante*, que um chefe de brigada contenta-se com chazinho para a sossega e já não vai nada mal.

O chá na cervejaria Ribadouro: Isto não é uma cervejaria, é uma baía de cascas de tremoços com canecas à deriva. Chulos do Parque Mayer a atacarem o fastio na perna da boa santola, chauffeurs de praça a combinarem a sua bandeirada de jogo num casino clandestino para os lados de Arroios ou para Campolide que são bancas de entendidos por onde a polícia faz que não vê. Um galador de coristas a puxar fumaças a distância. A dona Lurdes, abortadeira. Mestres de obras a arrotar. Oh, senhores.

Entre tanto desmazelo um chá e uma boa torrada sempre são outro asseio. Indispensáveis depois dum tecnicolor imperial, com czares e balalaicas e rasputines à barbalonga. Primeiros golos com o pão ensopado. Duas ou três frases da valsa do Tchaikovsky recordadas entre dentes.

Aí pelo meio da torrada chega o pintor Arnaldo que anda a cumprir a penitência de noivo da esfinge, aviando versos sociais ao domicílio. Faltava este. Não entra sequer: do alto do seu bem apessoado, luva e carnet na mão, declama a rima à porta e desanda. A mesa dos mestres de obras olha em redor a ver se percebe; pelo sim e pelo não consulta mais umas lagostas.

Elias sente o sono a embaciar-lhe as lentes. Baixa as persianas, torna a abri-las e a corrê-las por mais um minuto e fica com bateria para umas boas horas de espertina, polícia de noites é assim. Agora, de pestana resignada, orienta as antenas para uns praticantes das artes e das noites que andam a chocar literatura de sovaco cheios de gravidade. Abancam a um canto, de livro debaixo da asa na companhia das primas universitárias, as quais (é a unha de Elias que o diz) navegam regra geral devidamente artilhadas com cartucheiras de pílulas. O chefe de brigada percorre o grupo com a mira baça do olvidado, sinal de que está a ver tudo com campainhas. Interessa-lhe uma figura, uma só, a jovem alta que fuma boquilha, meio encoberta: a amiga de Mena?

Enquanto confirma e não confirma sopra em surdina a valsa do Tchaikovsky com que o czar embalava as natachas do filme do Condes. Cheiro a malte e a fermento, a espuma a crescer. Tremoço ao desperdício por dá cá aquela cerveja. Há um fervilhar de patas de mariscos na linha do balcão que Elias bordeja com os olhos para alcançar a mesa da personagem. Que é mesmo ela, a amiga de Mena, reconhece finalmente vendo-a levantar-se para ir ao toilette. Norah d'Almeida, a que fez as declarações a espadeirar.

A espuma cresce, a espuma cresce; como diz o outro, aqui no Ribadouro em cada cerveja que se emborca mijam-se duas e ainda fica outra para arrotar. Tão certo como realmente. Mas, acrescenta Elias, esta universidade do tremoço é cá um destes viveiros que Deus te livre.

Às três da manhã, cama com ele.

Releitura em diagonal de *O Lobo do Mar*. "Nós já somos todos homens mortos", anuncia um dos sublinhados do cabo Barroca.

Memento Mori como dizia o padre, remata Elias fechando o livro. Apaga a luz.

V

Inesperadamente (diz o Diário da Manhã. *O Caso da Praia do Mastro*, 3ª página, *VISITA À MANSÃO DO CRIME*), a Judiciária voltou a deslocar-se à Casa da Vereda, desta vez acompanhada por peritos da detecção de minas e explosivos e pelo comandante da Polícia Militar. Fontes não oficiais atribuem esta operação a informações que teriam chegado recentemente ao conhecimento das autoridades e que pela sua importância seriam suscetíveis de desviar o rumo das investigações. Entretanto corre com insistência que a polícia desde há muito está na posse dum diário do malogrado major.

Elias Chefe, para o jornalista que toma notas: Diário é força de expressão, há um caderno vulgaríssimo, é o que há.

O jornalista que toma notas: Sim?

Elias Chefe: Um caderno com a indicação de *Instruções*, se isso tem algum interesse para a notícia.

O jornalista: Notas pessoais?

Elias Chefe: O caderno? Não sei, pergunte ao inspetor.

Estão ao sol no terreiro, frente à moradia. O chefe de brigada parece desinteressado, balança pela asa uma pasta de cabedal; tem uma flor silvestre na lapela.

O jornalista: Onde é que o encontraram, pode saber-se?

Por aí, responde Elias. Passam soldados, alguns carregam pás e trocam piadas em voz alta. Há um agente de mãos nos bolsos a guardar a porta da vivenda; de quando em quando assobia para um melro que canta em saltitado no pinhal.

O jornalista, escrevendo sempre: Caderno de trabalho, unicamente instruções militares e coisas da Organização. Okay? Nenhuma nota política, nenhuma referência pessoal. Okay? Nem sequer à amante, nada em relação à amante. É isso?

Fica de esferográfica suspensa em cima do bloco.

Elias afaga a penugem do penteado, olho nas nuvens. E de repente:

Amigo, diz pondo a mão no ombro do repórter. Aqui para nós o caderno estava mas era cheio de quadradinhos da *batalha naval*.

Atravessa o terreiro, a pasta a dar a dar. Agora inventou um diário, aquele coirão, desabafa ele quando passa pelo agente que está de guarda a casa; e segue, vai de carreira para se juntar ao inspetor que anda no primeiro piso conduzindo o comandante da Polícia Militar de quarto em quarto.

Andar de cima, zona dos dormitórios. Há o patamar e o corredor com a casa de banho ao fundo; na porta ao lado era o quarto do casal. Com licença. A primeira coisa que salta à vista aqui é a situação estratégica; com efeito o quarto não só está distanciado e protegido da entrada pela escada como tem uma árvore ao alcance da janela para uma saída de emergência. A disposição dos móveis foi alterada,

Balada da Praia dos Cães

pelas tomadas dos candeeiros vê-se que deslocaram a cama de maneira a ficar virada simultaneamente para a porta e para a janela. A razão foi essa, não pode ter sido outra. Em todo o caso o mais significativo continua a ser a árvore; repare-se, os ramos foram desbastados, o corte é recente, ainda está à vista. Aquilo, ao menor alarme, era deixarem-se escorregar e desapareciam no pinhal, três, quatro metros, um salto de nada. Aliás os criminosos tinham boa compleição física, a começar pela amante do major que, além de jovem, era ginasticada. Tênis, cavalos, desportos de inverno em Espanha e na serra da Estrela.

E na cama, pelos vistos.

Sim, parece que sim.

O comandante em visita observa de passagem e sem tocar. Curva-se diante do gato de barro que está na cómoda, regista: há um orifício de projétil mesmo atrás, na parede. Cala e segue. É um militar em inspeção, um coronel que em fato de passeio passa em revista os locais.

O quarto de dormir, pelo que está ouvindo, funcionava como alcova e como casa-forte. Assim, o guarda-fato, aquele armário de boleados, encaixes desgrudados, descomunal, o guarda-fato era, digamos, uma espécie de arsenal das munições e numa dessas gavetas (o inspetor chama a atenção para a cómoda) é que ele fechava a documentação. Ele, o major. Dantas C mesmo a dormir queria ter tudo debaixo de olho.

Mas o comandante coronel estava mas era virado para uns riscos de giz que descobriu no chão. Amarrou, concluiu

Elias à porta do quarto. Não percebe que interesse possa haver em meia dúzia de sinais que os lupas do laboratório deixaram a marcar quaisquer resíduos de sangue; são giz acumulado, pó de nada, e agora não indicam coisa nenhuma. O sangue está mais que classificado, mais que arquivado e esquecido. Mas: cabo de guerra é cabo de guerra e quando lhe cheira a sangue não desamarra nem por mais uma.

Sangue da vítima?

Da amante, informa o inspetor Otero; e o coronel solta um rosnar de entendido. Além de cabo de guerra é um comandante PM (Polícia Militar).

Há indícios de que o ultimamente major sofria de perturbações, explica ou, como quem diz, elucida o inspetor Otero que sem ninguém lhe pedir se pôs a falar em tom de conferência de Imprensa (mas era de esperar, pensa Elias, vem sempre com este solfejo) e efetivamente, prossegue ele, todas as violências que encontramos por aí, esse tiro na parede, a porta espatifada a murro lá em cima, tudo isso são exteriorizações de uma crise de personalidade que tem a ver com uma angústia de afirmação quase patológica.

Coronel: Afirmação e violência. Uma coisa explica a outra.

Otero: Indiscutivelmente.

Coronel: Eu pergunto se não foi precisamente por isso que ele enveredou pela política.

Otero: Necessidade de afirmação? Ah, mas sem dúvida. O meu professor de direito civil costumava dizer que a política é a projeção da frustração individual sobre o coletivo.

Balada da Praia dos Cães

Coronel: A política, quer se queira quer não, destrói sempre o indivíduo.

(Feitos, resume Elias, estão feitos um com o outro, não há que ver.)

Pegando na política, o coronel visitante lamenta que certas coisas se tornem claras aos olhos das pessoas quando já não há remédio. Claras, isto é, lógicas. Mas, diz ainda, mesmo com toda a lógica não consegue ligar o major Dantas que ele conheceu à brutalidade do que se passou.

Otero compreende. Reação normal, a do coronel. Todos nós aceitamos a morte dentro duma sequência natural, mas não como uma ruptura imprevisível. Para ser mais explícito Otero diz que é como se sentíssemos também a ameaça duma ruptura em nós próprios, a verdade é essa. Pela maneira como ajeita os polaroids no nariz, Elias antevê que ele se prepara para uma daquelas conversas de ponto morto em que costuma engrenar diante de certas pessoas. E diante dum comandante PM nem será bom pensar. Otero na sua condição de licenciado remetido ao maralhal da navalha e do tiro, anda a magicar aliados constantemente. Aliados no ministério público, aliados em todas as polícias, sejam elas paisanas ou militares, políticas ou eclesiásticas, o que ele quer é que nao lhe façam ondas; e o chefe de brigada nem o ouve, neste momento está mas é interessado no gato de barro.

Como a luz cai na oblíqua veem-se nitidamente os azares da pintura e das formas. É um bichano mal amanhado, preto-esmalte a despachar. Saiu da mesma fornada donde saíram outras estatuetas de feira como o manguito zépovinho, o piedade padre cruz e a cigana buena dicha, isto nunca na vida foi gato de salão. Nascido do mesmo barro que esses tristes, e viajado nas mesmas palhas pelos calendários das feiras, em cima duma floreira de cana é que ele estaria bem. Agora ali. Realmente, só um capricho do destino ligado ao mistério dos gatos o poderia ter trazido para aquela cómoda burguesa.

A voz do inspetor conta um episódio qualquer dum cura assassinado numa fábrica de velas de igreja. "Encontraram-no afogado na caldeira da cera", diz.

Por cima do gato passeiam-se duas moscas, Elias repara que seguem a par. Quando levantam voo cruzam-se em curvas serenas mas se por acaso se tocam afastam-se num golpe rápido. "Como era no inverno, quando o tiraram da caldeira o padre arrefeceu imediatamente e ficou numa estátua de cera", torna a voz do inspetor.

Mas o coronel vinha a sair. O chefe de brigada afasta-se para lhe dar passagem, ele e o inspetor arrastam-se corredor a passo conversado. Elias sempre disse: todos os curiosos lambem o crime, a questão é sabê-lo mostrar. Neste momento, de pasta na mão, sente-se mascarado de ordenança dum inspetor que por sua vez anda mascarado de cicerone. Um cicerone que vai até às altas conjecturas, até ao sótão do crime, se assim se pode dizer, e que uma vez lá chegado abre as portas à História e anuncia: As águas-furtadas, cá temos.

Águas-furtadas, o trivial nestas vivendas recatadas. Um teto esconso, travejamentos, jornais em pilha, uma banqueta que por sinal devia ser da cozinha porque tem o tampo queimado em círculo pelo fundo duma frigideira, um cinzeiro-reclame Vinhos do Convento Licores, uma enxerga arrumada à parede, e que mais? Àquela janela é que aparecia a mulher de que falavam os jornais.

Nua?

Algumas vezes sim, responde Otero abrindo as vidraças.

No pinhal movimentam-se soldados com pás e detetores de metais, se procurarem na direção da janela ainda encontrarão possivelmente embalagens vazias de cigarros SG, de valium e de saridon que eram as munições preferidas da amante do major. Havia muitas, diz Otero, o que prova que a rapariga permaneceu neste quarto por longos períodos e em grande estado de ansiedade.

A mansarda cheira a mofo (Elias: a ratos, qual mofo, coisa que respeite a ratos é com ele) tudo aquilo, enxerga de palha, paredes nuas, tudo aquilo lembra isolamento a pão e água. Aguentar um inverno num pardieiro assim não deve ter sido brinquedo nenhum.

O coronel chega à janela. Entardecer. Restolhar de pás no chão dos pinheiros, pássaros pontilhando a ramaria. Em ângulo, à esquerda, um aeromotor pintado a zarcão vivo, no alto duma estrutura de ferro: dali é que o pedreiro teria visto a mulher nua.

Coronel: A amante, bem sei.

Otero senta-se na banqueta que é tão baixa que os joelhos ficam espetados no ar quase à altura do peito. Veem-se as peúgas seda nylon: esticadíssimas. Vê-se um pedaço da pele das canelas, é branca e dá uma impressão de intimidade frágil. Ouve-se o melro de ainda há pouco, Otero sente-se desocupado.

Depois de ter dado uma vista demorada sobre a paisagem o comandante PM volta-se para dentro. De costas para a janela e com as mãos apoiadas no parapeito, põe-se a olhar a biqueira dos sapatos: Nunca lhe passaria pela cabeça apanhar um trabalho daqueles pela frente, murmura.

Otero: Serviço. O serviço não perdoa.

Coronel: Evidentemente.

E Elias Chefe, entre a porta: Serviço à lista só nos restaurantes e mesmo assim sai mosca.

Coronel, sem tirar os olhos da biqueira dos sapatos: Como?

Digo eu que serviço à escolha só nos restaurantes, responde Elias.

Ah, faz o coronel. E para o inspetor: Andámos juntos no Colégio Militar, são coisas que nunca esquecem.

Otero: Perfeitamente, perfeitamente.

O comandante PM recorda: a última vez que viu Dantas C foi em Moçambique em 1954.

Há, diz o inspetor, uma fotografia de caça mais ou menos dessa época.

Comandante PM: O que são as coisas. Está bem lembrado, encontraram-se no palácio do Governador, tinha Dantas C acabado de chegar duma inspeção. Janeiro ou fevereiro de 54. Interessante como o tempo faz reviver certas coisas.

Balada da Praia dos Cães

A fotografia a que me refiro, diz o inspetor, foi tirada num rio de hipopótamos. O major está com outro homem que se sabe ser o pai da amante.

O coronel PM: Não me diga.

Inspetor: Eram amigos, senhor coronel.

Coronel: Não me diga. Foi então nessa altura que o Dantas conheceu a rapariga?

Inspetor: Provavelmente.

Elias sabe que não, mas deixa correr. Em 54 Mena lia pelas sebentas da faculdade, ainda fazia as vidas das noites com a malta da faculdade ou por aí. A propriamente grande alumbração só se deu no Natal de 57, quando o pai veio passar férias à metrópole (dados de Mena). Natal de 57, à hora do gim e no velho Avenida Palace. Elias tem uma visão barroca do Avenida Palace: colunas e criados velhos, um sítio inconcebível para dois predestinados se conhecerem. Mas era lá que o pai da moça fazia o ponto com os amigos, entre os quais o major enviado de belzebu, e daqui para a frente está tudo dito, Elias deixa correr a conversa. Vê a tarde a cair em melancolia e o coronel não parece nada disposto a mandar destroçar.

Coronel PM: Curioso. Ainda há pouco tempo vi uma fotografia dele na Revista Nacional. Alferes ou aspirante, já não me lembro bem. Eu andava à procura duns elementos e de repente aparece-me o Dantas, todo desempenado, na tribuna duma parada da Mocidade Portuguesa.

A luz de fora desfaz-se nas costas do visitante, o quarto carrega-se de sombras. As vozes também se tornaram mais amortecidas, mais iguais ou parece. Elias tem a impressão de que está numa antecâmara funerária onde as conversas flutuam e se perdem, escorrendo do tempo.

Há uma certa ironia, diz agora o inspetor Otero, eu pelo menos encontro uma certa ironia, quando recuamos alguns anos na vida do major. Conhecendo a dedicação que ele tinha pelos soldados, idealismo, sentimento de justiça, conhecendo isso, essas obsessões, não posso deixar de me lembrar da frase da viúva no dia em que veio reconhecer o cadáver. No momento em que levantaram o lençol a viúva disse qualquer coisa como "ele só acreditava nos soldados e foi um soldado que o matou". Mais ou menos isto, o que ela disse. E aqui se por um lado há uma acusação ao tal idealismo do major, também há idealismo da parte dela nos termos em que ela acusa o cabo, não será assim?

O coronel: A verdade é que não foi só o cabo que o matou.

Não foi só o cabo, continua Otero, está visto que não foi o cabo, mas para a viúva o cabo é que personifica o crime, se assim me posso exprimir. É o soldado, que mata o pai dos soldados, daí a grande traição.

O coronel visitante endireita-se, enfia um dedo no bolso do colete. Meu caro inspetor, começa então, o idealismo pode deixar de ser uma virtude militar para se tornar um instrumento do terror. Ipsis verbis, terror. Não vale a pena citar exemplos, as revoluções estão cheias deles. Mas, e aqui é que bate o ponto, nessa transformação há sempre uma raiz puritana, dê-se a volta que se lhe der, e com o Dantas

Balada da Praia dos Cães

foi o que aconteceu. Embora não parecesse, o major Dantas, fosse no Colégio, fosse no quartel, fosse nas aventuras, com mulheres, em tudo, mas em tudo, o major Dantas metia sempre idealismo à mistura.

Otero: Com as mulheres também?

Coronel: Lógico. Não há pessoa com mais regras em matéria de mulheres que o indivíduo femeeiro.

Neste remate do discurso o inspetor já se tinha levantado e sacudia as calças com a ponta dos dedos. Fecha a janela. Com o silêncio que cai sobre as águas-furtadas Elias reconhece que afinal os soldados continuavam no pinhal. Descemos?, pergunta a voz do coronel.

Elias antecipa-se, passa ao patamar. Descobre um caracol na parede, junto à escada (a que propósito, um caracol?) mas está morto e ressequido porque não consegue arrancá-lo às primeiras; quando finalmente o despega é casca e película de baba. Está uma umidade desgraçada aqui dentro, diz o inspetor Otero fechando a porta. Elias levanta o nariz para o teto, a fungar. As tábuas do forro estão esverdeadas de calda de inseticida mas ao longo do rodapé há uma orla de serradura amontoada pelo caruncho. Elias pensa na palavra farinha. E a seguir: casulo.

Descem em fila. Otero, quase em cima do visitante: Essa do puritanismo do major, senhor coronel. Vão os três em fila, Elias na cauda, degraus a pique. Otero: Lá em cima, senhor coronel, encontramos um documento que não abona nada esse puritanismo. Corredor agora; o visitante volta-se para trás: Documento, disse?

Param. Elias deixa o inspetor a explicar ao visitante que se trata duma página pornográfica encontrada no monte de jornais do sótão, uma coisa cheia de passagens ab aberratio, se assim se pode exprimir. Pode, com certeza. Elias segue. Para à porta do quarto de Mena e do major: quase a apagar-se em penumbra, o ângulo luzidio da cómoda, a mancha do guarda-fato amontoada na parede mais sombria. Entretanto a voz de Otero continua a sentenciar ao fundo do corredor, conta que na página encontrada nas águas-furtadas havia uma história de elevador com subidas e descidas ao sétimo céu (risos) uma dessas histórias ab libido libidinosas, permita-se a expressão, lambuzadas de cunnilingus e outras depravações do género, história essa que o major enviou à amante com uma dedicatória muitíssimo comprometedora. Temos o original, afirma. E por sinal, com ilustrações minuciosas. E o coronel: O quê, com ilustrações?

Enquanto eles estão pegados na conversa Elias vagueia um olhar esquecido pelo quarto. Outra vez o ângulo luzidio da cómoda; e o gato. Depois uma sombra de claridade, que já nem é claridade, é memória, indica-lhe a cama; e na cama há dois pontos a luzir — os olhos dum bicho, podia ser. Elias afirma a vista sabendo de antemão o que vai encontrar e que é ele, o major. O major deitado ao comprido e a apontar a pistola para a cabeça do gato. No vago da penumbra flutua a boca de Mena, aberta num grande espanto.

Balada da Praia dos Cães

O *diabo no ascensor*

É uma folha arrancada duma revista (Erotika, título à cabeça da página) impressa no gosto clássico e no bom papel das publicações ditas preciosas, que alguém tinha guardado dentro duma ementa de hotel de luxo.

Uma das faces está ilustrada a traço arte nova: uma mulher elegante, de cabelos curtos em negro tinta-da-china, o amante aos pés a enlaçá-la pelas coxas. Bengala e chapéu caídos no chão. A divina tem o perfil arqueado para trás, olhos fechados, lábios entreabertos em êxtase. Uma das mãos está recuada, pende-lhe dos dedos uma luva do bem-amado. A outra levanta contra o peito o vestido até à cintura mostrando as coxas e o ventre. Elias fixa um pormenor: o púbis está desenhado a pontos negros. A ilustração tem a assinatura Jauffret/1959.

O *texto* (tradução de J.C.P.):

"(...) Logo de entrada o que me deslumbrou, minha querida, foi a maravilha da escadaria com aquelas grades floreadas e os corrimãos de latão. Abria em leque sobre o salão da recepção, com um grande anjo de mármore de cada lado a fazer guarda de honra a quem subia. Que maravilha, os anjos, não imaginas. Erguiam uma túlipa de cristal donde brotava um clarão elétrico e apesar das grandes asas eram duma elegância indescritível. Depois, a expressão e a ternura inteligente que havia nessas estátuas ainda me traziam mais seduzida porque lhes davam uma beleza distante da imagem dos querubins e não de todo celestial. Acrescenta a isto o teto em abóbada de vidros coloridos e compreenderás o espetáculo que era aquela escadaria de anjos e ornatos debaixo dum céu de mariposas gigantes e caprichos vegetais sabiamente iluminados.

Aquilo, Melanie, era para nós um encantamento permanente, como podes calcular. Tanto eu como o Gaston-Philippe encontrávamos no hotel as seduções do gosto e da imaginação que fazem a arte de viver. Mas, mais do que isso, longe de Paris e no centro doutra grande cidade, sentíamos uma intimidade clandestina que nos excitava e nos tornava ainda mais cúmplices um do outro, se é possível. Já tínhamos o nosso cantinho no salão-bar a que chamávamos *Le Cabinet de La Maja Desnuda* por causa duma estatueta que lá havia e que era uma vénus de alabastro suspendendo pelas costas um xaile de contas de cristal. Preciosíssima, como diria um dos elegantes daqui das Ramblas.

(...) Em tudo, mas em tudo, a cidade fascinava-nos. Rara era a noite em que depois do animatógrafo ou do concerto não passávamos pela Bodega Bohemia onde se reunia uma *gauche divine* verdadeiramente diabólica. Juntava-se ali gente que não podes conceber, desde "*borrachos y pianistas muertas*" a feministas e a mágicos amadores. Levantávamo-nos tardíssimo e pouco dormidos, como podes compreender, mas a qualquer hora tínhamos sempre à nossa espera no Bairro Gótico os mais saborosos mariscos para nos retemperar. E se não fosse no Bairro Gótico era nas tabernas de marinheiros que abundam ao longo do porto, coisa que, aqui para nós, tinha o atrativo canalha dos temperos de ocasião.

Eu andava como que suspensa. Era uma leveza de corpo satisfeito, uma lassidão que só acontece quando se tem a certeza de se estar na posse de todas as capacidades que o amor exige. E que enganadora e engenhosa é essa lassidão, minha Melanie! Esvazia-nos, sim, deixa-nos uma temperatura morna e sublime, mas é uma temperatura perversa que nos torna cada vez mais propícias a novas investidas (...) Compreenderás agora porque aquele meu silêncio. O esgotamento do passeio, os requintes do vinho e do jantar e o conhaque que o garçom do bar me pôs na mesa começaram a apoderar-se de mim, insinuando uma passividade que logo me fez sorrir. Aguardei. Dentro em pouco iríamos encontrar-nos com o cônsul no casino do Atheneo e eu já tinha ido ao quarto mudar de toilette para chegarmos a horas diplomáticas. Mas, curiosamente, o Gaston-Philippe não se mostrava minimamente preocupado. O bar do hotel estava a bem dizer vazio e ele repetia conhaques, gracejava, contava histórias privadíssimas com aquela linguagem de bordel que praticávamos nas coisas sérias. Parecia inteiramente entregue ao momento.

E de súbito calou-se e pôs os olhos nos meus com uma dureza terrível. Suportei-os. Vendo-o levantar, levantei-me. Depois segui-o pegando na mão que ele me deixava para trás, e fui. Deixei-me conduzir até ao elevador.

Às vezes pasmo, Melanie, com a exatidão com que estes momentos me vêm à memória. Estou a ver o elevador, é como se tivesse sido ontem. O portão de grades trabalhadas em cobre, o guarda-vento de vidros foscos com umas flores lavradas que pareciam jarros do oriente. E os espelhos aos lados? E o banquinho de veludo na parede do fundo, tão virginal e tão romântico? Oh, era uma cestinha de arcanjos, aquele elevador, todo em ouros e brancos esmaltados. Mas o inesquecível era a máscara do diabo que havia no teto a olhar cá para baixo! Assustava e enternecia. Tinha uns cornichos de fauno, saídos do conjunto da figura que era em relevo dourado e com uma mascarilha vermelha. Tantas minúcias, eu bem digo... Não te parece estranho?

E todavia tudo se passou fora do tempo e do espaço! Tudo, ma chérie, tudo! Ainda mal tínhamos fechado a porta já o Gaston-Philippe se colava a mim a percorrer-me desvairadamente com as mãos. Contornava-me, cingia-me com um braço e procurava-me as coxas e as nádegas por baixo da roupa. Eu própria levantei o vestido, colando-me mais a ele, e imagina a surpresa que o tomou quando sentiu nos dedos a verdade do meu ventre!

Sim, minha Melanie, eu estava nua por baixo do vestido! Não me perguntes por quê, mas no bar, por um impulso inexplicável, tinha ido ao toilette com esse propósito. Um presságio? Só sei que estava feliz com o meu instinto, felicíssima. O assombro e o deslumbramento do Gaston-Philippe por aquela surpresa não tiveram limites e eu sentia tudo isso através da sua mão que era grata e ardente. E que hábil, que mão! Que imaginativa e que extensa, Melanie! Penetrava com tais segredos que me levava para lá da ascensão do próprio elevador e logo me esgotava e me fazia afundar à medida que voltávamos a descer.

Impossível calcular as vezes que percorremos para baixo e para cima aqueles cinco andares. Uma verdadeira escada do Paraíso! Subíamos e mergulhávamos, e tornávamos a subir... a nossa viagem parecia não ter fim, pois o Gaston-Philippe era um daqueles amantes afortunados nos quais *l'amour fou* é servido por um talento prático ajustado às circunstâncias e, assim, manobrava o manípulo do elevador no momento exato em que ele se ia a deter.

Mais entontecedor ainda foi quando dei por ele de joelhos, abraçado às minhas pernas e abrindo-me toda ao mesmo tempo, nem sei, com o rosto mergulhado nas minhas coxas! Então senti-me trespassada por algo muito vivo e voraz, por uma espessura revolvente e arguta que me descobria por dentro e me dilatava, sugando-me. E eram mais coisas, minha querida, os dentes percorrendo os pelos e os músculos, o calor do rosto contra o meu ventre, as mãos explorando-me as nádegas, tanta coisa!

Eu, de pé, uma perna por cima do ombro dele, via-me no espelho e não me reconhecia. Esquecida, esquecida, liberta pelo espaço..."

A Dedicatória ou Mensagem: Ao fundo da página Dantas C tinha escrito: "Como vês, não fomos nós que inventamos o elevador..."

O que indica que foi o major quem descobriu aquela página libertina, remetendo-a depois a Mena com despacho à margem em caligrafia sublinhada. Ela, já se deixa ver, apreciou porque a dobrou muito bem dobrada dentro da ementa do

HOTEL ARISTON PALACE
BARCELONA

e nunca mais se desfez da recordação. Trouxe-a entre as poucas coisas que levou para a Casa da Vereda, e na Casa da Vereda, depreende Elias, deve-se ter agarrado a ela no sótão da solidão. Porque não é por acaso que os *cabinets de lecture* são às vezes tão desconfortáveis, sabemos isso. Nem que um texto secreto como aquele tenha sido intercalado nas páginas solenes de um menu cinco estrelas. Se depois ficou esquecido no meio de jornais e de rataria, foi porque antes da hora do crime já Dantas C tinha deixado de estar vivo para Mena.

A Ementa: Formato sobre o comprido, 16 x 29 cm. Capa de cartolina granitada com um desenho à pena representando a entrada e parte da frontaria do hotel. Fita de seda na dobra. Além do menu, impresso a sépia em separado, incluem-se seis páginas com fotografias e o historial do hotel. A ementa refere-se ao *Jantar-Concerto, 12 Set.º 1958, Salón-Buffet: Elena Krautz (harpa), Alfonso Ortiz (violoncelo) e Cisneros (flauta).*

Balada da Praia dos Cães

Elias Chefe detém-se (é o seu vício) nas fotos. Pormenores do hall e de vários salões. A "Pérgola", com vitrais coloridos, colunas de ferro terminadas em folhas de junco, araras a balouçar, abat-jours de vidro pintado, um garçom de avental. O "Salón de Los Duques Cantábricos". Esse aparece rodeado de painéis fim de século, com figuras femininas representando cada qual (lê-se na legenda) as estações e os meses do ano; ladeando a entrada veem-se dois mouros de bronze em tamanho natural segurando ao alto uma lanterna. Biombos com grandes flores pintadas distribuídos pelo espaço.

Elias Chefe passa estas, passa as outras folhas da ementa, mas volta sempre ao desenho da capa. A coroar a arcada da porta do hotel há uma máscara saída da cantaria que está apenas apontada, imprecisa. Um sátiro? Um deus da mitologia?

Não, o diabo com uma mascarilha de carnaval. Elias iria jurar que se aquela figura não tivesse sido talhada em pedra os cornos seriam dourados e a mascarilha vermelha.

Aos vinte e um dias de abril e por ordem do Exmo. Inspetor procederam os agentes Roque e Outro à detenção de MARTA AIRES FONTENOVA SARMENTO, viúva, de sessenta e três anos, residente na Travessa da Lapa número dezassete, letras A e B, em Lisboa.

A cujo domicílio chegaram pelas nove e trinta da manhã, tendo sido introduzidos numa pequena sala onde aguardaram que a citada os viesse receber. Enquanto esperavam observaram que a moradia tinha traseiras para jardins de embaixadas, pelo que Roque considerou a possibilidade de o arquiteto, em desespero final, regressar a casa para passar aos terrenos vizinhos invocando asilo político.

A salinha tinha muito de mão feminina, era de teto de masseira com pinturas de flores e havia a um canto três poltronas de orelhas e um tabuleiro de xadrez em madrepérola. Ao centro, sobre uma mesa redonda, inglesa, dois grandes álbuns, Les Trésors de l'Orfèvrerie. *Um contador à direita de quem entra. Na parede um retrato do arquiteto, em camisola de gola alta e barba curta, e duas naturezas-mortas assinadas Martha.*

Roque e o Outro registaram tudo, compondo ares profissionais. Embora sem ninguém que os observasse faziam por mostrar indiferença perante a distância e a altivez com que aquela casa os recebia e quase não conversaram. Quando muito uma ou outra palavra de serviço, como agentes em função, no mais limitavam-se a ficar de frente para as janelas, mãos atrás das costas: preferiam olhar o lá fora e as árvores que são de todos a tomarem conhecimento dos confortos e das preciosidades do adversário. O seu instinto de polícias ensinava-lhes que para certas ocasiões a ignorância em relação aos valores do semelhante são a grande arma para vencerem a sua inferioridade social (Elias Chefe dizia por exemplo. "Com os inteligentes é que eu me quero", e isto porque aprendera que o escrúpulo, o orgulho e até a vaidade do preso inteligente é que o perdem muitas vezes. Jamais, no confronto com um indivíduo desses Elias deixava transparecer os seus gostos ou as suas leituras, seria uma aproximação que não lhe interessava. O contrário, sim. Ignorar, mostrar-se rotineiro, insensível. "Se queres agarrar o preso deixa o amor-próprio em casa" era outra das suas regras).

De maneira que Roque e o Outro, seu acompanhante, estavam devidamente alerta para enfrentar a citada. Quando ela entrou vinha pelo braço duma criada e, para esclarecimento deles, em robe de quarto. Ambos perceberam que não se tendo vestido se preparava para resistir. Roque entregou o mandato de captura, sem bom-dia nem boa-noite que foi para pôr logo à vontade a recatada. Esta puxou os óculos que trazia ao pescoço numa corrente de prata, mas tocaram à porta e apareceu um advogado. Vinha alegar, estava-lhe na cara. Impedimentos, razões de doença, idade, parágrafos miudinhos e com voltas de gancho que é como se desenham os parágrafos. Tudo certo, tudo certo, mas Roque trazia uma ordem e entre uma ordem da Judite Benemérita e as razões duma senhora consternada vai um solfejar a ponto-cruz que só o martelo do juiz sabe e deve apreciar, como diria o chefe Covas se ali estivesse. Nestes termos nada a fazer, cumpra-se. E Roque ia já a estender a lépida luva à paciente quando no bocal do telefone saltou a voz do inspetor a comunicar. Contra-ordem, a presa que seguisse para o Hospital de Santa Maria, internamento em quarto particular com guarda à vista.

Assim deixou ela a casa onde teve marido e onde engendrou um filho. Um filho único e tardio que embalou por aquelas salas de terna luminosidade, ensinando-lhe os troféus que o pai, campeão de tiro e florete, tinha deixado em armários de cristal, apontando-lhe as armas que se perpetuavam em lugar de honra nas paredes, as aguarelas e os óleos que ela própria pintara quando jovem, e finalmente, levando-o pela mão ao quarto dos engomados onde estavam os armários do avô astrónomo e almirante. No alto dessa estante de portas de vidro, por cima de rolos de mapas, volumes encadernados em pele-do-diabo e maços de papéis amortalhados em fitas de nastro, lá no mais alto, a rasar o teto, erguia-se uma cabeça de gesso, um desses modelos que os estudantes de Belas-Artes (a dona da casa, nos seus tempos) passam a carvão no papel Ingres, copiando a cegueira e a morte que lhes estão no rosto. Mas depois de a ter copiado vezes e vezes na juventude, quando viúva cobriu-a com a armadura e a viseira de esgrimista com que o marido em saraus de glória enfrentara os adversários à reduzida distância dum florete. Por causa disso o pequeno Fontenova, de calção e bata do colégio, passava de *largo pelo quarto dos engomados porque era lá que estava, morto e vigilante, o verdadeiro pai, oculto numa máscara de rede.*

Essas coisas e tudo o mais, tantos anos, deixava ela para trás na manhã de vinte e um de Abril, atravessando a cidade de táxi entre dois agentes. Ia arrastada no cerco que lhe estavam a mover ao filho. Para o entendimento geral era a mãe que cumpria um doloroso capítulo do destino mas, mais terrível ainda, para outros não passava da criatura que tinha dado corpo no seu ventre à semente dum assassino.

[Marta Sarmento esteve detida doze dias no Hospital e três nos calabouços da PJ. "Feitas as identificações necessárias", lê-se no *Processo*, 2.º vol., "nega qualquer participação direta ou indireta no crime, recusando-se a admitir, pelo conhecimento que tem do caráter, sensibilidade e cultura do filho, possa ser ele o autor ou um dos autores do homicídio. (...) Instada uma vez mais sobre a matéria dos autos, confirma o que anteriormente deixou dito. E sendo-lhe presente uma carta anónima* onde se diz ter sido visto o seu carro nas imediações do local do crime, responde: que repudia essa ou qualquer outra prova que não esteja devidamente autenticada; que atribui a referida carta a vinganças pessoais de alguém que desconhece ou a um ato irresponsável de indivíduos de natureza doentia; que, dado o estado emocional em que se encontra, não pode, como desejaria,

---

* Alguns pormenores permitem admitir que a denúncia tenha sido forjada pela PJ com base nas confissões de Mena.

pronunciar-se com rigor sobre as questões que lhe são apresentadas."]

Da Judiciária, a mãe-viúva voltou ao hospital. Passos brancos no corredor, ambulâncias no pátio umas a seguir às outras. Vizinha da morte estava ela, vizinha como nunca; uma mulher paredes meias com a morte e com o sangue. Mas durante esse tempo, todos os dias uma criada lhe fazia chegar ao quarto três das mais belas rosas desse Abril.

O dedo em chamas

Elias a páginas tantas do processo quase não interroga, deixa correr. Encavalita-se ali naquela cadeira, cotovelos sobre o espaldar e prepara-se para grandes vagares. Conte, diz ele. Comece por onde quiser.

Mena está sentada na tarimba, contra a parede, as mãos cruzadas na nuca. Hoje tem um pullover sem mangas em cima da pele: tufos de pelos irrompem-lhe das axilas. Debruçado nas costas da cadeira o polícia estuda-a com olhos de míope.

Mena. Os braços erguidos alteiam-lhe os seios que parecem soltos e estão mesmo (sem soutien, pela maneira de descair do pull-over) e os pelos do sovaco são dum negro seco e agreste, tão negro como é decerto todo o cabelo que ela tem no mais privado do corpo e com um gosto acidulado, retenso. O chefe de brigada tira um limpa-unhas do bolso num movimento paciente.

Silêncio. O silêncio do preso é a insónia do polícia, aguardemos.

Elias espalma a mão para apreciar a unha gigante. Roda-a à contraluz como se fosse um diamante, mira-a e admira-a e vai memorando que só as intelectuais ou as camponesas é que deixam crescer assim os pelos dos sovacos em liberdade, não era a primeira vez que observava isso. Mas na jovem dos pavões havia uma indiferença humilhadora nesse à vontade com que punha à vista aquelas emanações secretas do corpo. Haveria?

Mena acende um cigarro, mais um. A unha. Aquele estilete, aquela fantasia macabra. Que rancor ou que provocação alimentam uma tal arrogância? Ele trabalha-a aplicadamente talvez para a tornar mais digna do anel de brasão que usa no mesmo dedo, talvez para se desprezar ainda mais, se é esse o seu truque de polícia, quem pode dizer? E dá-lhe voltas e trata-a com as atenções com que cuidaria dum objeto pessoal, não duma extensão da sua natureza. Apura-a, passa-lhe gume, esfrega-a na manga do casaco a levantar-lhe o brilho.

Mas no meio deste seu remirar-se deixa cair uma pergunta: Qual de vocês é que cortou a eletricidade naquela noite?

Mena fez um sorriso cansado, pensa: Não vale a pena. E o chefe de brigada guarda o limpa-unhas e dobra-se no espaldar da cadeira, cabeça pendida, à espera. Naquela posição tem na meia linha do olhar uma mancha de cobertor e a exatidão dum tornozelo a sair do azul dos jeans de Mena, ali onde ela usou em tempos uma cadeia de ouro que a prendia a um amante. Põe-se a balançar para a frente e para trás.

Mena: Contar tudo outra vez, é isso que quer?

Quero, responde Elias Chefe para a frente e para trás, que diga se foi o arquiteto quem desligou a luz naquela noite.

Mena: Mas ele não saiu do pé da gente, como é que podia ser? Caramba, as vezes que eu tenho explicado que estávamos todos na sala quando faltou a luz, as vezes, senhor.

Elias continua a balouçar. É pena, diz, é pena.

O polícia a cavalgar sem sair do mesmo sítio, Mena a consumir-se em fumo, Deus, quando é que isto acaba, pensa ela.

Elias Chefe: Era uma boa maneira de experimentar, não era?

Experimentar?

Ver como é que o major reagia em caso de perigo, então não era?, torna Elias Chefe.

Mena suspira. Espantoso. Abana a cabeça, vencida. Verdadeiramente espantoso. Tem o chefe de brigada a espreitá-la como um sapo em cima da cadeira e prepara-se para um longo silêncio, tem que ser. Espaço mudo, que coisa ridícula. Uma pessoa a jogar ao sisudo com um polícia, quem diria. E no fim de contas para nada, para desgastar, mais nada, porque, merda, ele sabe tudo, merda. Mena há que tempos que confessou mas o estupor nem assim despega. Vai dizer-lhe, decide. Sopra uma fumaça para longe. Dizer-lhe que falando ou ficando calada é sempre uma estupidez dum jogo, tão estúpido como as ventas dele e que não conduz a coisa nenhuma.

Mena: Ridículo. Não vejo o que é que se possa ganhar em ficar para aqui a repetir as mesmas coisas vezes sem conta.

Elias Chefe: Eu também não. Só sei que quanto mais tarde falar, mais tarde fechamos os autos.

Ela encolhe os ombros: falar, repetir. E repetir o quê, o corte da luz? Mas qual corte, a luz faltou porque faltou, ninguém foi desligar os fusíveis, ninguém quis experimentar o medo de ninguém. Ele é que é todo de esquemas sinistros, o polícia. Esse horror de gente. Mena não vai ficar a noite inteira naquilo, tem que se ver livre dele, falar, dizer seja o que for. Coisa estuporada ter que recomeçar, redizer o dito. Mas recomeçar por onde?

Oh, merda.

Mena: Na altura em que começamos a jantar, serve?

O golpeado de desprezo com que ela perguntou aquilo. Mas o chefe de brigada encara-a em plena tranquilidade com os seus óculos tristes e pacientes. A senhora é que sabe, diz.

Está bem, ela recomeça, está bem. Recomeça, portanto. Mas um pouco atrás com a chegada do major dum encontro clandestino, quando o major se senta à mesa a beber brandies, todo encharcado. Daí até à falha da eletricidade ainda foram umas duas horas mas, torna a dizer, durante esse tempo ninguém saiu da sala. O próprio Dantas C despiu apenas a gabardina e nem foi ao quarto mudar de roupa. Aliás toda a gente reparou. Sentou-se encharcado e tudo, e bebeu três brandies de pancada.

Vestido de padre, claro. Mas isso também não tem assim tanta importância, ou tem? Vinha era branco de frio até aos ossos, impressionava vê-lo. Daí ter-se posto a meter brandies à pressão daquela maneira. Seja como for, a meio lá dum certo copo parou a contemplar a bebida e disse: "Como vê, Fontenova, mesmo sem telefone arranjam-se contatos quando é preciso." "Ótimo", respondeu o arquiteto, "isso já me tranquiliza". E ele: "É bom, é bom, que é

Balada da Praia dos Cães

para você não julgar que somos para aqui uma data de moscas penduradas no telefone."

Difícil descrever ponto por ponto a conversa desse jantar. Impensável, assegura Mena. Era a primeira vez que o major saía para um encontro, tinham ficado numa inquietação, é bem de ver. E continuavam. Inquietos porque ele demorou a chegar, inquietos depois porque não se abria acerca do que se tinha passado.

[Sobre isto os autos são breves. Registam: houve uma reserva inicial. "Progressivamente o major foi abandonando a atitude de reserva inicial, passando a expor algumas questões relacionadas com a assistência que lhes estava sendo prestada, ou não, pelo designado *Comodoro* (dr. Gama e Sá)."]

Mas Mena não conhece a redação final das confissões, o resumo dela e dos seus companheiros em papel judiciário. E prossegue, tem de prosseguir, há uma unha, um esporão, a espicaçá-la. Diz: É infernal, tudo isto.

Entretanto Dantas C ia na meia garrafa e prometia mais. Entranhado de inverno, começava a abrir em brandy morno; dentro em pouco, pés repassados, cabeção a luzir, parecia à vontade como raramente. Evocava o encontro — mas pelo alto e à meia frase, cuidados de compreender. Do encontro passava aos projetos, confiança e arrancada em força. Configurações. Esquemas que iam muito para além deles, outros terrenos, outros implicados. E discursava ordens, avisos. Lembrava um sacerdote de guerrilha acabado de chegar na tempestade, alguém que vinha revelar um mundo de cavalheiros e generais conspirando no caos e no terror. "Cabeça fria", clamava, "Agora é que é saber aguentar, é agora."

"E a lista?" ouviu-se então.

O arquiteto, tinha de ser ele. A palavra caiu como uma praga. Lista. A Lista Negra. (Foi nessa noite que o major lhe chamou assim pela primeira vez, esclarece Mena.) Um tema maldito entre os dois. Mas o arquiteto ia de longada. Continuava a não compreender a razão por que não se aproveitava aquela malta. Qual a lógica.

"Disse?" perguntou-lhe Dantas C no fim de tudo. Foi à lareira e voltou. "Lógica. Você fala em lógica, Fontenova. E não sabe, Fontenova, que a lógica é uma batata quente na boca dos apressados*. Não sabe, não lhe interessa, nunca pensou, que há a lógica dos outros e que os outros não confiariam nem um bocadinho na sua lista. Que eram muito capazes de se pôr de fora. E que então é que era uma gaita, que então é que eu queria ver o que é que a gente fazia com os seus intelectuais. Porra, Fontenova, e vem-me você falar em lógica."

Palavras não eram ditas (estas ou outras aproximadas, previne Mena) palavras não eram ditas faltou a luz. Foi então.

Escadas galgadas às cegas, ordens gritadas, faiscar de isqueiros, em menos de nada os homens estavam nos seus

---

* "Outro desgaste a evitar é o vício das análises "inteligentes". Ha momentos em que me faz pena ver a maneira como os medrosos invocam a lógica para retardar a ação. Lembro-me sempre do Rommel que dizia que em combate há que saber decidir entre o risco e a lógica." Dantas C, *Caderno*.

postos. Calados, armas apontadas à ventania que carregava sobre a casa. Sentiam-se encurralados, à boca duma matilha de guardas que o major tivesse trazido no rasto quando voltou do encontro clandestino. E neste silêncio tocou o telefone. Uma vez. Um retinir violento, um só. Mas tocou, disso ninguém teve dúvidas, e ficou a ressoar no escuro como uma estridência de terror, como um alarme que fizesse parte da armadilha.

Quanto tempo, minutos, eternidades, durou aquilo? Mena tudo o que pode dizer é que se achou a um canto da sala com um revólver que lhe atiraram para as mãos, e fica-se nisto, não adianta mais. Vento, trevas, a lareira a arder.

De repente, tal como desapareceu, a luz voltou. De golpe. Sem ameaços.

Elias Chefe: Claro, como quando se liga um fusível. Mas não tem importância, continue.

Mena não continua. Então?, torna o chefe de brigada; e percebe que ela está novamente a resistir, chatice; e dobra-se na cadeira, olhos fechados, a dar tempo.

Pouco depois ouve-se um quebrar seco, trec. É ele. Trec. Trec. É o polícia a puxar os dedos e a fazê-los estalar nas articulações. Puxa-os um por um como se descalçasse uma luva. Trec. Trec. Mena morde os lábios. Aquele desnocar de ossos, aquela unha fantasma, Então?, vai perguntando o polícia, dedo sim dedo não. E por fim:

Quando voltou a luz vieram todos para a sala ou ficou alguém lá em cima?

Mena vê de relance as mãos caídas sobre o espaldar da cadeira; antes que ele recomece responde.

Naturalmente que correram logo a juntar-se, diz. Queriam ver-se, saber que estavam vivos, discutir o que tinha acontecido. Puseram-se a rever desde o princípio, contaram as reações e as conjecturas, os instantes de cada um. Recordaram os movimentos, foram aos mais pequenos nadas, mas, pormenor esquisito, ninguém falou do toque do telefone.

Ela própria teve consciência disso no momento em que conversavam. Esquisito, pareceu-lhe. Mais que esquisito, suspeito. Dava a impressão de que estavam combinados para ignorar esse acontecimento como se tivesse sido qualquer coisa que os envergonhasse ou não passasse duma superstição de apavorados. E o caso é que o telefone continuava ali e bem à vista para se fazer lembrado mas eles seguiam em frente como não dando conta.

O major, papel e lápis, começou a anotar. Tempos e distâncias, traçado das deslocações, acessos, centros de defesa. Ela reconhece: parecia outro homem. Tinha precisão no dizer e era feliz naquele momento. Terminou por marcar limpeza de armas para a manhã seguinte e por fazer o inventário das roupas e dos objetos de emergência.

Ora aí, salvo erro, é que o Fontenova apresentou o problema do cabo: o rapaz não podia continuar a andar com o capote e as botas da ordem, era evidente.

Diabo, o que tu foste dizer, Dantas C mudou logo de cara. "A roupa do cabo há de chegar na altura própria", respondeu.

Ninguém abriu bico. Mena ainda quis ligar o rádio, pôr música, mas ele, "tem paciência", travou-lhe a mão e falou

Balada da Praia dos Cães

para o Barroca: "Descontraia-se, homem. Nu é que você não há de ficar."

"Mas", começou o cabo; e o major, muito rápido:

"Mas o quê, fale, diga o que tem a dizer."

"O caso de sermos assaltados, meu major."

"Está bem, o caso de sermos assaltados. E depois?"

"É um supor, meu major, mas nesse caso? Saio assim?"

Dantas C riu-se. "Sai morto, Barroca." Carregou na bebida, sério de repente. "Saímos todos mortos ou então não escapa ninguém vivo à nossa frente." Para o arquiteto: "Diga, Fontenova."

Fontenova afinal não disse, não tinha importância. Foi sentar-se na outra ponta da sala.

Segunda sessão de brandies, desta vez com o major à boca da lareira aproveitando para secar os sapatos, agora é que lhe deu o frio? O caso é que ele mudava de pé, chegava-o às chamas, recuava-o, e nesse movimento via-se-lhe o volume da pistola a pesar no bolso do casaco. "Sim senhor", dizia de costas para a sala. "Nunca pensei que a roupa do nosso cabo fosse tão urgente." Deixou passar uns instantes. "Urgente por quê, Fontenova?"

Falava para as chamas, seguro de que assim o ouviam melhor. "Admiro-me, Fontenova. Palavra que me admiro. Não sabia que o Barroca estava tão adiantado no francês para precisar já da fatiota." E mais adiante: "Enxovalzinho para a viagem, *pas vrai*, nosso caporal?"

Deu-se então uma mudança repentina, conta Mena, porque deixou a lareira sem mais nem menos e voltou à mesa, ao papel e ao lápis. "Reparem", disse ele convocando-os aos três.

Em cima da planta da casa pôs-se a verificar e a desenvolver, precisando cada ponto, cada situação. E nessa altura eles compreenderam: em cada movimento Dantas C tinha um lugar para o cabo. O cabo cobrindo esta zona, o cabo acolá como suporte, o cabo na proteção de Mena, o cabo, o cabo. O Paris de cabo era ali amarrado à Casa da Vereda, ele que não pensasse escapar. Ali. Paris-sur-Tage, estúpida de graça. E mais uma vez era impressionante a clareza com que expunha, sentia-se nele a tal felicidade dramática de que falava Mena há bocado.

(Felicidade dramática, ela disse isso? Elias aperta o olho amolecido neste embalar do conto de Mena. Algures no *Lobo do Mar* há um sublinhado que lhe lampeja na memória: "Ele-Estava-A-Viver-Plenamente-No-Auge-Da-Paixão." Assim, em letras de mensagem e em frase textual, tão certo como ele se chamar Covas e andar aos distraídos. O personagem sublinhado era um marinheiro-demónio, alguém que durante todo o livro planeava a vingança e desafiava a morte e o poder. Esse mesmo, o tal. E não é que Mena lhe está a descrever o major a planear audácias e emboscadas e a fazê-lo em felicidade? Elias, por muito que duvide, não pode deixar de pensar no cabo. O cabo sabia bem aquilo que sublinhava.*)

---

* "Na verdade, Hump, ele está a viver o terror plenamente e palavra que chego a invejá-lo quando o vejo no auge da paixão e da sensibilidade" Jack London, *O Lobo do Mar*, ed. portuguesa, pág. 132.

Balada da Praia dos Cães

Dantas C expunha em cima do papel e a traço calculado. Mas ao correr da palavra passou-lhe o Barroca pelos horizontes, recuado do grupo junto ao armário. Apanhou-o como numa manobra escondida, espetado e todo sombra: "Que é isso? Você está de sentinela ao telefone?"

(Ah bom, o telefone sempre acabou por ser assunto, pensa Elias, já não era sem tempo. E agora?)

Agora o Barroca cerrou os dentes, passou a mão pela boca. Uma manápula quadrada, maior que ele, Mena tem sempre presente essa mão quando relata esta cena; e por cima dela havia dois olhos incrivelmente secos e diretos. Ninguém arriscava um gesto, um som que fosse. Armados, inquietou-se ela. Para cúmulo, estavam todos armados naquela sala.

Mas lentamente, cara erguida, o cabo começou a descair a mão. Muito medido esse deslizar. Deixou-a escorrer, ficar solta e inútil à margem do corpo e com a mesma lentidão encaminhou-se para a porta. Aí parou. De costas para o outro; a oferecer-se, dir-se-ia. Depois, sim, afastou-se. Partiu, finalmente.

Dantas C ficou atento aos passos que martelavam degrau a degrau a subida das escadas. "Moscas", rosnava, "piores que as moscas." Agora era o teto, as botas do cabo a prolongarem-no por cima deles batendo o sobrado. E o major: "Não fazem mais nada. Vivem colados como moscas ao fio do telefone."

Nisto desandou para a cozinha e da cozinha para a despensa, e foi um revolver de gavetas e de armários. O lacre, adianta Mena, andava à procura do pau de lacre. Nunca ninguém imaginaria que houvesse tal coisa naquela casa.

Mas havia, e mais cedo do que podiam calcular já o major avançava para o telefone de toco vermelho na mão e isqueiro a flamejar. Falava sozinho, dizia "acabam-se as tentações, ponto final nesta trampa". Encheu os números do marcador com pingos incendiados, mas sem nunca parar de resmonear, "selado, acabou-se o pesadelo, acabou-se a tentação", isto num desfiar rezado, de punição. Quando cobriu o último algarismo e se voltou para Mena e para o Fontenova trazia a mão em labareda. O lacre tinha-se pegado aos dedos.

Mena reconhece: o primeiro impulso foi correr para ele. Mas Dantas C observava a mão com curiosidade como se não lhe pertencesse. Depois pôs-se a apagá-la dedo a dedo até à chama do indicador e essa levantou-a bem alto para que todos a vissem e recordassem. Sem pressas. Vestido de negro, de cabeção e dedo em labareda, tinha um não sei quê de iluminado, alguém que celebrava a purificação pelo fogo ou coisa assim. Nas costas dele o telefone luzia com os reflexos da lareira e daí a nada iria aparecer a Mena como a cabeça dum inseto monstruoso com uma coroa de dentes a sangrar.

Mena: Acho que é tudo.

Foi. Que se lembre nem ela nem o arquiteto acrescentaram o quer que fosse à cena que acabavam de presenciar e Mena estava desfeita. Queria (quer) ir-se deitar, acabar o relato.

E mais não disse, lê-se nos autos.

Até as moscas largam a asa

Na folha 22 de Abril da agenda está marcada reunião muito pela manhã no gabinete do inspetor. Assunto, a imediata Detenção do Advogado, suas determinantes e seus condicionamentos. Têm, pois, a palavra.

Elias que chegou atrasado a penar uma constipação nos forros do sobretudo parece aborrecido com a presença do chefe da secretaria, não está a ver muito bem qual o papel daquele mangas numa reunião de polícias a não ser para apor o carimbo e ir besourar aos ouvidos do diretor. Otero, inspetor de homicídios, faz uma introdução acerca do homo politicus, se assim se pode exprimir. Se não pode, pior para os outros, ele exprime-se. Tendo em vistas o advogado dos brilhos, salienta que o homo politicus é um animal lixado de trabalhar porque tem padrinhos no céu e afilhados no inferno, para não falarmos no purgatório que é onde se junta a maralha dos conspiradores em part-time. Por essas e por outras é que: Quando o cadáver cheira a política até as moscas largam a asa, como costuma dizer, e muito bem, aqui o nosso chefe Santana. O mangas da secretaria acompanha a exposição com acenos de quem está por dentro dos casos.

Por outro lado, continua Otero, o Gama e Sá na qualidade de homem de leis tem gazuas que se farta, entendendo-se por gazuas as raposices dos códigos, alíneas e coisa e tal. Nisto de jurisprudência diziam os antigos que a lei é para os inimigos e a amizade para nós outros, e só deus sabe até onde é que um princípio destes pode levar. O chefe da secretaria indica o infinito com um revirar de olhos.

Elias para os seus adentros: Qual o papel daquele mangas, etecétera, etecétera.

Tira um vaporizador e descarrega três bombadas de goela aberta. Homem, reponta-lhe o inspetor com cara de nojo, isso não vai com assopros, o que você precisa é duma recauchutagem geral.

Mas como ia dizendo, o inspetor lamenta informar que a polícia tinha dado rédea solta ao advogado, deixando-o navegar à vontade no doce calendário do dia a dia na esperança que ele se descaísse e desse pistas mas o cavalheiro nem assim. O cavalheiro, casa-escritório, escritório-casa, amantes d'affaires e jantaradas de permeio, era uma agenda aberta. Movendo-se em perfeita tranquilidade ou como tal, não meteu água nem deu balda, não obstante os olhos-mil que a Judite Malas-Artes lhe tinha bordado na sombra e não obstante, também, ter sido escutado ao minuto pela cavilha do telefone.

Face ao que, conclui o chefe de brigada, só nos resta agarrar o sinuoso e tirar-lhe as medidas por dentro. É isso?

Nem mais, responde Otero.

Sentado e de perna cruzada o chefe de brigada põe-se a afagar a calva penteada. Tem dúvidas.

Otero: Prendendo-o agora o homem vai pensar que foi

denúncia da mãe do arquiteto e entra por aí dentro todo vaselinas.

Elias: Veremos.

O inspetor consulta com o olhar o chefe de secretaria mas o chefe de secretaria comporta-se como uma testemunha que é toda ouvidos e que mais não diz. Visto isso Otero, torna a dirigir-se a Elias: Independentemente, há a pessoa que você sabe e o advogado vai-nos permitir controlar as informações que ela lhe tem dado. Topa?

Elias, que sente o inspetor a pestanejar por trás dos vidros fumados polaroid internacional, adivinha neste conversar o diretor Judiciaribus em jogada enviesada. Demora-se a afagar o lustroso: Veremos, repete. Veremos, como diz o cego quando tira os óculos escuros.

Sorriso maldoso do inspetor. Óculos escuros é com ele, mas em tecnicolor polaroid. No entanto faz-se desentendido; pensa: Está bem, abelha. E recosta-se na cadeira. Tem a ordem de captura à mão de assinar mas quer ouvir primeiro, saber opiniões. Opiniões? Elias não há meio de entender porque diabo aparece o mangas da secretaria metido naqueles expedientes. Conselheiro chamado de aflição para os devidos efeitos?

Otero: Para já, para já, é de esperar uma reação em cadeia. Prisão da mãe do arquiteto, prisão do advogado, não tarda muito os outros que andam à solta vao começar a dar de si.

O chefe de brigada continua dele. Mão no penteado a ver se arruma a cabecinha; mas não arruma, continua a duvidar do alcance da prisão do doutor dos brilhos. Lembra-se do Roque, o Roque e os seus *muchachos* andam pelos barrancos da fronteira e pelas tabernas do cais ao cheiro dos dois errantes. Cansados de dar à sola mas de pulmões lavadinhos, benza-os Deus, porque isto de dormir com as cabras e de namorar as gaivotas dá desgostos mas faz peito, a paciência do artista tem destas naturezas.

O inspetor está de caneta assestada, vai aplicar o autógrafo dos dramas. Despacha o *Manuel F. Otero* em galope de salto e volta na ponta a cortar o *t*, e transfere a ordem de captura para o chefe de brigada:

Reação em cadeia, reação em cadeia. Há que tirar partido da prisão da mãe do arquiteto.

Lógico, concorda Elias. Mães há só uma e dá um trabalhão a criar.

Otero é de ouvido ingrato aos ditos do semelhante mas o chefe da secretaria nem isso: mostra-se de cara fechada como uma sentença de prisão perpétua. Agora ao vê-lo levantar-se é que Elias se lembra que o fulano é coxo, já se tinha esquecido, um destes Coxos que andam de través levando a reboque uma perna e batendo com a outra em pé de carimbo. Lá vai, pois, a caminho do corredor, e cada dia avança de marrada mais baixa, o infeliz. Também, do mal o menos, entrou mudo e saiu calado. Agora, sim, Elias e o inspetor estão finalmente entre polícias. E posto isto?, pergunta.

Posto isto fez-se a vontade ao diretor, responde Otero.

Mas quem assinou foi o senhor, diz Elias.

Balada da Praia dos Cães

Otero: Maneiras, Covas. Daqui a nada já se sabe no Ministério que não concordamos com a prisão, então para que é que eu chamei o da Secretaria?

Elias: No Ministério?

Otero, sorriso de alto: Sou parvo, não?

Visto do fundo do maple de Elias o inspetor aparece barricado atrás de dossiers, com o retrato do Salazar no infinito da parede. Um sossego, ali. A luz da manhã amacia o gabinete e, caso raro, não deram pelas ambulâncias desta vez.

Mas nem de propósito, levanta-se uma polvorosa no corredor, passos e vozes e gargalhadas à mistura. Elias puxa do relógio: hora do ponto, hora buliçosa da entrada dos artistas e figurantes nos camarins da Judite dos sete véus. Polícias de muitos olfatos e de maiores desencantos, restauradores de cenários desgraçados; bufos que vêm largar a sua deixazinha ou o lamiré comprometido; datilógrafas mascando pastilha elástica e soprando pensamentos de fotonovela em balões pelas boquinhas, ai filhas. Bom, despede-se Elias, vou-me ao doutor.

Covas, chama-o Otero quando ele leva a mão ao puxador da porta. O chefe de brigada volta-se. Não apertar muito com o homem, recomenda-lhe o inspetor.

Bem sei, diz Elias. Quando as chamas sobem alto de mais até os anjos estendem a mão ao diabo.

O inspetor: Ou isso.

Anoitecer,

"hora de os morcegos ensaiarem os voozinhos de cetim", dito de Elias Santana, chefe Covas.

Na sede da Judiciária começou o baile das sombras esparvoadas. Os jornais vespertinos ou como tal apalavrados deram a notícia da prisão do Habeas Corpus e o inspetor marinha pelas paredes porque lhe saltaram às canelas os doutores da Ordem dos Advogados. Esperneia e assopra a sete foles: Começou a bronca, grande merda, começou a bronca.

Inútil fazer-lhe ver que o vivaço do Habeas Corpus há muito que devia estar a contar com o abraço da Judite Benemérita. Que embora tivesse sido preso na rua e sem testemunhas tinha tudo preparado, secretárias, paquetes e solicitadores, tudo preparado para espalhar o escandaloso pelos jornais e por outros labirintos a saber. Que, ossos do ofício, nada de desesperar porque quem tem a chave das algemas está sempre a tempo de aliviar, a ver iríamos, como diz o Covas.

Mas, não. Otero não dá ouvidos e o pior é que amanhã cai noutra. Otero, com a sua mania de alinhar pelos traçados dos outros, tem desgostos e persiste, convencido que se safa. Alinha no motejar do parceiro e quando deita a gargalhada caem-lhe os dentes para a mão. Alinha no palavreado oficial e na volta do parágrafo já é todo ressalvas e rasuras. Alinha no Diretor Judiciaribus, bem, então aí alinha sempre, amanda-se tão a direito que quando apanha nó cego é

Balada da Praia dos Cães

todo bigodes no ar e murros na mesa, como foi o caso. A esta hora ainda está no gabinete a esbravejar.

Elias deixou-o entregue ao mau perder e em nome duma constipação, que é a madre de todas as doenças, comunicou que ia para a cama mudar de ares. De caminho ancorou numa pastelaria de bairro onde fez o balanço do dia.

Resultado do balanço de Elias: uma manhã à trela do doutor dos brilhos.

Revê-se albardado naquele sobretudo, Rua Augusta abaixo, Rua do Ouro acima, e entra aqui, e espera acolá, agora Banco Burnay, agora manicura-barbearia, uma manhã à mercê. O motorista Ponto-Morto ao volante da carrinha. O Ponto-Morto a acompanhá-lo de cruzamento em cruzamento e Elias, de mão no bolso do sobretudo e vaporizador engatilhado, metido até aos dentes na sombra do Habeas Corpus. No cheirinho da peúga, pode dizer-se. E o Habeas Corpus de proa alçada a desfilar solenemente. O Habeas Corpus, cumprimentos à esquerda, cumprimentos à direita, e um charuto romeu-e-julieta à porta da Tabacaria do Rossio para anuviar.

Na Rua do Carmo parou na montra da Livraria Portugal (aí o chefe de brigada esteve vai que não vai para lhe deitar os veludos mas emendou a mão: Aguenta, Covas, que o homem é de arrasto e segue à maré) e como nisto de viagens à bolina quem no manda são as brisas deixou-se levar na corrente.

O doutor dos brilhos ia de charuto ao alto, sulcando a manhã. Subiu o Chiado (subiram, mais propriamente) em navegação de cruzeiro. Na esteira fulgurante que o Habeas Corpus deixava para trás, Elias Santana teve ocasião de observar que, guardadas as devidas distâncias, o Chiado era uma calçada de cemitério rico em romagem permanente. Cantarias, portais lavrados, igrejas, vendedeiras de flores. A Marques tinha uma fachada de mausoléu parisiense dos tempos do cancã das tuberculosas; logo adiante havia uma ourivesaria pequenina com o recatado dum sacrário, veludos e pedrarias; livros na montra da Sá da Costa deitados como lápides mortuárias e medalhões de falecidos acadêmicos; ao cimo do calvário uma estátua a escorrer verdete onde um morto já esquecido está de dedo espetado para o passante como a dizer: Pecador que me ignoras em breve te juntarás a mim e então é que eu me hei de rir, *Pax tecum*.

Chiado, o velho da estátua, é uma figura da infância de Elias. Chiado, solteirão e poeta no jocoso, boémio e imitador de vozes, pode exigir-se melhor dum lisboeta? Ainda para mais frade. Puseram-no naquele largo e puseram-no muito bem porque ali é que ele aguça o sorriso escarninho que nos lança a todos nós, mortais, sentado naquela banqueta entre igrejas e livrarias, entre o sagrado e o profano, e de frente para "A Brasileira", *café des artistes*.

Pois foi justamente na "Brasileira" que o advogado entrou.

Aportou, fumegante, a uma mesa de caras conhecidas (que o chefe de brigada em diligência não soube identificar,

Balada da Praia dos Cães

parecendo-lhe tratar-se de individualidades ligadas à Oposição política e aos tribunais) a pouca distância dum grupo de artistas (pelo aspecto, bailarinos e provavelmente do São Carlos). Elias, sem o perder de vista, sentou-se perto da entrada.

Manhã de violetas nas cestinhas das floristas ambulantes e elegâncias a passo perfumado; marquesas de *pendantif* em peditórios de caridade; a estátua do poeta sátiro; o Habeas Corpus a fumegar. Como sempre que vinha à "Brasileira", o chefe de brigada reconheceu vários pides entre os frequentadores (e diz pides porque alguns deles contataram a Judiciária por razões de serviço) mas na generalidade permaneciam pouco tempo no café, eram de entrada por saída, podendo admitir-se que se dirigiam para a sede da Corporação, a qual como é sabido está localizada a dois quarteirões dali. De salientar a presença habitual do agente Seixas* da referida Pide na mesa onde todas as manhãs o dr. Soares da Fonseca toma café com alguns deputados da nação.

Quanto tempo esteve Elias na "Brasileira"? Pelos seus cálculos meia manhã. Meia manhã e duas águas minerais, com o doutor dos brilhos a imperar a poucas mesas de distância e com o corpanzil medonho do Seixas na parede do fundo. O que vale é que tinha também vista para o Chiado, "boulevard" e estátua de poeta com elegâncias a passar; e

---

* Henrique Seixas, ex-guarda do campo de concentração do Tarrafal; José Soares da Fonseca, ministro, presidente da Administração da Companhia Colonial de Navegação e conselheiro de Salazar.

com a carrinha do Ponto-Morto estacionada nas redondezas, bem a via.

Este velho da estátua era um dos seus fantasmas de menino, achava-o igual a um bruxo desdentado que havia em Elvas, um que chamavam o Esplérido e que tinha o corpo por dentro todo a bulir em lagartas. Não são lagartas, é sebo, sossegava-o o pai. Mas o Esplérido quando a garotada o espreitava a distância e de cara franzida, espremia as asas do nariz com duas unhas e começava a deitar pelos poros fios brancos como vermes retorcidos. E ria, o velhaco. Tinha o mesmo riso carcomido do velho de bronze.

Até tarde pela infância Elias julgou que o bruxo na sua estátua de Lisboa estava sentado num penico, o que o intrigava ainda mais. Hoje, diante deste chá de tília numa pastelaria de bairro, as recordações da manhã são bruscamente atravessadas por duas silhuetas muito longínquas, pai e filho pela mão. Dois visitantes na cidade diante da estátua do poeta verdete.

Elias tem esse instante muito bem recortado na memória: foi duma vez em que o pai o trouxe a Lisboa, quando atravessaram o Tejo havia delfins a saltarem das águas em correnteza e os passageiros do barquinho apontavam e batiam palmas, parecia um circo ao natural. E no outro dia o pai juiz levou-o ao Tribunal da Boa Hora, que tem um nome bonito, Boa Hora, nós cá somos assim, a um lugar de sentenças chamamos-lhe de boa hora e um campo de cemitério dizemos que é dos prazeres. E depois na tal manhã, quando vinham do tribunal deram com aquilo. Ele, Elias pequeno, ficou a morder no dedo, desconfiado, mas o pai explicou-lhe que aquele velho acolá era um poeta que tinha morrido há muitos muitos anos mas que não fazia mal, havia mais, poetas era o que não faltava na nossa História, um dia aprenderia.

Elias naquela idade ainda não tinha começado as primeiras letras, estava longe de conceber o que pudesse ser isso dum poeta. O riso maldoso e as lágrimas negras que corriam pela cara da estátua metiam-lhe medo. E como a personagem de Elvas era igual à personagem em bronze que estava em Lisboa isso complicou-lhe os sonhos; principalmente porque este vestia uma toga de juiz ou a modos que. Muitas e muitas vezes dera por ele a sondar o pai, cheio de receio, convencido de que havia nele sinais escondidos do velho da estátua.

Mas na pastelaria de bairro:

Na pastelaria de bairro enquanto Elias fez o balanço da manhã da "Brasileira" do Chiado, *café des artistes*, havia um silêncio de sala de leitura. Os clientes estavam, e estão, de jornal aberto e a casa é alta de mais para o tamanho, loja de prédio antigo com florões e data da fundação. Elias vai urinar, conhece o caminho. Contorna o balcão, passa o guarda-vento vidrado e ao fundo do minúsculo corredor abre-se um arco de cantaria com seis ou sete degraus a pique; no cimo ergue-se uma sanita modesta de tampo de madeira. Como um trono de altar. Elias imagina a glória dum cidadão sentado ao alto das escadas, com as calças ao fundo dos pés, a desovar cá para baixo.

A pastelaria anoiteceu a olhos vistos. Os clientes estão de jornal levantado para receberem a pouca luz do teto, por este andar vão ter que os levantar cada vez mais e subirem atrás deles, atrás deles, até ficarem de pé e a chorar dos olhos.

Entram dois loucos mansos do hospital Miguel Bombarda, ali ao pé. Reconhecem-se pelas cabeças rapadas, pela palidez escaveirada e pela roupa de internados; as calças estão-lhes sempre curtas, mal chegam às canelas, e usam cordéis a fazerem de cinto. Os loucos mansos dão uma volta pelas mesas acenando com dois dedos à frente da boca. Pedem cigarros, quer isso dizer.

Os clientes escondem-se ainda mais atrás do jornal e eles poem-se a apanhar beatas do chão. Depois vão beber água ao balcão: sem vontade nenhuma, de resto, sem levantarem a cabeça e fazendo pausas e respirando dentro dos copos. Como os cavalos, pensa Elias abrindo o Diário Popular.

Não o chega a ler porque o dono da pastelaria aparece com um escadote e monta-o a meio da casa para colocar uma barra de neon no teto. Comprida de mais, considera imediatamente Elias; desmesurada para um estabelecimento daquele tamanho. O dono da pastelaria sobe o último degrau, ergue bem alto o tubo de vidro nas duas mãos, faz rotações do tronco à esquerda e à direita. Parece um equilibrista a orientar-se. Os clientes levantaram os olhos do jornal. A assistir.

E numa arrancada brusca, hop!, a barra entra numa cavilha, entra na outra, faz contato, a faísca singra velozmente dentro do vidro e, luz!, a luz explode fortíssima.

Música. Alguém ligou a máquina de discos. Berra como uma desencabrestada.

A casa endoideceu com tanta luz e tanto som, com a agravante de o empregado de balcão se ter posto a triturar laranjas no batedor elétrico; ataca-as com o frenesi de quem está a britar pedra. Elias pensa: Pastelaria Metralha, bolos e refrigerantes. E sonha com cobertores de papa e uma malga de leitemel.

Aquellos ojos negros…

que giram na máquina de discos são do Nat King Cole. Sempre que ouve a voz deste preto brilhantinas Elias magica no sucesso que ele não teria se lhe desse para cantar fado de Coimbra em tricano tropical. Anjos crioulos na Sé Velha, bananeiras no Choupal, havia de ser bonito. Mas o Neto Quingoles não está hoje nas noites do mais mavioso. Estremece o comércio e dá cabo das meninges do pacato, e sendo assim, *andante*, Elias põe-se a andar para casa.

Quando entra no táxi o corpo pede-lhe cama sem demora. Desliza ao arrepio da febre pelo noturno mais triste da cidade, Intendente, Socorro, Rua dos Fanqueiros. Saber que vai ficar em casa amanhã inquieta-o, agora com a prisão do advogado tem de acelerar os interrogatórios de Mena: "Prepare-se, o doutor foi preso."

O chauffeur é destes de boné para os olhos, à malandreco. Elias topa o gênero. O taxímetro: tiquetaque tiquetaque. Ele, Elias (na próxima vez em que entrar na cela de Mena): "Prepare-se, o advogado foi preso." Assim de caras, para começar. O Habeas Corpus, doutor dos brilhos, charuto na proa, o taxímetro: tiquetaque, merdamerda. Merda merda e mais merda (acompanha o inspetor Otero, de bigodes assanhados). Tiquetaque tiquetaque.

Tiquetaque tiquetaque. A "Brasileira", *café des artistes*, Seixas, O Torturador, com aqueles óculos pretos e aquele nariz fendido à perdigueiro. Sentado entre os doutores da nação, calcule-se. Doutores de mãos limpas, belo friso. E tiquetaque, o taxímetro a traquejar. Chá Peitoral (Santo Onofre) alteia e flor de laranja, Ervanária do Intendente. O chauffeur tem a senhora de fátima mais os três pastorinhos colada no tablier. Durante a viagem, e depois quando Elias sai do táxi, não olha uma única vez para a cidade que percorre de fastio como se ela fosse uma galdéria mal amanhada.

Elias sobe os cento e trinta degraus fora os patamares e cai derreado na cama.

Balada da Praia dos Cães

Deu-lhe a febre macaca

Deu-lhe a febre macaca, comentou o inspetor para a datilógrafa quando o chefe de brigada telefonou da sala do lagarto a comunicar que estava de lençóis. Eram na ocasião onze da manhã, para mais e não para menos, hora perfeitamente legal para que ambos pudessem começar a tentear o advogado dos brilhos, mas o Covas deu-lhe o arrepio do extraviado e ficou-se a chocar o termómetro entre fumos de ervanária e suores de lençol. Perante isto Otero só tem um parecer, Merda, que é a palavra adequada ao imprevisto e ao malfadado, se assim se pode exprimir. Contudo deseja-lhe melhoras.

À tardinha, Elias já deita a cabeça de fora da fumarada do quarto. Ao pôr do sol está na sala, com o fogareiro a petróleo a reboque e o tacho das fumigações. Pouco depois ouve música: *O Barbeiro de Sevilha* no prato do gira-discos. A coisa compõe-se, mais umas pastilhinhas e a coisa compõe-se.

Relê o Diário Popular da véspera. Um cheiro a eucalipto por toda a casa. Em meia dúzia de linhas da última hora passa pela notícia da detenção do advogado dos brilhos que na letra de imprensa responde pelo nome de ilustre Causídico, é lá com ele, a Elias tanto se lhe dá. Acha apenas que não há motivo para tanto cagarim da parte do inspetor. Adiante. *Andante, andante*, diz em voz alta (sinal de que se sente melhor; quando está doente Elias nunca fala sozinho, perde o pio). *Andante*, volta ao jornal. Notícia da

Subscrição Nacional para a compra dum navio de guerra contra os hindus; comanda o peditório o Thomaz Presidente fardado de almirante que declara que o barco há de chamar-se Albuquerque, há de chamar-se Albuquerque, Terribil Albuquerque, lá disso não desiste, que é para vingar o barco do mesmo nome que os selvagens meteram no fundo.

Chega. Elias arruma o Popular. Como está sem ideias senta-se ao telefone e liga para determinado número.

— Olá, mais linda.

— Vá bardamerda.

— Estava a pensar em ti.

— Largue-me mas é da mão, já lhe disse que sou uma senhora casada.

Há meses que isto é assim. Vez por outra, quando o corpo lhe amorna em solidões, Elias marca o número-mistério e entra em linha.

— Olha, vi-te ontem.

— Eu também, tem piada.

— Ias com o teu namorado.

— Ai que mentira. Qual deles?

— Aquele que te pregou o esquentamento.

— Ordinário.

Som de desligar. Elias, sempre de boca descaída, repete a marcação do número.

— Isso faz-se? Desligar ao querido?

— Já lhe disse que sou uma senhora casada.

— Então estás lavadinha por baixo.

Balada da Praia dos Cães

— Ai toda, meu querido. Estou todinha. E tu? Sabes uma coisa, hoje não estou nada-nada para chatices.

— Nem eu. Estou doentinho. (Elias mira a unha gigante.)

— Com quê, meu querido? Foram-te ao rabo?

— Mais ou menos.

— Logo vi, mas, sabes, com chantilly, filho, com chantilly.

— Costumas pôr chantilly, é?

— Sempre, filho. Com muitas natas. Olha, vou desligar que o meu marido já chegou.

— Chama-o lá.

— O quê?

— Chama-o lá, o teu marido.

— O quê?

— Pergunta-lhe se o gajo quer uma ajuda.

— Ai, quer, querido, vem depressa. Sabes como é que eu estou? Olha, estou em cima da cama, que é assim no estilo queen anne, mas, tu sabes, amor, tu já cá estiveste, não te lembras?

— Daquela vez que eu te comi de gatas, atão não me lembro.

— Pois olha eu cá não.

— Lembras, pois.

— Comida de gatas? Adoro. Deves ter sido muito desajeitadinho para eu não me lembrar.

— Até estavas com um robe castanho transparente.

— Robe castanho deve ser confusão. A menina é muito pro moreno, o castanho não lhe cai bem. Mas não faz mal, foi como tu dizes.

— Tinhas umas ligas com argolas que davam cá um tilintar que nem queiras saber.

— Ah, foi de ligas?

— E agora como é que tu estás?

— Perdão?

— Agora como é que tu estás, minha puta.

— Ah, agora a puta está com o Sheik nas perninhas, o Sheik é o meu bassé.

— Bassé ou lulu? Não me digas que já não tens o lulu, foi mordido pelo veterinário?

— Bassé, foi sempre bassé. Está aqui muito quietinho e eu tenho umas meias de seda ciclame, destas com efeitos de prata, sabes como é, e também tenho uma fita prateada ao pescoço. Só as meias e a fita, querido. A filha não tem mais nada, mais nada, mais nada.

Os olhos doem-lhe, os óculos doem-lhe, é o quebranto da noite a entrar por Elias até aos ossos. Recolhe à cama. Não dorme nem faz de conta, fica-se a abobora nos ranços da febre com as dobradiças emperradas.

Às tantas vem à tona, tem o nariz a sangrar. Madrugada. Adivinha a madrugada pelo vidro da bandeira da porta. Chega à casa de banho para estancar a hemorragia.

Tonto, a língua encortiçada, diante do espelho do lavatório. De cabeça para trás e braço no ar parece um cego a pedir passagem. Nessa posição é-lhe difícil ver-se, tem de

Balada da Praia dos Cães

forçar o olhar ao longo do nariz donde escorrem duas mechas de algodão; os poucos cabelos da calva estão eriçados numa penugem de pássaro esgrouviado. Por trás, ao fundo, reflete-se a brancura da sanita contra a parede de azulejos: cortando o espelho cai a prumo o fio do autoclismo com o cabo de porcelana. Também branco, o cabo. Também reluzente.

Elias molha a testa à torneira. Quando torna a endireitar-se é toda a massa do cérebro que se bloqueia com o movimento e tem de se amparar ao lavatório para não cair. Cabeça pendida para trás outra vez, braço no ar; a recompor-se nesse vazio dele mesmo, nessa surdez branca e mundo branco, descai os olhos, força-os a seguirem a quilha do nariz até ao espelho e depara novamente com a parede de azulejos em fundo com a sanita. E na sanita está ela: Mena.

Viu-a como se soubesse que ela sempre ali estivera, sentada nua, os cotovelos sobre os joelhos. Os reflexos da luz ora a dissolvem no vidrado dos azulejos, ora a recuperam, muito pálida.

Mas há uma sombra que atravessa o espelho por trás dele. Leva um braço levantado como Elias (podia ser a sombra dele próprio a deslocar-se, a abandoná-lo) e na mão erguida tem um dedo a deitar fogo. Fogo não, sangue. Isso, sangue. E quando se chega a Mena, ela, que já estava à espera desse dedo com a boca estendida como um animal amestrado, recebe-o e suga-o. Suga-o numa cadência obediente e sonolenta.

Elias reage. Aproxima-se mais do espelho até o ocupar por completo com o rosto e fita-se demoradamente. Cara a cara com ele, mas incapaz de pensar, apenas a ver-se. Quando se cansa concentra-se num último e silencioso olhar com a dureza de quem volta costas a um irmão.

Dirige-se então à retrete e urina. De braço no ar, sempre de braço no ar, descarrega uma calda ardente e turvada de febre num jato ruidoso — de cavalo. Esgota-se até à última gota em arrancadas bruscas, quase dolorosas que furam a espuma acumulada no fundo da sanita.

De cara para o teto, quase solene, quem o visse diria que estava a desfazer com a urina quaisquer restos de memória que desejava ignorar.

O palácio sem porta

Mas o chefe de brigada é homem de noites muitas e camas poucas: ao primeiro descair do termómetro está à porta de Mena. "Prepare-se, o advogado foi preso", era assim que ele tinha resolvido entrar.

Mena ouve-o sem um estremecimento. Sentada em cima do cobertor, pés cruzados, joelhos abertos em proa, assim estava quando ele bateu a anunciar-se e a espreitou pelo ralo de vigilância. Assim estava e assim se deixou ficar.

Elias Chefe, acomodando-se na cadeira cheio de abafos e de ressacas: O mais natural é que tenha de ser acareada com o doutor.

Balada da Praia dos Cães

Há um ligeiro arquear de sobrancelhas, é tudo. A sobrancelha e a indiferença daqueles joelhos escancarados: uma ponta de desconfiança começa a luzir nas lentes do chefe de brigada. Mena não pode ser acareada, não pode ser vista por ninguém, está em segredo de investigação. Desconhece isso (ou devia desconhecer), desconhece tudo quanto se passa fora daquela choça de cimento (mas desconhecerá mesmo?, pergunta ele com os seus ocultos). Aqui Elias põe-se a vaporizar a goela com jatos longos e aspirados. Seguidamente leva a mão ao bolso do sobretudo e saca de lá um pequeno apontamento.

> 6.ª feira, 12 / Segunda visita advogado / Telefonema forjado / Sabe q. era 6.ª f.ª porque era dia de lotaria / Cumplicidade do arq.

Elias Chefe: Um dos pontos da acareação será a vinda a Lisboa no dia 12. Determinar o que se passou depois de o major ter comunicado o afastamento do doutor e o telefonema em que a senhora colaborou. Mentira? A senhora não colaborou na aldrabice do telefonema?

A nota é um desses rascunhos com que ele faz a redação final das confissões em gramática judiciária. Partindo do que está escrito ali

[pode ler-se hoje nos *Autos*, vol. II, que: "Com efeito, na véspera da mesma sexta-feira, dia doze, o major se ausentara inesperadamente de casa, vestido de sacerdote e portador duma arma de guerra, ficando a respondente na convicção de que se tinha ido encontrar com o designado *Comodoro* (dr. Gama e Sá). Pela demora admite que a entrevista tenha tido lugar em caminho e não muito longe da Casa da Vereda mas não pode assegurar (…) Recorda-se outrossim de que o companheiro, isto é, o major Dantas, aparentava boa disposição, nada fazendo prever o que iria seguir-se. Tais fatos ocorreram durante a refeição do jantar, quando ele comunicou que acabava de estar com "alguém muito de cima" que o informara de que tinham sido tomadas medidas de segurança em relação a certos quadros do Movimento. Ao que o arquiteto perguntou se essas medidas levavam a prolongar o isolamento em que se encontravam. "Acertou", respondeu-lhe o major, "tão cedo não podemos contar com o *Comodoro* (dr. Gama e Sá)." Esta declaração motivou da parte do arquiteto alguns comentários contra o designado *Comodoro*, tendo-lhe o major objetado que eram prematuros quaisquer juízos relativos a essa pessoa, pois não dispunham de elementos concretos. "Você não sabe da missa metade", observou-lhe o major. "Nestes momentos é que se veem os homens." Mais disse que até nova ordem estavam impedidos de procurar qualquer outro contato com o exterior."]

Elias Chefe: E é daqui que nasce o sinal telefónico que a senhora foi fazer à vila.

Mena, cabeça baixa, leva a mão ao seio. Entressorriso cansado: Repetir tudo, não é verdade?

Balada da Praia dos Cães

Com a outra mão esmaga pensativamente o cigarro no prato de folha.

Repete, já que tem que ser. Segurando o seio (como se ele lhe doesse ou lhe fizesse companhia), repete que só assistiu a uma parte do serão. Que as notícias de Dantas C a tinham deixado arrasada, e não era caso para menos saber-se assim isolada e sem apelo. Que se foi deitar, não aguentava mais.

Repete. Repete. Ela estendida no quarto às escuras, vestida e tudo, a janela aberta. Necessidade de espaço, ar, campo vivo. Chovia miudinho. Tem uma vaga memória de carroças a passar na estrada, o bater dos cascos, o ranger das rodas, e de uma noite de morrinha, sem vento e sem frio. Mas não foi por causa dos ruídos nem da humidade que fechou a janela, foi por ele, Dantas C. Não sabia o que o major era capaz de imaginar se acendesse a luz do quarto e a apanhasse assim vestida e de janela aberta. Tentativa de fuga ou pouco menos. Há muito que ele não via mais nada senão sinais de deserção por toda a parte.

Realmente, vinte minutos meia hora depois, Dantas C estava de volta mas para espanto dela trazia um sorriso divertido: "Apanharam um destes cagaços que se mijaram."

"Cagaço?"

"Ah, pois não. Têm tanto medo que engoliram aquela conversa do Gama e Sá logo às primeiras."

Mena não podia crer. "Conversa?"

Era o cúmulo, era inconcebível que todo aquele pé-de-vento à volta do *Comodoro* não tivesse passado duma invenção. Reles. Além do mais reles. E vendo bem para quê, com que interesse?

"Teste de comportamento", foi a resposta. "Quem comanda tem que experimentar os homens de tempos a tempos."

"Mas é indecente, bolas. É desumano. Não, Luís, tu não tens o direito de tratar as pessoas dessa maneira."

Dantas C brincava com a peruca platinada que estava enfiada na cabeça do gato sobre a cómoda. "Parece-te. Tu é que não sabes as vantagens do duche escocês." Deslizava a cabeleira, tapando e destapando o focinho do bicho, quente-frio, dizia, princípio do duche escocês; para a frente e para trás, quente, frio, cobrindo e descobrindo. "Amanhã estão finos que nem queiras saber. Depois do susto o alívio, quente-frio. Amanhã quando ouvirem tocar o telefone passam a acreditar no Gama e Sá de olhos fechados."

"Tens a certeza?"

"Absoluta."

"Não é isso", tornou Mena. "Pergunto se tens a certeza que o Gama e Sá liga amanhã."

"Liga", respondeu o major. "Alguém há de ligar, não te rales."

Elias Chefe: Mas a senhora tinha dito que o telefonema simulado foi uma ideia à última hora.

Mena: E foi. Pelo menos só ma disse no outro dia de manhã. No outro dia de manhã, quando eu estava a acabar de me arranjar para ir às compras à vila é que ele me entrou pelo quarto e me disse para eu telefonar lá de fora como se fosse o advogado.

Isto e mais nada, sem mais conversa. Elias vê-a sentada diante dele e pensa-a na Casa da Vereda. Sentada numa cama, não numa tarimba de calabouço. Tinha acordado de ressaca. Mena acorda sempre de ressaca como ele pode ver pelo balde cheio de pontas de cigarro, e arrastara-se para a casa de banho embrutecida pelo valium. Primeiro que tudo diluir a insónia, depois é que vinha a maquilhagem, o envelhecer-se, e a peruca e os óculos sem graduação.

Talvez ela estivesse assim quando o major lhe deu a ordem. Sentada da mesma maneira e com aquelas coxas abertas para se poderem olhar até à perdição. E se se olham pior para quem olha porque ela está por alto, nem liga. Boa, a cabrona. Boa como milho e sabe que é mas tem mais que fazer. Em todo o caso faltam-lhe outros à-vontades, não se pode ter tudo, e ali está ela a prestar contas à megera da Judite como acontece a qualquer galdéria de melena baixa. Já explicou como foi instruída para o falso telefonema e vai a caminho de o cumprir porque o galador é dos tais que não perdoam. Elias segue-a de ouvido, a essa voz que tem o seu quê noturno, uma névoa, uma densidão. Vai por uma estrada saloia bordejada de muros desfeitos e canaviais.

Mena: Seriam umas dez horas quando cheguei à vila.

Vila, aquilo? O chefe de brigada conhece, andou por lá a investigar. Fez exatamente o mesmo caminho dela, primeiro subindo a ravina que ia da Casa da Vereda até à estrada de alcatrão e depois metendo por entre canaviais, carreteira empedrada, curvas e contracurvas, para ir desembocar num largo de fontanário: Fornos. Elias logo que chegou deu de caras com um boi a olhar para um palácio.

Palácio é força de expressão, digamos antes casa apalaçada. Era uma correnteza de janelas em ogiva, frontaria de azulejos encimada por dois grandes vasos vidrados — mas sem porta. O boi, que andava com certeza em turismo tresmalhado, estava precisamente diante da moldura de cantaria que assinalava o portão emparedado.

À parte este delírio de cenógrafo a vila era de não parar nem ler no mapa. O largo, e dava-se por satisfeita. Havia e há o posto dos CTT, a agência gascidla com as botijas à porta e uma oficina de bate-chapa num antigo pátio de tanoeiro. Tudo no largo. E o café, no largo também — café sem nome, foi de lá que Mena mandou o sinal telefónico para a Casa da Vereda.

No café havia dois rapazes a jogar aos matraquilhos e mais ninguém. Por cima das cabeças deles pairava um aparelho de televisão numa prateleira suspensa do teto por duas hastes cromadas. Um televisor no trapézio, pensou Mena na primeira vez que ali entrou. Mas nesta manhã nem deu por ele, fixou apenas os jogadores de matraquilhos que além de valerem cada um por uma equipa, faziam de assistência dando palmas e assobios, apitavam de árbitro e acompanhavam os lances imitando o relato desportivo com publicidade comercial à mistura. Bombeiros os dois. Vestiam o azul dos bombeiros e tinham os bivaques entalados nos cintos dos fatos-macaco. Mas eram ainda miúdos;

Balada da Praia dos Cães

a avaliar pela idade não passavam de moços de banda, desses que marcham pela pauta, sobrevoados de foguetes.

Quando a proprietária do café chegou ao balcão, vinda da zona das traseiras, espalhou-se um cheiro a refogado e ouviu-se um chorar de criança de berço. Mena bebeu uma bica e comprou cigarros 20 maços, garrafas de brandy 2, açúcar 250 g., chicletes e jornais. A seguir, recado mandado é recado obedecido, foi ao telefone automático e meteu a moeda de Judas. Pelo vidro da montra via o largo em chuva mansa.

Enquanto fazia a ligação olhava mecanicamente o palacete sem porta mas só teve consciência disso mais tarde, quando vinha de regresso à Casa da Vereda. Então viu-se a ela mesma a telefonar e viu o palacete exatamente no mesmo ângulo em que lhe apareceu através da montra do café. A casa sem porta. Mena esfumada na chuva e batendo a estrada por entre canaviais foi-a sonhando por dentro: reposteiros austeros, mesa armada com pratas pesadíssimas e frutos de cores nobres amontoados em cascata. Nem vivalma. O ranger dum relógio de pesos. Um gatarrão entre veludos como um patriarca decrépito: pendem-lhe das narinas duas lágrimas compridas. Cristalizaram.

Mena calcula: chegou a casa entre o meio-dia e o meio-dia e meia hora. Havia fumo numa estrumeira, antes de atravessar a estrada.

Elias Chefe: E tiveram logo reunião.

Logo reunião, diz Mena. Ou antes, a reunião já tinha começado. Estavam os três à volta da mesa quando ela

meteu a chave à porta e lhe saltou o arquiteto com a notícia, "O Gama, o Gama e Sá. Telefonou, o Gama e Sá".

Foi primeiro mudar de roupa e depois lá desceu à sala,
sabe Deus com que vontade. As coisas facilitaram-se porque Dantas C ia lançado em discurso e quase não se inter-
rompeu. Fez-lhe simplesmente sinal para se sentar, acres-
centando que o Comodoro tinha comunicado às onze e
trinta dessa manhã, o que, se Elias não se engana, significa-
va que ela devia estar no dia seguinte à mesma hora no
escritório da Rua do Ouro. Certo?

Mena: Não seria possível darem uma limpeza a este
chão? Desconfio que há para aí um rato morto em qualquer
parte.

Impressão dela, responde o chefe de brigada pela
maneira como torce o nariz. E chama-a ao relato. A parte
mais importante, diz, é a conversa que ela vai ter a seguir
com o arquiteto. Aí é que o chefe de brigada lhe pede para
ser explícita.

Mais ainda?, pergunta Mena.

Desliza da tarimba, vai à mala. Põe um pull-over pelos
ombros cruzando-lhe as mangas à frente numa volta larga.
É pesado e comprido, quase grosseiro, observa Elias (pullover de homem?); tem um azul e uma gola alta que fazem
lembrar um camisolão de marinheiro.

Mena cola-se à parede do fundo. Fica de frente para a
porta, cama à esquerda, polícia à direita. Longe, muito
longe dali, começam a desenhar-se umas águas-furtadas.

Balada da Praia dos Cães

As águas-furtadas. E a carta. Os lábios brancos do arquiteto entre as traves que subiam em ângulo das paredes. Eu tinha estado a tarde toda nas águas-furtadas, diz Mena em voz pensativa. Era-me impossível ver gente, justifica. Depois da farsa do telefonema só me apetecia ir para longe. E foi como o Fontenova a encontrou, sozinha no ponto mais distante da casa. A ler estendida numa enxerga e a ouvir rádio — a ouvir os ratos também, porque, lá está, nem neste calabouço os ratos a deixam em paz, sente-os de noite acolá, aos pés da tarimba, ou algures nessa zona dos canos do lavatório. Nas águas-furtadas tinha-os mesmo por cima e era um tropel às arrancadas, um ciciar de lutas e de copulações, resumia-se àquilo o viver dos ratos nos forros das casas de campo. Às vezes abriam silêncios, e não eram silêncios, eram esperas, pausas desconfiadas a sondar quem os escutava. Bem, ela estava assim (longe como nesta cela) quando lhe apareceu o arquiteto Fontenova.

"Estive a pensar, Mena."

Ficou especado na confusão das traves que escoravam o teto. "A chamada", disse. Tinha estado a pensar. Aquilo era o Gama e Sá a dar-lhe a martelada final, Mena veria. Era o safado a confirmar o que o major tinha sabido pela outra pessoa e a dizer à malta para lhe desampararem a loja duma vez para sempre. Uma mula velha, o coirão. Sabia que eles estavam isolados, que não tinham qualquer chance, ninguém a quem recorrerem, chance nenhuma, e queria marcar bem que se punha mesmo de fora, nada de confusões. Não? Então ela que esperasse pela pedrada.

Mas admitindo que não. Admitindo que o advogado tinha feito marcha atrás e estava disposto a colaborar, nada feito à mesma. Fontenova não acreditava que ele entrasse alguma vez com um tusto nem com apoios nem fosse com o que fosse. Promessas, sim. A prometer e a baratinar é que o tipo era bom, esse coiro do Gama e Sá.

O arquiteto falava baixo e de frente para a porta. "Depois da chamada desta manhã a Mena já pôs na sua ideia como é que o Dantas não ficaria se descobrisse que o tipo continuava a empatar?"

"Melhor não pensar", murmurou Mena.

E ele: "Por isso é que é preciso cobrir a jogada custe o que custar."

Isto era já fim de tarde e Mena começava a recear que o major aparecesse por ali. Ao fim da tarde naquela casa havia quase sempre um silêncio que fazia pensar nas piores coisas, acrescenta ela.

Mas o arquiteto também não se prolongou muito mais. Veio para a porta, atento à escada, e entregou-lhe uma carta.

"Leia. É chato mas não descobri melhor."

Mena relê de memória. Era uma carta de adeus dirigida à mãe dele com um pedido de roupas e dinheiro para a viagem, duas folhas realmente comovidas e cheias de infância. Escreveu isto como se pressentisse que ia morrer, observou enquanto lia. Por sua vez, o Fontenova entre a porta ia esclarecendo. A roupa destinava-se ao cabo, explicava, já tinha sítio onde a guardar; o dinheiro era para ela entregar

Balada da Praia dos Cães

a Dantas C como se tivesse vindo do advogado. "A mãe reconhece a letra imediatamente, mas à cautela a Mena leva o meu relógio para se identificar."

Elias Chefe: Roupa e dinheiro. Mas roupa para quê, para vestir às escondidas do major? Não pensou nisso, a senhora?

O chefe de brigada põe-se de pé, deu-lhe a espertina. Porque aqui é que ele fareja o prenúncio do crime, é por aqui. Seguindo a boa lógica das desgraças consumadas não está a ver que explicação daria o cabo ao seu major se lhe aparecesse de farpela nova quando saíssem para as revoluções. Oferta da Caritas e das viscondessas Pó-de-Arroz ao soldado desconhecido? Lembrança do Pai Natal no borralho da lareira? Elias não está a ver. Pior: vê até demais. O arquiteto ao mandar vir roupa para o cabo estava mas era já a preparar-lhe o salto para os bidonvilles. Ou então adivinhava que o major havia de fechar os olhos antes dele estrear os atavios, das duas uma.

Elias Chefe: Este arquiteto é de muitas maneiras e todas brancas. Quando o começo a agarrar já me vai no nevoeiro.

Testemunho duma galinheira, proprietária e cristã

Antes de entrar no gabinete o chefe de brigada faz uma passagem pela sala dos agentes onde se encontra uma queixosa em pessoa e por escrito a explicar-se diante duma máquina de escrever. É uma mulher de carnes e xailes a

JOSÉ CARDOSO PIRES

pingar cordões de ouro e o agente que a ouve tem o dedo em gancho por cima do teclado, pronto a disparar.

A queixa, que andou esquecida pelas gavetas dos adiamentos, reza que Fulana, comerciante de aves e seus derivados com estabelecimento no Mercado 24 de Julho desta cidade, foi lesada pelo senhor major Dantas Castro, major este que, na qualidade de arrendatário do 8.º andar D do prédio da Avenida de Roma de que é proprietária, praticou danos, abusou, desfeiteou, fez e aconteceu, e segue a descrição que Elias conhece pelo geral mas que não está para esmiuçar porque não é muito de intrigas comoventes. Tal como chegou põe-se a andar dali para fora a passo vagueante e sem bom-dia nem boa-tarde.

O agente que está ao teclado: Diz aqui "lesada moralmente". Moralmente, em que sentido?

A queixosa: Escândalos, senhor agente. Ofensas à moral cristã.

O agente: Não é resposta. Moral cristã dá para tudo.

A queixosa: Infelizmente. Há muito quem se diga cristão e se sirva da Igreja para encobrir os maus exemplos. Sei o que isso é, senhor agente, sou testemunha de Jeová, com certeza já ouviu falar.

O agente: Em matéria de testemunhas à polícia rege-se pelo Código Penal e mais nada.

A queixosa: E não faz ela senão bem, nunca as mãos lhe doam.

O agente volta a ler a participação. Diz que o arrendatário abandonou a casa sem aviso prévio e com rendas por

Balada da Praia dos Cães

pagar tendo deixado as portas e as paredes interiores riscadas com frases obscenas, o que a queixosa classifica de des-
respeito e abuso do alheio e assina em caligrafia lenta e tor-
mentosa.

O agente: Que frases obscenas?

A lamentosa treme a cabecinha, tem buço na venta e
olhinhos recatados. Palavrões, diz em voz sumida.

O agente: Tais como?

Curta para aqui, curta para ali, responde a galinheira
ainda em mais sumido.

E, o agente: Curta? Diga puta, senhora. Os autos
querem-se precisos.

Através do painel de vidro da sala pode-se ver Elias
sentado à secretária. Está de lagarto, como dizem os agentes. Mãos quedas, pensamentos às nuvenzinhas. O pescoço
projeta-se para fora da argola do colarinho como um cordão
ossudo e os óculos são dois reflexos cegos a boiar. Às vezes
quando assim está passeiam-se moscas por ele.

Mas eis senão quando estende a unha a chamar. Pst,
pst. O agente que está a aviar a galinheira responde pronta-
mente ao sinal e vem com a mulher a reboque a dar às asas
do xaile de merino e a tilintar cordões de ouro e arrecadas.
Depois de a depositar na gaiola de Elias sai de mansinho:
Com licença, Chefe.

Agora é outro cacarejar. Mãos nas algibeiras das calças,
abas do sobretudo espetadas para trás, Elias passeia-se em
redor da lamentosa. Faz terreiro. Volta não volta arremete,
apanha coisas; depois alisa, torna a compor, depois espalha;

237

em quatro ou cinco fintas bem-sucedidas sabe o bastante dos fatos e das razões para mandar a das galinhas com dono.

Partiu duma frase imoralíssima, "SOU UMA PUTA PORCA" (*porca desavergonhada*, foi a tradução a que ele chegou com a galinheira Jeová para facilitarem o protocolo) e atrás dessa frase, atrás dessa sentença proclamada violentamente nas portas e nas paredes da casa da Avenida de Roma, foi descobrindo segredos de Mena e do major, os dois de cama e pucarinho. Entradas a desoras e carnavais à porta fechada; jantarinhos em pelo nu (diz-se) e libações pelas bocas todas do corpo; brigas noturnas rematadas a harpa doce. O mais que é lícito pressupor.

Numa palavra: Discrepâncias, lamenta a galinheira. (Discrepâncias? Deboches, quer ela dizer), ele há gente para tudo, acrescenta. Uma pequena que ia lá a casa fazer arrumações conta que aquilo eram desmandos atrás de desmandos. Que até insultos. Que uma ocasião meteu a chave à porta e os ouviu na cama a jogarem insultos um ao outro, e toma lá, minha esta, toma lá, meu aquele, e diz a pequena que aquilo era para eles se encristarem ainda mais, essas nojeiras, porque, bem entendido, entrementes eles iam fazendo as outras coisas.

A galinheira é muito franca, uma parte do que sabe chegou-lhe ao conhecimento por via da porteira, outra pelo irmão da mesma que lhe faz as cobranças do mercado.

Elias Chefe acena que sim. As porteiras, oh que ouvidinhos. Oh que línguas de platina. Muitas, casadas com

Balada da Praia dos Cães

polícias, são polícias também por comunhão de bens; outras, abelheiras de casa em casa, rebuscam nas limpezas armazenando segredos; mas quase todas camponesas, rafeiras à meia porta, mui domésticas. Ao pobre viram o dente, ao rico abanam o rabo. Que encomendas, as porteiras. Esta por tal sinal é da máxima discrição porque, afiança a senhoria, trabalhou anos e anos no aviário da Sobreira e só cultivou amizades.

Pois muito bem. Esgravatando, esgravatando, a galinheira chega à conclusão de que mesmo depois do arrendamento (7.5.1958, cf. queixa em referência) Dantas C continuou a manter casa alhures com a legítima, isto é, com aquela a quem estava unido pela Igreja. Até aí, vamos indo, a senhoria tem as suas tolerâncias porque à razão da fé e da moral o casamento é sagrado. No entanto para Elias a razão é outra mas não está para a trazer para ali: 58 foi o ano em que o pai de Mena passou mais tempo em Portugal e os papás são sempre de muito mau perder quando descobrem as filhas nos lençóis dos amigos. Se ainda por cima os amigos andaram com eles nas coboiadas, então deus te livre, é a desgraça com todos, a gargalhada final.

À proprietária de prédios e galinhas esta questão das duas casas sempre causou uma certa espécie. Duas casas o major, duas casas a amante, para afinal a rapariga passar todo o tempo na Avenida de Roma sentada à espera e a fumar. De anilha de ouro na perna, acrescenta Elias muito para ele; de corrente na perna e rodeada dos cheiros e das ausências do seu homem, é como ele a vê naquela casa. E adeus Estrada da Luz, adeus apartamento voltado para os entardeceres com cegonhas no jardim zoológico. Adeus menina doutros tempos, dos pavões e da melena altaneira.

A senhoria lamenta: Cá por mim a rapariga estava-lhe muito presa, a parva.

É do seu conhecimento que tanto a porteira como a telefonista da Marconi que viviam no mesmo piso do casal se fartavam de ouvir discussões. Injuriavam-se, quer-se dizer. O major, que tinha cá uns pulmões de leão, à mais pequena coisa punha-se a berrar que daquela porta para fora cada qual tinha a sua liberdade e que não precisava que ela lhe desse contas do que fazia para coisíssima nenhuma. Tal qual assim, se isto tinha algum jeito. Claro que a rapariga virava-lhe o dente: "Estou farta de liberdade", gritava ela para quem a quisesse ouvir, "toda a gente me quer dar liberdade e eu quero que a liberdade se foda". (*Se cosa*, disse a galinheira, perdoe-se a expressão.) E a propósito: Consta, senhor Chefe, que a parvalhona queria ter um filho dele mas que o sabido lhe dava para trás.

Um filho? Elias pede pormenores para ver melhor. No fundo estava certo, um filho é o vértice do orgulho da mulher-só, o selo final, é a mulher renovada pela misteriosa pacificação da carne e do amor como escreveu alguém no *Almanaque das Famílias* em cercadura de passarinhos. E tenho dito. Elias tem dito. Por aqui já ele pode figurar a tragédia do dueto; o major a lembrar à Mena a independência dos amantes, a chatice que é o amor de rotina, a desimaginação, os constrangimentos, todas as rimas em suma da

Balada da Praia dos Cães

canção do galador; ela, pois sim, eu cá me entendo, e a protestar que amor é uso, é posse, nas tintas para a liberdade. Entretanto a porteira do prédio e a telefonista, de orelha à parede como nos folhetins das estalagens malditas, mordem o beiço e registam: "Que se foda a liberdade."

Coisas destas só à polícia é que merecem ser faladas porque vêm no interesse da justiça, esclarece à margem a galinheira. Mas lá que são confusas, são. A mesma pequena que trabalhava para o casal conta que ela, a amante, era a primeira a não querer que o major abandonasse a legítima. Tudo muito esquisito, se formos a ver bem. Queria-o para ela mas deixava-lhe a mulher por quê? Por orgulho? Possível. A galinheira também tinha pensado mas não atinava. Em conclusão: aconteceu a desvergonha que consta da queixa.

Dessa vez não foi só a porteira a dar fé do acontecido, a telefonista e o inquilino do andar debaixo também acordaram desalvorados. A senhoria não tem noção muito precisa da data em que isso foi mas apertando o lábio com dois dedos aponta para alturas do Natal. Por aí, diz ela. Vésperas de Natal e numa madrugada, visto que o marido da porteira tinha chegado do turno da noite quando se declarou aquele terramoto e "Sou uma esta"! e "Sou uma aquela!", aquilo que o senhor chefe já sabe, suspira a senhoria.

Insiste em que tudo foi muito esquisito, era sempre tudo muito esquisito. Mas ele há vidas e vidas. A telefonista garante que se tratou de desentendimento por motivo de ciúmes, que havia outro homem no caso, pois, um segundo.

Como ouviu e quando ouviu é melhor não aprofundar porque isto de telefonistas é por períodos. Têm dias em que não fazem mais nada senão experimentar a cavilha e então, tudo estragado, ninguém é senhor da sua intimidade. A mim o que me rala não é a vida seja lá de quem for, com essa posso eu bem, o que me rala são os meus prejuízos, remata a galinheira dos ovos de ouro. É duro, senhor Chefe. A pessoa ser prejudicada e não ter quem lhe faça justiça, é realmente muito duro.

Elias com algumas promessas de a-ver-vamos enxota-a para a sala dos agentes. Estão todos a debicar com a unha nas máquinas de escrever.

Fica alapardado na secretária. A digerir, a jiboiar. Com a sua memória de cassette, suas sirenes e seus malignos rodeia-se das sombras e das frases que a galinheira deixou no gabinete. Depenou-a em poucas bicadas, foi fácil, trigo limpo, e agora, todo sozinho, soma as penas que ficaram a flutuar depois dela, é assim que a abrange melhor. A experiência diz-lhe que o investigar é como nos filmes, só depois do écran, só depois do contado e olhado, é que, repetindo e ligando, as fitas se veem no todo e por dentro.

POLÍCIA INTERNACIONAL E DE DEFESA DO ESTADO
SERVIÇO DE INVESTIGAÇÃO

2.ª via-*Relatório*: Inspeção da viatura CN-14-01.

Identificação: ligeira, de passageiros, marca Ford Taunus, cor cinzenta metalizada. Devidamente documentada e registada;

Balada da Praia dos Cães

cobertura de seguro envolvendo pessoas e bens; os números do quadro e do motor estão conformes.

Prop. = ex-major de art.ª Luís Dantas Castro.

Obs. = O veículo em referência foi apreendido e posto à guarda desta Polícia por interessar às investigações em curso relacionadas com a tentativa de rebelião militar em que participou este ex-oficial.

Agora é aqui que Elias tem pousadas as mãos, neste papel. Não o lê mais vezes, não precisa, ele mostra-lhe à transparência coisas que se sobrepõem perfeitamente nas memórias da galinheira e está tudo ligado como nos filmes. Ainda há pouco teve o folhetim: porteiras e vizinhanças a escutarem de boca pasmada num prédio da Avenida de Roma. Agora tem o homem pelo averbado: a descrição dum carro com as quilometragens, os acessórios, nada que escape, nada que falte. Referência a um autocolante do Hotel Ariston Palace, Barcelona, até isso; moedas encontradas debaixo dos tapetes; um batom; uma bolsa de toilette marca Dior dentro do porta-luvas contendo seis pílulas anticoncepcionais anovolar e uma unha de javali. Para terminar as análises: nenhum vestígio de sangue, revela o Relatório Pide.

Perfeito. Mas se não há sangue há: esperma. Pausa. Resíduos de esperma. Nova pausa. Aqui é que a unha mágica cintila. "Resíduos de esperma humano detectados nos estofos da frente e da porta anterior direita (do lado de Mena, por conseguinte) bem como no fecho do porta-luvas e na referida bolsa de toilette que se encontrava no interior do mesmo." E mais uma vez o major aparece despojado de figura, é apenas indício, rastro. Um rastro de sémen ou de sangue, um vendaval de insultos, uma lenda de soldados. Sempre assim, nunca passa disto. Mesmo quando o descobriram em podre e estraçalhado pelos cães não era mais que rastro, memória. Porque, relembra Elias, o desditoso levou com ele na nave dos mortos a sua verdeira imagem e deixou para os que cá ficaram um olho irado a escorrer duma órbita e uma massa informe de carne e de tendões a cobrir-lhe a caveira. O seu verdadeiro retrato só o São Pedro é que o poderá dar agora, e mesmo esse Elias duvida que venha a adiantar grande coisa porque quando o major bateu à porta do céu já ia todo aos furinhos e com falta de bocados.

Aí temos, pois, a unha rutilante bem no centro dum texto policial. Mena também está nele, nessas linhas também deixou lá as suas marcas tão irrevogáveis como aquelas que ficaram entranhadas nas paredes da Avenida de Roma. Como estaria ela na noite da expiação? Bebendo?, pergunta Elias. De boca para o ar a expelir cigarros acesos como um arcanjo de circo? Atrás dela há uma sombra. Tem que haver, é o Outro, a galinheira disse. O outro, um segundo homem, o par de chavelhos que anima o brasão do lar. Mas o Outro, quem? Um intelectual? Um fórmula zero de porsche artilhado e garrafa de bar em bar? Um antigo engate da faculdade?

Já tarde, nesse dia

o chefe de brigada voltará à cela de Mena com a queixa da senhoria Jeová. Terá de conversar a presa, amolecê-la com a sua presença de polícia obscuro e paciente para que ela dê de si e deixe transparecer os privados duma estória a que Elias chama para uso próprio Os Muros da Expiação (por causa da sua mania dos filmes bíblicos) mas que é toda ela em fado de alcova e muito madalena. Ouvirá e registará. No final terá mesmo de passar a esponja pelo palavrão e outras misérias humanas, pois em assuntos desta intimidade as confidências são indispensáveis no falado mas de somenos no redigido. Et voilà.

Mas Mena lê a queixa e devolve: Sim, é verdade.

Elias Chefe: Confirma, nesse caso.

E ela: O que está aí? Ah, mas evidentemente.

O chefe de brigada pregado na moldura da porta; a presa ao fundo da cela, de braços cruzados.

E agora? Agora tudo simples, afinal. A acusada confessa, o polícia põe o selo e a galinheira ofendida canta de poleiro e acolhe-se à asa do juiz, ele que a ature. Tudo simples, tudo conforme. Mena pode no entanto alegar atenuantes se as tiver, deve mesmo alegá-las, é a opinião de Elias.

Mena dando de ombros: Atenuantes.

O camisolão que ela tem vestido, cai-lhe em saco até às coxas e dá-lhe o ar de quem chegou dum passeio no campo.

Passeio no campo, pensa Elias; mas ao mesmo tempo vem-lhe um perfume raro, uma irradiação, um eco da pele.

Mena, muito direta, cabeça erguida: A menos que seja atenuante gostar-se dum homem. Ou agravante. Talvez lhe interesse apurar, veja lá.

Há uma luz qualquer no rosto dela que não é de ver, é de sentir, e que Elias lhe desconhecia. Qualquer coisa que escapa, não sabe o quê. Depois, este perfume. É verdadeiramente raro e pessoalíssimo, tem a ver com o riscar duma sombra, cristais noturnos. O perfume, pensa Elias, é o reflexo dela, do mundo a que ela pertence.

Elias Chefe: Agravante ou atenuante, o problema é seu.

Mena encosta-se à parede, sempre de braços cruzados. Como se ficasse a perguntar: Então?

Contempla-o, quase o contempla, a dobrar a folha da queixa da senhoria pelo vinco, a alisá-la nas margens com dois dedos, cuidados de arquivista. A dizer: Como vê, tudo simples, tudo conforme. A ajustar os óculos com a ponta do indicador — mas para a focar a ela, não ao papel. E ela com aquela maneira enfastiada de estar à parede a ver passar o mundo, ela não sabe mas faz lembrar ao chefe de brigada uma donzela rebelde dos filmes americanos à espera do amante-estivador. Agora não lhe lembra campo, agora é a desencaminhada no paredão da má fama, com o camisolão do gajo no corpo para não deixar fugir o cheiro dele. Era mulher para isso e para muito mais, considera Elias.

Elias Chefe: Esperemos que não lhe calhe nenhum juiz de gancho. Bem vistas as coisas o que está aqui são simplesmente danos materiais.

Balada da Praia dos Cães

Mena fica igual. Juízes? Tanto se lhe dá. Mas Elias faz-lhe ver que nunca fiando. Sabe-os a todos, aos meretíssimos. Carões glabros, pelos nos ouvidos, fel por todos os poros. Por isso diz. Por isso previne. Eminências despeitadas, os juízes. Enlouquecem quando sentem que podem pôr o carimbo das perversões em alguém que lhes cai nas unhas.

Perversões. Mena por pouco que não responde com uma gargalhada. Francamente, diz. Mas eu não me importo de lhas contar, as perversões. Por escrito se for preciso, qual é o mal?

Elias tem-na bem diante dele, lá onde as paredes fazem canto. Perversão, uma estupidez daquelas nas paredes?, pergunta.

E continua. Nem fuma, nem se lembra de fumar. E Elias descobre que com aquelas perguntas ela conta, está a contar, a noite do grande desespero, Natal do ano de 58. São assim tão primários, os juízes? Assusta-os tanto uma mulher confessar que foi para a cama com outro homem? Por outro lado a palavra amante incomoda-os por quê?

Contar sob a forma de perguntas, dirigir-se a um alguém impessoal, Elias nunca tinha assistido a uma confissão assim. Aguça o mais que pode o ouvido e as lentes (preenchendo por sua conta os espaços brancos) enquanto ela vai avançando, avançando, em frases meio soltas, como que ao desfastio. Está quase a chegar aos muros da expiação, falta pouco. Já declarou ao major "Ontem fui para a cama com um tipo", disse-o ainda agora ali naquela cela, se

247

bem que em palavras de extravio. E segue na mesma toada, cheia de indiferença. O perfume. Também surge de quando em quando o perfume. Elias sente-o perpassar por toda a narração, tem um à vontade altivo que está acima deste respirar de polícia e calabouço.

"Uma estupidez", ouve-a dizer. Mas não é um desabafo deste agora, vem de muito atrás e é ela a dirigir-se a Dantas C quando ambos estavam cortados pelo silêncio que se tinha seguido à confissão. "Estupidez", fora tudo o que ela conseguira pronunciar, compreendendo que nunca na vida amara tanto aquele homem traído, que o amava até à destruição. E Dantas C, passado tempo: "Conheco-o? Posso saber com quem foi?"

Pendurado no sobretudo, bem na esquadria da porta, Elias procura figurar o major a interrogá-la serenamente, em companhia. Com quem foi. Quando foi. E onde. Quantas vezes. E como, de que maneiras. Até que do fundo de toda a sua determinação e de todo o seu reconhecimento ela não pôde mais e correu a abraçá-lo em lágrimas: "O que eu fui fazer, amor. O que eu fui fazer."

Mena: Eu sei, as pessoas adoram o arrependimento, bem sei. E eu se decidir contar tudo como se passou talvez até deva falar mais, por que não? Natural, não há ninguém que não faça coisas de que se arrepende. E eles ficariam sossegados, então não é tão reconfortante, uma mulher arrependida? Atenuante, ainda para mais. Mas isso é que eu nunca direi em tribunal nenhum, pode tirar daí as ilusões.

Balada da Praia dos Cães

Posso? Ela disse "Pode tirar daí as ilusões", não é a primeira vez que Elias vislumbra que em qualquer ponto deste relato é ele que está a ser alvejado. Ele, Covas. E fecha-se de pronto. Ouve Mena agarrada desvairadamente ao major, "amor, o que eu fui fazer, o que eu fui fazer", mas passa a segui-la a outra luz. A pau, mano meu, cuidado com os aparelhos. A virgem dos pavões em aventuras malsucedidas, é como ele a escuta daqui em diante. Outra luz, outras lentes. Aí a tem a descascar-se e a pôr à vista a segunda pele que é a da boazona em tratos de perdão. Assim mesmo, deixemo-nos de fitas. As lágrimas da sereia e o corno compreensivo; errare humanum est. Estamos nisto.

Mas alto aí, o folhetim parece que deu uma volta. Pelo que acaba de perceber, o major depois de informado dos segredos do lençol alheio e do remorso da bela adúltera, luziu-lhe lá uma certa estrelinha e amandou a palmada do bom pastor na ovelha tresmalhada. Ah tigre. Aplicou-lha com tal sentimento e com tal dedicação que a desprevenida perdeu o pé e caiu redonda logo ali.

"Puta de merda", rematou ele. "Na cama com outro gajo e a contar-me tudo para ver se me compromete."

Isto se não foi igual foi mais ou menos. Puta. Porca de merda, foi com certeza o que disse o major.

Mena: É evidente que eu não ia desesperar daquela maneira se não tivesse sido brutalizada. Insultos, pancadaria, aliás pela queixa da mulherzinha depreende-se. Só que para as pessoas o que choca é o disparate que ficou nas paredes. A terrível mons-truo-sidade que lá ficou. O resto, que se lixe, só os ia complicar ainda mais.

Fala sempre num impreciso que acaba em mais-que-preciso, questão de se afinar o ouvido pela meninge. Conta mais do que aquilo que diz, é esse o naipe dela. Por isso é que, para situar as palavras, para a devida reposição dos fatos e dos casos, Elias ilumina a ação com o estilo que conhece de Dantas C e com o mais que se subentende e é da vida. Puta. Porca de merda. Se não foi exatamente assim, passa a ser.

Porque não é preciso ser bruxo para saber que a partir destas palavras é que surgiram os berros nas paredes. Foi com elas que Mena se entonteceu quando se viu sozinha e desprezada na sala, foram estas, não foram outras; ficaram-lhe a ressoar enquanto o major lá dentro no quarto já se amainava, já afeiçoava os cornos nas palhas do colchão, enquanto as paredes, os móveis, os objetos, a olhavam a ela ali, a sangrar. Depois foi o que se sabe: Mena a investir contra as paredes de esferográfica em punho, a destroçar-se pelas portas, pelos vidros, por tudo o que representasse limite, barreira, e onde pudesse deixar bem à vista e para ser lido

SOU UMA PUTA PORCA PUTA PORCA UMA SOU UMA sala, hall, corredor, acabando dobrada no lavatório da casa de banho, a ofegar, a ofegar, Deus, como ela estava.

Ia à procura dela no espelho, resume Elias com o seu lado mais azedo. Mas nem era verdade. Mena pelo contrário

Balada da Praia dos Cães

queria era fugir de si mesma. Desvairara ao correr dos muros, riscando-se neles, retracando-se, e quando levantou a cabeça e se viu no espelho não se reconheceu. Recusava-se a aceitar aquela cara ensanguentada e para não ter piedade dela pôs-se a cobri-la à esferográfica com toda a fúria. Mas o vidro repelia-a, e a ponta do traço escorregava no polido e soltava rangidos dolorosos como dentes a rilhar.

Mena: As paredes, o problema está nisto e em mais coisa nenhuma. Umas tantas paredes riscadas e acho que mais uma porta, não tenho a certeza. E é com isto que os juízes ou lá quem eles são se vão pôr a chafurdar?

Elias: Não sei, não sou juiz.

Mena: Quanto à senhoria, quanto à mulherzinha, olhe, paciência, ela que faça o que lhe der na gana, quero cá bem saber. Tentei os impossíveis para limpar aquela barafunda logo que saltei da cama pela manhã. Despida e tudo. Nem pensei em me vestir, o que queria era ver-me livre daquilo, sabe Deus. Não consegui, não é? Paciência, limpa-se tudo em tribunal, que é que a mulher quer mais?

"Nem se vestiu." Palavras da própria. Nua em pelo como saiu dos braços do major, a lavar paredes no grande desespero. E o major a dormir o sono dos desgastes, mais que pacificado no corpo dela. Não o disse, claro, mas esses segredos lê-lhos Elias na raça que ela tem, não carecem de ser mencionados. Toda a gente sabe que em cima da tempestade do ciúme vem a tempestade da cama, é assim que se faz a bonança dos casalinhos. E, como diz Elias, o que é preciso é fé em deus e força na verga, que o resto corre por si.

Mas Mena acabou. Está a olhá-lo. Acende o cigarro, sacode o fósforo, sempre a olhá-lo.

Satisfeito?, pergunta.

Elias pensa: Cabra retorcida. E ajeita o cachecol. A queixa é simples, diz ele então. Danos materiais, quaisquer outros pormenores são desnecessários.

Mena ouve-o sem o desfitar. A cabra. A cabra retorcida. Para Elias toda aquela estória de cama contada como foi contada tinha sido desprezo calculado, estava à vista. Desprezo da boa fêmea, até aquele perfume filhadaputa era isso, desdém, a cabronada para humilhar. Daí o à vontade com que ela se pôs desnuda diante cá do polícia.

Elias Chefe: Repito, a queixa só pretende isso. Culpada ou não culpada, é o que interessa. Ou não percebeu?

Mena: Ótimo. Nesse caso ponha culpada, que sempre dá menos trabalho.

Sacode o cabelo com a ponta dos dedos: Chatice, ainda por cima estou menstruada. Uma porcaria, sabe lá.

Altos muros amarelos

Covas, o advogado estava hoje com uma conversa que só lhe digo. Eu nestas coisas é como o outro, vou dando corda mas apessoo-me do falante e meto-me na pele do dito, se assim me posso exprimir. Mas que ele estava hoje lançado, estava. E mais: fiquei com a certeza que todo o

Balada da Praia dos Cães

substrato do sujeito é virado contra o major, tem-lhe um ranço que não é brinquedo nenhum. Pronto, porra, outra ambulância. Isto é que é uma merda, em menos de cinco minutos três ambulâncias. Por este andar ou mudo de gabinete ou saio daqui aos apitos qualquer dia. Mas como eu ia a dizer. Como eu ia a dizer talvez você não saiba que o tipo conhecia o major há uma porradaria de anos. O advogado. Conheciam-se há muito, amizades, relações comuns. E o tipo é de opinião que o major sofria daquilo a que podemos chamar impulsos de destruição e que por causa dos impulsos de destruição é que lhe vinham as tais bravuras.

Elias: Num romance que o cabo andava a ler encontrei uma passagem que diz "Ele chefiava uma causa perdida e não temia os raios de Deus". Isto faz uma certa confusão. Um cabo a sublinhar as frases dum romance e a pô-las na cabeça doutra pessoa.

Esse impulso ou complexo de destruição, continua o inspetor Otero, manifestava-se por uma arrogância (o advogado chamou-lhe obsessão) que oscilava entre a dedicação e a crueldade mais lixada. A tal história dos extremos que se tocam, grosso modo, bem entendido. O homem devia considerar-se uma espécie de anjo vingador, quando o mandaram para a Índia no princípio do terrorismo a primeira coisa que fez foi meter o sargento do rancho na cadeia e castigar um alferes. Chama-se a isto começar a guerra pela família mas foi o que ele fez. E não só, Covas. Não só. O Dantas além de vingador parece que era enxertado de Egas Moniz, palavra, enxertado de Egas Moniz, com baraço ao pescoço e tudo. Numa altura qualquer, por causa duma merdice do regulamento apresentou-se ao comandante e exigiu-lhe à viva força que o castigasse ali mesmo.

Elias: Na História e no exemplo nunca faltaram portugueses e está acolá quem não me deixa mentir.

Acolá?, pergunta Otero. E logo: Merda. Você e a mania dos improvisos.

Põe-se a alisar o bigode que é descaído em ponta de morsa e todo em ruivo barba de milho. Estira-se na cadeira com ares de quem faz contas no espaço:

Um gajo com cinquenta anos, Covas, um gajo que bebia, que gostava de complicações, um gajo mais a mais inteligente e parece que simpático, um gajo destes andava a suicidar-se e tinha a consciência que andava.

A suicidar-se na miúda, diz Elias entretido com uma borracha de lápis marca

ELEFANTE 101

que tirou de cima da secretária do inspetor, que raio de marca, Elefante, o que é que os elefantes têm a ver com a borracha por exemplo no Brasil onde só há jacarés. E o inspetor: Você, também, só é capaz de ver o major em batalhas de lençóis.

Mas está bem, reconhece a seguir, há a miúda. Uma chavala como Mena é uma evidência para qualquer

Balada da Praia dos Cães

homem, Otero nos seus raciocínios agarra-se sempre às evidências. Em primeiro lugar aquele corpo que não é disparate nenhum. Aquele espetáculo, tomáramos nós. Tomaram eles. Um espanto assim não acontece todos os dias. Demanda pedigree, olhos esverdeados, cabelos pretos, caraças, onde é que há disso? Só por cruzamento de alta competição, só por aí é que se chega lá, àquele racé. Pedigree, classifica Otero. Precisamente o que falta às nossas portuguesas, que são pernicurtas e desconfiadas como burro.

Elias: Cá por mim rezo sempre por elas nas minhas orações.

Otero continua a expor sobre as portuguesas. Diz que são um breve contra a luxúria. Na sua teoria está tudo ligado à alimentação e a dificuldades de ordem histórica que não vêm ao caso. Mena pelo contrário é um tratado de tentações, basta olhar. Numa intuição muito dele. Mena deve ser daquelas que quanto mais se vai ao poço mais águas ficam para tirar, e desgraçado do homem que lhe cair nas unhas. A imagem será um tanto forçada, isso da água, isso do poço, coisa e tal. Mas elucida.

Logicamente, prossegue ele, que o major com os seus cinquentas e bastante trauteado, logicamente que deve ter passado os seus apertos com a miúda. Elias tinha a sua razão quando aludiu à batalha dos lençóis, até aí entendidos. Mas nada de pensar que a luta era de negas ou que as negas explicam tudo. Que as houve não lhe custa a admitir a ele, Otero, e se as houve, melhor, então é que a coisa ficou de pedra e cal, nisso é que as pessoas geralmente se enganam.

255

Negas. Otero sorri compadecido: engate que comece com negas é de morte. O desabilitado fica nas lonas, todos nós passamos por isso, quem é que não passou, mas as gajas enchem-se de complexo maternal, instinto de proteção e sentimentos derivados e nunca mais largam. Você perguntará, mas isso é regra? É assim que as coisas pegam?

Elias: Eu não perguntei.

Otero: Não perguntou mas eu digo. Num caso de negas, Covas, não é o orgulho do macho que amarra um tipo. No caso de negas ele fica amarrado porque comeu logo de entrada com tantos desesperos que perdeu os preconceitos. E então vale-tudo, passe a expressão. E quando vale-tudo, está-me a ver, é o grande passo para o festim, não há mulher que despegue.

Elias depõe a borracha no tampo da secretária: Quer dizer, pela teoria do inspetor o Dantas C começou como capitão de negas e acabou como major de fornicações. E Otero: Por que não? Faz-lhe ver a que ponto a chavala estava encrencada e lembra o relatório-esperma que prova que o major era homem para despachar às cinco velocidades e com sinais proibidos. Isso do relatório foi rasteirice da Pide para chatear, comenta Elias; e nesse instante passa lá fora o uivo duma ambulância soluçado em azul-elétrico. Mais outra, protesta o inspetor, só neste país é que alguém se lembraria de instalar a sede da polícia numa área de hospitais.

E depois: Se um dia um preso nos salta pela janela vamos todos marrar com as ambulâncias que é como os meus olhos te viram.

Balada da Praia dos Cães

Elias: Em Portugal o trânsito fez-se para baralhar e o gatuno para aliviar. Ouvi isto a um sinaleiro da maior confiança.

Inspetor: Maneta?

Elias: Estrábico. Mas com promessas para daltônico.

Ah, faz Otero mais que azedado. Ah, bom. E alonga-se ainda mais na cadeira.

Há qualquer mal-entendido neste gabinete que parece tudo menos um gabinete de polícia, congemina Elias passando em revista a sala. Ou porque a casa esteja despida de mais ou porque os dois maples de couro falso tenham uma nobreza suspeita para a função, Elias acha que há qualquer coisa, qualquer mal-entendido. Os maples e aquele bigode ruivo a dominarem o espaço fazem lembrar uma antecâmara de engates com dossiers e um retrato de Salazar para disfarçar. O próprio Otero abrindo a cigarreira com vagares estudados é como se estivesse a fazer horas para ver entrar pela porta uma dama toda ancas e perfumes, doutor, desculpe o atraso.

Otero, de papo para o ar: E se por exemplo, Covas, se por exemplo a título de informação e mais nada, eu lhe dissesse que o major teve relações com alguém da Pide?

Leva um cigarro à boca, agora nunca mais o acende, pensa o chefe de brigada, vai ficar para ali de marioneta a saltitar no bigode até vir o dom sebastião.

Otero: Se eu lhe dissesse, Covas, que o advogado quando foi visitar o major encontrou misturado com os presos um tal Casimiro Monteiro, não sei se já ouviu falar, e que esse Casimiro era um velho conhecimento dele dos tempos da Índia?* Desculpe, estou a citar fatos, o advogado conhecia o fulano dos julgamentos políticos. Disse que não tinha a menor dúvida que era um gorila da Pide.

O inspetor de cigarro espetado: os óculos em luz polaroid dão-lhe uma imagem descontraída, viajada — ele pelo menos faz por isso. Desta estória o que não percebe é com que lata é que o Casimiro conseguiu meter-se ali, diz ele. Como é que um calmeirão tão marcado, um gorila do tamanho do King-Kong ao que parece, como é que ele se infiltrou no meio dos presos sem levantar suspeitas. Estou a ver, estou a ver, diz Elias. E o inspetor: Duvido, não é fácil ver seja o que for no meio duma jogada destas.

Elias: Refiro-me ao King-Kong. Estou a vê-lo lá na Índia a aparar os pezinhos aos terroristas e a pôr valsas do Strauss no gira-discos.

Otero: Sim? Faz uma pausa, retoma o assunto: Mas ainda há outro King-Kong na vida do major. Outro King-Kong e este vem doutras selvas, tem outro pular. Moçambique, acrescenta para localizar desde já o personagem. Moçambique, boîtes, contrabandos, o advogado diz que metade dos táxis de Lourenço Marques eram dele. Um leão da noite com barba nos dentes e pelos no coração. Ah, lembra-se o inspector, e racista também. Racista mas curiosamente fiel a uma mulata com quem vivia há uma batelada de anos. Confuso, não é? Mulher mulata, filhos mulatos, e racista — é possível arranjar-se pior?

---

* Casimiro Teles Monteiro, posteriormente um dos assassinos do general Humberto Delgado.

Balada da Praia dos Cães

Elias: Não diga mais, o major fugiu-lhe com a mulata e deixou-lhe os filhos a branquear na lixívia.

Otero fica de cigarro pendente, desgostado: Aguente o jocoso, Covas. Aqui não há saias de espécie nenhuma, há o tipo a arranjar um pé-de-vento num bar por defender dois mestiços. Tal como conta o advogado, o major Dantas quando deu por ele tinha o focinho do Bandarra atrás do balcão a apontar-lhe um fogante 32 em gatilho de alegria.

Elias: O King-Kong.

Otero: O King-Kong. Chamava-se Bandarra. Encostou-se bem a ele com o fogante apontado à estrela da testa e parece que não costumava falhar. Mas o major pelos vistos é que não tomou conhecimento. E indeferiu. Pura e simplesmente indeferiu. Não praticou com certeza no Texas da Malaposta; mas sabia dos expedientes, é o que se pode concluir. E como tal aguentou sereninho e com dois dedos assim tirou uma flor que estava numa jarra do balcão e meteu-a na botoeira. Com esta limpeza toda, estou a limitar-me ao que contou o advogado. De maneira que, Covas, foi um gelo de secar as almas. Os dois, olhos nos olhos, pistola contra flor, bonito não é? Pois bem, estavam naquilo e o major com aquela voz de desprezo que dizem que ele tinha abriu o peito e apontou para a botoeira: "Praqui, seu negreiro da merda. Praqui." E isto foi o que se chama escapar à morte por uma flor porque o Bandarra sensibilizou-se muito, baixou o cano e adiou para sempre.

Elias: E eu a julgar que aquilo na selva era tudo a despachar.

Otero: Despachar, uma gaita. O caso não fica por aqui.

O inspetor, até que enfim, acende o cigarro. Tira uma fumaça bem inspirada para poder dar gosto aos casos. Como tinha prometido havia mais enredados.

Na verdade, conta ele, na mesma noite dos acontecimentos apareceu morto um moleque que costumava andar bêbedo lá pela área. Um carregador inteirinho despejado na barriga dum preto ao luar, com remetente e guia de marcha, coisa asseada. E morto por quem? Pelo Bandarra, por quem havia de ser. Aliás o tribunal não teve dificuldade em fazer prova nem isso levantou questão. Que o Bandarra também estivesse bêbedo quando abafou o autóctone era a hipótese que Otero ou qualquer outra pessoa não podiam deixar de pôr. Compreende-se, um King-Kong quando desfeiteado por uma flor tem tendência a interrogar-se na bagaceira e noutras espirituosas de ocasião. Mas nem essa atenuante foi necessária, qual que, bebedeira coisa nenhuma, porque no dia do julgamento chegaram duas testemunhas lá dos westerns do interior a jurarem que o preto andava às galinhas e era um depredador sem remissão das espécies domésticas. E o juiz foi quanto quis ouvir, deu com o martelinho das sentenças e mandou o Bandarra para casa com pena suspensa por muitos anos e bons. Elucidado, Covas?

Elias: Se esse Gama e Sá contasse mas eram outras histórias que ele sabe então é que não havia pena suspensa que o safasse.

O inspetor, em boca de peixe, põe-se a debitar sopros de fumo que sobem na vertical em pequenos anéis muito lentos. Está bem, está bem, diz. Mas o Gama e Sá vai para a rua e quem tem de se mexer é você.

Balada da Praia dos Cães

Eu?, pergunta Elias.

O inspetor não tem dúvidas. Sopra mais anéis de fumo: a libertação do advogado obriga a tornar pública a prisão de Mena. Portanto carregar no acelerador, Covas, diz seguindo as argolas de fumo; e Elias segue-as também. Carregar no acelerador e dar o nó cego à presa antes que a Pide a venha buscar. Tudo parado, olhe, nem uma aragem aqui dentro. Posso fazer assim com a mão que o fumo nem estremece.

É verdade, as argolas brancas saem da boca do inspetor em correnteza serena. Parecem halos de santo, pequenas coroas de nuvem, uma delas fica parada diante do Salazar. Elias só está à espera de ver a pomba do espírito santo a romper da alcatifa e subir por aquele céu constelado de anéis, soltando um rastro de penas.

Otero, boca redonda, entre cada sopro: Despachar a chavala, Covas. Toda a vantagem, você sabe.

Elias sabe: toda a vantagem. Ordens do diretor Judiciaribus para a passarem à cadeia de mulheres quanto antes, interesse da Pide em tomar conta dela com a matéria do crime. Elias sabe, Elias sabe. Mas não é na Pide que ele pensa; enquanto não forem apanhados nem o cabo nem o arquiteto pensa (ouvindo ulular outra ambulância) em: muros altos, amarelos. Não o amarelo dos hospitais mas o duma cerca de cadeia com mulheres em formatura lá por trás, mulheres a fazerem lavores, mulheres em formatura, mulheres a trocarem bilhetinhos. Levam-lhe a donzela dos pavões agora que ele a tem nos acabamentos?

Otero: E essa queixa? Afinal em que é que a queixa ficou?

Elias: Pouca coisa, distúrbios sob a ação do álcool. Os riscos eram tão fundos que as paredes tiveram de ser estucadas.

Inspetor: O que está provado é que a miúda tem vocação para mulher-a-dias. Então não é? Tão depressa aparece a lavar sótãos toda nua como a lavar paredes de palavrões. Covas, o que você tem ali é uma mulher-a-dias pornográfica, que é cá uma especialidade que ninguém ainda tinha descoberto.

Elias: Oh, oh, não me faça rir que estou de luto.

Inspetor: Você está mas é de grafonola, emperrou nas rotações. Tanto tempo às voltas com essa borrega e nunca mais é domingo.

Elias mira a unha gigante à transparência. *Altos muros amarelos.* Um pátio de reclusas. Freiras vigilantes, uma delas é a atriz Elga Liné que ele viu numa fotonovela a desempenhar o papel de Sóror Mariana Alcoforado, a das Cartas de Amor. Mas esta só de longe é que é parecida. A mesma elegância, sim, mas os lábios são duros e tem umas sobrancelhas grossas, de lenhador. Irmã Bibliotecária, a famigerada Irmã Bibliotecária que, dizem, gosta de ler a duas, ensinando com o dedo. É ela, a dita. Uma espécie de Sóror Mariana pelo reverso da página, uma mariana acocorada sobre a presa noviça, lambuzando-a e espalhando-lhe rezas pelas pernas acima. Se Mena lhe caísse nas garras chamava-lhe um figo.

O inspetor continua a povoar o gabinete com inefáveis coroas de fumo.

Outra ambulância, porra.

VI

Seriam umas onze da noite, onze cucos disparados um a um por cima dos telhados da Sé, quando Elias se sentou à mesa da sala do lagarto com vista para o Tejo.

Antes disso porém comeu o seu besugo grelhado na sala luarenta do Estrela do Limoeiro com vista para o balcão e porta para a calçada. A essa hora de desiludidos Elias só teve por companhia duas velhas de guardanapo à coleira, que batiam castanholas com as dentaduras à mesa do canto, e três canários de gaiola suspensos no teto de tabuinhas. Ao alto do aparador havia o cartaz do galo de Barcelos a anunciar Portugal.

Elias trazia na pasta algumas peças do processo Dantas C e depois de comer ficou a meia modorra a contemplar o esqueleto do besugo, inteirinho no fundo do prato como se fosse um fóssil de museu, e a meditar nos malefícios da gripe. De tempos a tempos levava dois dedos aos óculos, baixava as persianas e pegava no sono para acordar um minuto depois a pensar na gripe outra vez. O sobretudo pesava-lhe (cheirava a armário e a naftalina) e fazia-o sentir-se como um cágado de cabecinha minúscula a badalar para fora duma armadura. Lembrou-se de Mena a descrever a Noite dos Generais. E doutras noites, cigarros na cela, fumo na Casa da Vereda. Tornou a passar pelas brasas mais um minuto e quando abriu os olhos pegou imediatamente Mena no sítio exato onde a tinha deixado. Mena de joelhos escancarados e a soltar tufos de pelos dos sovacos como labaredas negras. Os lábios de Mena numa máscara de cal, "Hoje estou menstruada", a cabrona. Nesse momento foi como se ela o tivesse salpicado de sangue dos pés à cabeça, marquesa da porra.

Cada vez que um elétrico subia a calçada a sala do tasco estremecia e os canários que dormiam nos trapézios da gaiola ficavam a balouçar. Mas não acordavam, nem sequer tiravam as cabecinhas debaixo da asa. Na mesa do canto as velhas não paravam de dar à dentadura, Elias percebeu que lambiam às escondidas colheradas de compota que tinham trazido de casa num boião.

"Moralmente não devo nada à moral, a moral é que me deve tudo a mim." Isto era o dono do tasco a conversar com dois clientes ao balcão. Elias fez-lhe sinal cá de longe para trazer a conta e pôs-se a vaporizar a boca, de goelas abertas para os passarinhos adormecidos. Quando baixou o olhar tinha as velhas do canto a acenarem-lhe cada uma com um inalador de fole e a deitarem-lhe um sorriso mafioso. Como que a dizerem Também nós, Também nós — mas, chiça, eram bombas de asmático as delas; e enormes, pareciam buzinas de dona-elviras dos anos vinte.

Andante, disse. Logo à saída do Estrela do Limoeiro e mais acima no Largo da Sé encontrou legionários a colar

Balada da Praia dos Cães

cartazes de parede, PORTUGAL UNO, PORTUGAL NA ÍNDIA, tudo a pinceladas de lata e brocha atiradas a despachar. Movimentavam-se na noite despovoada como silhuetas clandestinas, talvez envergonhados da palhaçada em que andavam, admitiu Elias.

O cartaz, índias, tropas, portugais, lembrou-lhe um panfleto que levava na pasta e que era de discurso ao invés, porrada nos altos chefes, porrada no Salazar, corrupções e aventureirismos, coisas que tais. Elias estava mesmo a ver o escrito, Corrupção Nas Forças Armadas era o título, a honra e a tradição militares traídas pelos altos comandos que enriquecem à custa de negociatas. Exatamente por estas palavras e com estas vírgulas. Elias punha as mãos no fogo se fosse preciso. E então, frase aqui, frase ali, foi recompondo de memória o texto excomungador à medida que ia batendo o empedrado do bairro por entre as vozes dos televisores que se prolongavam de vizinho para vizinho.

Até que ao chegar a casa e despejando a pasta na mesa da sala lhe salta o papel talqualmente,

Corrupção Nas Forças Armadas,

com tudo aquilo que ele tinha vindo a recompor pelo caminho. O tipo da letra, inclusivamente. E o arranjo. E o formato. Ah memória.

Ainda de pé aflora o panfleto pela crista do discurso; quase sem ler, não precisando. Mimória. Rezistozinho. No seu sótão dos labirintos Elias orgulha-se de armazenar o ficheiro mais precioso porque não escrito, intransmissível. Trá-lo com ele em vida e há de apagar-se com ele na hora em que der o berro para o tristemente. Mas enquanto não chegar esse instante repetir à letra é com o Covas; desencantar gestos e feições na câmara escura do passado, idem; ver e descrever ao corrido como numa fita do nimas, melhor, melhor ainda. Mimória, às e best do polícia. Criar memória (sempre o disse) é uma arte, então não é, e ele foi no jogo que a aprendeu. No saber interrogar as cartas pelos invisíveis do reverso, pelo defeito e pelo tocado; no averbar das vazas e dos naipes; no inventariar dos tiques do parceiro (conheceu um jogador que desprendia cheiros de urina nos momentos fatais da perdição) aí, sim, aprendeu memória, registozinho.

"Entretanto", diz-lhe o panfleto, e aqui merece a pena correr a unha a sublinhar,

"entretanto um pseudo-homem-de-ação, recentemente fugido do Forte de Elvas, tem vindo a aliciar civis e militares com vistas a um golpe armado de características aventureiras. *Urge denunciá-lo.* Trata-se de *Um Provocador a Soldo do Governo*, que à margem da movimentação organizada dos militares, pretende forjar uma rebelião oportunista para estrangular a fatal confrontação que se avizinha".

Destas linhas o bom do Diário da Manhã, diário da manha e dos redatores de mascarilha, desfraldou um título a largos ventos:

Balada da Praia dos Cães

MILITARES OPOSICIONISTAS ACUSAM
"Um Bando de Aventureiros
Renegados pelas Forças Armadas!"
assim, sem mais aquelas, e calando o resto que não convinha à verdade nacional, como lhe compete, o bem mandado. Assim está no recorte apenso ao folheto remetido pela Pide e assim será citado no processo. Confere.

Mas Elias tem a unha voltada para o manifesto clandestino, não para o diário da manha. Para a folhinha volante, é para aí. E a folhinha volante contém os sutis da forma e da espessura que lhe permitem escorrer como peçonha pela réstia da porta do cidadão e ser engolida em três tempos ou esfumada na ponta dum fósforo em caso de aflitos. Artes portuguesas, a isto chegamos. Assim vai a palavra.

Esta, recorda Elias, veio ter à Judite via diretor Judiciaribus e diz-se que o primeiro exemplar, o deslumbrado, teria chegado à Pide (vide carimbo) ainda saltitante, ainda a cheirar a tinta, pela mão dum tipógrafo arrependido. Diz-se. Estas coisas nunca se provam, era o que faltava. E pelo que se diz, a Pide muito discretamente leu e fingiu que tinha mais que fazer, pôs a data de entrada, Secretaria — 9.2.60, e ficou à espera de melhores dias.

Outra mão, outro correio, levou o papel-peçonha ao advogado dos brilhos. Quando? Isso é que o chefe de brigada gostava de descobrir. Sabe que na mão do Habeas Corpus não teve tempo de aquecer porque o passou logo para Mena que o passou a Dantas C e na ponta desta cadeia da felicidade acabou nas chamas da lareira. Sem grandes dramas, de resto. Dantas C leu e nem pestanejou, concluiu que aquilo ou era dor de corno dos comunistas ou provocação da Pide. Fogo com ele.

E por que não uma manobra do advogado? Elias chega-se ao lagarto, cá de cima fica-se a observar os restos de insetos dispersos na areia. Irmão rastilhante, irmão rastilhante, se tu soubesses metade do que sabe um advogado há muito que tinhas passado a jacaré.

Repete a data do carimbo Pide. Tanto quanto sabe três dias depois o doutor Habeas Corpus tinha uma folhinha igual em seu poder para entregar a Mena e, irmão, isto dá que pensar, é de estremecer os agudos de qualquer polícia. Teria sido o advogado que mandou imprimir o escritozinho para afugentar o major para além-duanas? Tanto também não, conclui em voz alta.

["Deu-mo sem qualquer explicação. Pensei seriamente se o devia entregar ou não (a Dantas C) mas achei que sim, era melhor" — Mena, *Autos.*]

Felizmente que Dantas C não escabujou, vá lá, deitou a denúncia à lareira e a coisa ficou em compromisso de fogo entre amantes. Verdade se diga que Mena também não lhe tinha dado contas do mais que tudo principal na conversa com o advogado porque senão outro major lhe cantaria. Mas não. Ela não só calou a proposta para baterem a asa para o estrangeiro como lhe apareceu com um molho de notas de conto, graças à extremosa materna do arquiteto.

Balada da Praia dos Cães

Sendo assim, Elias pergunta de polícia para polícia como é que Dantas C podia sonhar que o advogado andava em nervoso miudinho, desejoso de os ver a todos pelas costas e com vento de popa se possível. Pergunta isto na presença dum lagarto que é feito de enigmas e de silêncios e duma noite encaixilhada em janelas de guilhotina.

Volta à mesa. Agora interroga os autos e os apontamentos, procura decifrar. Dia 12, lê. Doze de fevereiro, eram onze da manhã quando Mena deixou a Casa da Vereda a caminho do advogado.

Onze da manhã. Onze cucos mas nessa altura a atravessarem o sol por cima do terreiro e não a lua da velha sé. Tal qual, pássaros a cruzarem a descrição porque tinha parado de chover (não é pormenor que adiante muito aos autos mas tinha acabado o inverno, pai da vida) e o major veio despedir-se da moça cá fora. A casa e o pinhal. Os dois golpeados de luz e murmurados pelos pássaros; recebendo o aroma da caruma e das folhas apodrecidas que daí a poucas semanas seriam revolvidas pela polícia e refocinhadas pelos cães (Major, major Dantas, foi aqui...). E Mena lá seguiu, o clarão aventureiro duma cabeleira platinada subindo a ravina à flor dos arbustos, até que

"... cerca das treze horas do mencionado dia doze a respondente se apresentou no escritório do advogado dr. Gama e Sá, na Rua do Ouro, 68, em Lisboa, que logo manifestou surpresa e contrariedade ao vê-la, porquanto, alegou, se encontrava em reunião com uns clientes.

Adiantou ainda que, relativamente ao que designou por "assuntos pendentes " (dinheiro e documentação) a nada podia satisfazer em razão de ter sido preso um comerciante de nome Deveza ou Beleza que estava comprometido com o Movimento e que tal prisão impunha as maiores restrições nos contatos entre os companheiros (sic). A respondente teve perfeita noção de que o dr. Gama e Sá se encontrava sob forte nervosismo, pois a recebeu de pé e com sinais de impaciência. Refere que não esteve mais do que um quarto de hora a vinte minutos com o advogado e sempre num compartimento interior que lhe pareceu ser um quarto de arquivos ou de arrumações. Refere, mais, que não lhe foi feita qualquer alusão a desvios de armamento de um quartel do Norte ou doutro, assunto que ignorava e ignora por completo. Que não levava recados escritos. Que no decorrer da entrevista o dr. Gama e Sá se ausentou por duas vezes, tendo sido na segunda que lhe trouxe o citado panfleto "Corrupção nas Forças Armadas". "*Autos.*]

O Habeas Corpus a bufar "Situação difícil, situação difícil, o major que pense, o major que decida", e Mena a ser empurrada para a porta e a resistir; e ele, "Que saiam, que saiam, podemos facilitar a saída. Explique-lhe, vá. Temos amigos no estrangeiro com quem podem continuar a nossa luta."

Elias vai lendo e ajuntando. Aproxima-se da Noite dos Generais, a noite em que o advogado fica inscrito pelo major nos mortos em agenda. Mas já lá vamos, já lá vamos, por enquanto o chefe de brigada ainda está nos antecedentes.

[Instada sobre o modo como relatou os acontecimentos ao arquiteto Fontenova, tem a declarar o seguinte: "que, movida por um natural desejo de aliviar o clima de tensão, lhe ocultou uma parte da conversa do advogado, tal como tinha feito com o major e pelas mesmas razões; assim não se referiu à proposta de fugirem para o estrangeiro pelo alarme que, a seu parecer, poderia ocasionar, do mesmo modo que, por determinação do major Dantas, guardou junto do cabo e do arquiteto o mais completo segredo sobre o já citado manifesto. Não obstante, no relato que fez ao major procurou dar-lhe a entender de maneira indireta o desinteresse do advogado, tendo sido então que lhe comunicou a prisão do atrás mencionado Beleza ou Deveza." *Autos*.]

Elias vai à cozinha aquecer um pouco de leite. No corredor ouve o zumbido do frigorífico com uma intensidade que lhe faz pensar como é que na sala não tinha dado por ele. Quando abre a luz o frigorífico sacode-se todo por dentro, deu-lhe o delirium tremens ou o raio que o parta, Elias nem olha, vai mas é acender o bico de gás.

Enquanto o leite não ferve apanha um bilhete que a mulher-a-dias deixou no prato da balança em cima da mesa da cozinha com uma nota de cinquenta escudos e uma chave: sr santana no me dá guverno vir às sigundas que é dia do óspital ódepois espelico Lucinda.

À boca da chaminé descobre uma ratoeira desarmada debaixo dum banco mas nem se aproxima, para quê, já sabe que está vazia. Também vê uma varejeira nos arabescos dos azulejos ao fundo do fogão. Varejeira? É antes um pedaço grosso de fuligem, parece. Dá-lhe um toque com a unha, a mosca cai na vertical ao longo da parede.

> (Documentos ao cuidado de Elias Santana nesta mencionada noite:
> — um impresso intitulado "Provocações Nas Forças Armadas"
> — relatório de inspeção da viatura Taunus CN-14-01 que pertenceu ao major Dantas Castro-2.ª via.
> — autos de declarações do dr. Gama e Sá-5 fls.
> — processo respeitante a Filomena Joana Van Niel de Athaíde).

Os ratos

Os ratos do andar mais alto da Sé passeiam-se entre móveis amortalhados. Num quarto iluminado há um livro aberto a espreitar dos lençóis.

"Vagueei todos estes anos por um mundo de mulheres, procurando-te…"

Elias sente os ecos da Casa da Vereda a perpassarem por estas linhas do *Lobo do Mar*, pág. 183, o que mais o intriga é que quem soube decifrar os recados do escritor foi o char-

Balada da Praia dos Cães

ruas do cabo Barroca. O cabo. Ele que é pouco mais que analfabeto teve o búzio do ouvido devidamente apurado para surpreender e sublinhar os avisos que estavam no livro como que endereçados ao major. "Vagueei todos estes anos..." Pois. O major podia ter perfeitamente escrito aquilo — e acrescentado: Morte, " *Vagueei todos estes anos por um mundo de mulheres procurando-te, Morte.*" Seria a sua confissão final, aquela que não consta dos autos e que o cabo já tinha sublinhado.

Elias, mão esquecida na dobra do lençol, pensa numa caveira queimada a ácido com uma cabeleira cinzenta a desfiar-se ao vento. Pensa também: um filho. Porra para a liberdade, estou farta de liberdade (Mena).

Então vê uns joelhos abertos e apontados para o ar como duas proas de embarcação. O quarto alastra (é só paredes) e dissolvido na superfície crespa de cimento está o rosto dela. Dela, quem? Mena? Parece. Mas não tem tempo de o precisar porque há um roupão a abrir-se e a mostrar um corpo imenso, suntuoso, púbis negro e cabeleira de prata. Vagamente (ou não?) sente uns dedos a chamá-lo sobre a pele; e um hálito que o percorre; lenta e aplicadamente que o percorre; que se espraia, e divaga, em torno das virilhas; sabe que há um rosto de mulher encostado a um pénis atento, solitário. Depois deixa-se levar, subir e afundar-se, subir outra vez, os olhos firmes, e descer de novo, os olhos tão firmes, tão pregados no nada que cegam. Como quando em criança fixava na parede a santa dos quatro pontinhos.

Elias masturba-se. Sempre de olhar parado, vendo para dentro e a desfocar-se (o olhar de quem se deixa ir de viagem) enquanto a mão, o rosto e a boca dela o trabalham lá em baixo, e tudo se concentra, Elias vai num espaço fechado, numa caixa de espelhos, a cabeça solta, desligada dele. Tem o corpo tenso, em arco. O pénis recurvo não para de ser percorrido por uma cadência saboreada e insistente, e ele de olhar imóvel diante dum vidro (que já não é de espelho, mas transparente) diante dum parabrisas, um autocolante, um espelho retrovisor, para baixo e para cima, de mãos no volante, ele para baixo e para cima, as molas do assento a rangerem num movimento mecânico e igual. Sempre.

Ariston Hotel, Barcelona: é esta a legenda que fica a vaguear sobre ele quando por fim repousa esquecido nos lençóis. Letras douradas dum autocolante de automóvel ou duma capa de menu. Ariston Palace. Mena, Melanie. "Umas coisas ad libido libidinosas, se assim me posso exprimir." Mas aí já é a voz de Otero, recorda Elias, derrotado. E cai no sono.

É a altura em que os ratos nos quartos dos móveis amortalhados se eriçam todos, a farejar a escuridão e o silêncio. Procuram a menor vibração, as guias dos focinhos orientam-se, apuradíssimas. Por fim decidem-se, a noite é deles. E todos à uma invadem o corredor, marinham pelas paredes (fantástica a maneira como sobem e a que alturas, parecem sombras animadas) deslizam ao correr dos rodapés e tomam de assalto a sala onde o lagarto Lizardo permane-

Balada da Praia dos Cães

ce misterioso no seu deserto envidraçado. A lua em balão sobre o Tejo derrama um brilho suspeito nos caixilhos das janelas, os vultos da mesa e do armário de torcidos alongam-se, misturam-se com a assembleia das cadeiras de palhinha e do canapé; o teto de florões de estuque tornou-se brancobranco, duma brancura lunar, bem no centro pende um candeeiro de pesos, enforcado. No quarto ao lado pratica-se o sono solto em respirar de vaga larga: Elias.

Na manhã seguinte quando acordar na presença das imagens veneradas, falecida irmã, falecidos pais, quando passar revista às ratoeiras que deixou de sentinela por toda a casa e as vir inúteis e humilhadas e encontrar os móveis de família passeados de cagadelas insultuosas, quando, enfim, se aproximar do reduzido condado do Lizardo e der de caras com o Tejo a saudá-lo, Elias só guardará dessa noite a nódoa que lhe assinala o pijama masturbado. Uma lágrima crestada que ele irá lavar à torneira.

A Noite dos Generais

Mena descreve a Noite dos Generais. Nevoeiro de cigarros.

Em matéria dos autos confirma as declarações anteriores e acrescenta que em data que não lhe é possível determinar, mas seguramente a um sábado e na segunda ou terceira semana do passado mês de março, o companheiro (corrige: major) o major, diz, se ausentou da Casa da Vereda para uma entrevista política donde regressou ao princípio da noite. Surpreendeu-a a maneira silenciosa como ele se introduziu na habitação e lhe apareceu na sala onde ela então se encontrava a ouvir rádio e a conversar com o arquiteto.

"Continuem, que eu também quero entrar na conversa", foram as palavras que lhes dirigiu.

Era para aí a terceira ou quarta vez que o major tinha ido a um encontro clandestino, Mena não consegue localizar a data, é escusado, já há dias não conseguiu, sabe que foi a um sábado, é tudo; e nesse sábado, nessa noite, ele chegou, disse aquilo e pôs-se a olhar à volta duma maneira esquisita. Depois, como não podia deixar de ser, foi ao armário do brandy ao lado do telefone.

Foi ao armário e enquanto se servia perguntou pelo cabo:

"O gajo?"

Nestes termos, "o gajo".

Responderam-lhe que estava no quarto. Muito bem, fez ele com a cabeça, muito bem; e pôs-se outra vez a olhar em redor. E descobrindo o estojo de toilette que Mena tinha no chão junto do maple proferiu o seguinte comentário:

"Ah bom, pelos vistos tínhamos soirée para esta noite."

Um por um pôs-se a examinar os utensílios que havia no referido estojo e que eram praticamente os mesmos que estão à vista de Elias em cima do lavatório da cela. Nada de especial, portanto. Mas o major deu-lhe para ali. Interessou-se particularmente por um tubo de mâsque de beauté marca Scandale, digo, Standale, digo, Stendhal, que

Balada da Praia dos Cães

destapou com atenção, e logo procedeu como se quisesse identificar o conteúdo pelo cheiro e pelo tato. Seguidamente passou a ler as instruções que acompanhavam a embalagem pronunciando por várias vezes a palavra "máscara" com certo acento de sarcasmo. Terminada a leitura tornou a arrumar o tubo dizendo que "com ácido sulfúrico dava mais resultado".

"Qualquer dia quem te faz uma máscara a sério sou eu", acrescentou começando às voltas pela sala. "Fica-te para sempre, podes ter a certeza."

Assim que ele se punha naquilo era deixá-lo, faz notar Mena. Andava, andava, e não havia forças que o travassem. Quando lá lhe lembrava estendia um sopro de cigarro assim para o teto (referia-se ao cabo) e ameaçava com a cabeça. Numa altura chegou mesmo a dizer: "Nada malvisto, não senhor. Amarraram-no aos livros para ficarem mais à vontade cá em baixo", mas nem ela nem o arquiteto lhe deram troco.

Dantas C crescia por dentro, não cabia nele, para um lado e para outro no seu passeio de enjaulado, para um lado e para o outro. Mena ainda tentou sair da sala com o pretexto de preparar um saco de água quente porque se sentia indisposta, e era verdade, sentia mesmo, mas o major fê-la voltar para trás; resolveu que não era nada, já passava, e que foi apenas por ele ter chegado cedo demais que lhe veio a indisposição.

"Você está a ser injusto", observou então o arquiteto. Ao que Dantas C respondeu que injusto era ele, Fontenova, que andava a enganar o cabo há uma porrada de tempo ocultando-lhe o destino que lhe estava reservado e que era o de não poder abandonar o grupo ("desertar ") a não ser para o cemitério. Mas o cabo era o menos. O cabo não o preocupava, disse. "Neste momento o que me preocupa são as máscaras."

O arquiteto pasmou: "Máscaras?"

E Dantas C: "Máscaras, máscaras, anda tudo a preparar máscaras nesta casa, então não se está mesmo a ver? Aquela (indicou Mena) não pensa mesmo noutra coisa, é só cremes e aldrabices que eu cá sei, e eu qualquer dia também tenho que preparar a minha máscara, qual é a dúvida?"

Passeava e deitava fumo. "Preparo, pois. E se calhar também preparo a dela, a questão é eu chatear-me."

Tendo acabado a garrafa de brandy atirou-a às chamas da lareira e logo abriu uma segunda, numa precipitação que aos circunstantes se afigurou espetacular e intimidativa tanto pela violência dos gestos como pelas observações que proferiu, as quais eram incompreensíveis para a responden-te. Quem o visse diria que não tinha consciência do que estava a fazer, declara esta. Era tudo mecânico e falado ao mesmo tempo; máscaras, dizia, falava de máscaras e de mudar de cara num remoer de dentes que não dava para entender. Só quando se chegou a ela e lhe segredou em cima dos olhos, "Outras trombas, outras trombas, também vou precisar disso pois então", só aí é que Mena compreen-deu que era do rosto dele que falava e que o fazia como coisa pensada e não como uma ameaça de momento.

Balada da Praia dos Cães

[Advogado Gama e Sá, em tribunal: "Pôs-me efetivamente a hipótese de se submeter a uma operação plástica. Julgo que pretendia unicamente experimentar a minha reacção." Sessão de 9-11-1960.]

"Mudar de trombas", assoprava o major repuxando as feições. Estava tão em cima de Mena que a cobria com o cheiro metálico que em certas ocasiões se libertava dele e que entontecia, queimava. Mas logo a seguir largou-a no fundo do maple com a mesma brusquidão com que veio ter com ela. E recomeçou o vaivém, conta Mena. Infernal, aquele bater compassado no soalho, abria um tal silêncio na sala que se podia ouvir, que se via na cara dela e do arquiteto. Para cá e para lá. Sala vai, sala vem. E às duas por três estacou: "Porra, Fontenova. Por que raio é que você não há de pôr tudo em pratos limpos com o cabo? Por quê, Fontenova? É assim tão difícil?"

Pausa. Difícil ou não, o arquiteto tinha as suas razões. "Posso, Dantas?" E disse-as. E lembrou que não tinha sido ele, Fontenova, quem aliciara o cabo com promessas de o pôr no lado de lá da fronteira e que isso é que em seu entender representava um logro para o rapaz, intencional ou não. Que não tendo havido até àquela data quaisquer sinais de atividade também não seria a melhor altura para o convencerem a integrar-se na luta revolucionária. Pelo contrário, Fontenova receava que o cabo se sentisse traído e então, sim, desaparecesse ou fizesse alguma imprudência.

Mena substitui a palavra "traído" por "forçado", Fontenova tinha a maior atenção a certos termos nas conversas com o major. Naquela noite, principalmente.

Dantas C ouvia a passos largos. Ninguém conseguia convencê-lo que não era mais uma vez o arquiteto a proteger o Barroca, que não era mais uma vez o arquiteto a pôr à vista aquilo que costumava designar por moralismo de trampa, moralismo de trampa dos filhos-família, assim é que era, e que lhe fazia dó, dava-lhe vómitos; ele como chefe militar e responsável de ação não tinha saúde para essas mastigações. "Cagava nisso", segundo a sua própria expressão. E a seguir para ser ainda mais claro:

"A coisa é outra, Fontenova. Você no fundo tem uma esperança, você lá muito no fundo ainda acredita que o gajo se vai escapar. Não? Acha-me assim tão parvo? Então por que motivo continua a ajudá-lo a encornar o francês? Acha que faz sentido? Pergunto se faz sentido, Fontenova."

Sem uma palavra o arquiteto pegou nos cigarros e no livro que andava a ler e preparava-se para sair quando o major anunciou em voz bem marcada:

"Tenho a dizer-lhe que estive esta tarde com o *Comodoro.*"

Pronto. O chão abriu-se aos pés de Mena. Apanhada, foi como ela se sentiu. Ah sim, completamente. Depois do encontro com o advogado Dantas C estava ao corrente de tudo, era impossível que não estivesse. A mentira do dinheiro, os recados que ela calou, a proposta para se porem a andar para o estrangeiro, tudo, que miséria, tudo.

Balada da Praia dos Cães

Mena neste ponto do relato quer imaginar-se e não consegue. Ouvia o major, atordoada. O *Comodoro*. Percebia que o *Comodoro* se tinha afastado temporariamente. Temporariamente? Aquilo soava-lhe distante, a todo o momento esperava ver cair o dedo acusador em cima dela: Tu. Agora a tua vez.

Mas isso não aconteceu, e compreende-se por quê, explica ela. Dantas C não calculava nem por sombras que o arquiteto também estivesse metido no enredo e portanto nada de levantar a questão diante dele. Nada de desmoralizar o parceiro, era sempre a mesma história. Deus, aquilo ia em cadeia, nunca mais tinha fim.

E o major, política e mais política. Falava de contatos suspensos, indivíduos congelados (parece que era este o termo) por decisão do Movimento. Razões de segurança, havia que aceitar. E entre os congelados estava o *Comodoro*, quer dizer, o advogado, ele próprio tinha vindo comunicar a decisão. Também havia um general ou assim; Mena não se recorda do nome mas, fosse quem fosse, ele é que tinha tramado tudo porque se recusava a dar luz verde a outros oficiais.

Esse general ou assim não foi surpresa nenhuma, Dantas C tinha um pó desgraçado aos generais, todos a mesma canalha, era sabido. Mas a maneira como o *Comodoro* palavreou a conversa e os altos segredos em que ele se fechava para explicar o seu afastamento não convenciam lá muito. Por isso o apertou; e lhe fez ver; e o assustou. Deu-lhe tais voltas que o cágado do doutor prometeu que ia reconsiderar.

"Duvido", disse o arquiteto.

"Também eu", disse Dantas C. "Mas o tipo tem que se descoser, sim ou sopas. Ou continua com a gente ou leva sumiço."

E o arquiteto: "Porreiro. Agora é que estamos mesmo sem contatos nenhuns."

Relativamente à expressão "leva sumiço", e instada sobre se foram realmente estes os termos em que o major se referiu ao advogado, Mena quase pode garantir que sim. Ali ou mais adiante nessa noite. Ele tinha ferrado os dentes de tal modo no diabo do Gama e Sá que lhe chamava tudo e mais alguma coisa, capado, vende-pátrias, serventuário do capital, um nunca acabar. "E andei eu a correr este tempo todo para o escritório daquele cornudo", lamentava-se ele a cada passo.

[Advogado Gama e Sá, ditando para os *Autos*. "É falso. Declara peremptoriamente que as aludidas visitas do major Dantas Castro se resumiram a uma só e esta por exclusiva iniciativa daquele senhor que, abusivamente e sem aviso ou combinação, se apresentou no seu escritório onde se fez anunciar como sendo um sacerdote regressado de África com notícias dum amigo comum. Mais declara que dessa entrevista, forçosamente breve e desagradável, resultou o corte de relações entre ambos e que a mesma teve lugar em meados de Março pp., mas nunca a um sábado por ser sua norma passar os fins de semana na quinta que possui no Ramal do Ribatejo onde sua esposa se encontra a convalescer

Balada da Praia dos Cães

de grave enfermidade. Como de resto é público e ele, declarante, pode comprovar."]

"E nós?"

"Nós, Fontenova?" O major apertou os dentes com tal força que lhe saltaram os músculos da face. "Nós estamos vivos e ele vai ter o castigo que merece. O tal castigo, está-me a perceber?"

Aqui, sim, Mena tem a certeza: "o tal castigo". Ouviu por mais duma vez, sobretudo no fim do serão quando ele entrou no capítulo dos generais. "General ou brigadeiro é tudo o mesmo chiqueiro", costumava dizer Dantas C; ou "As estrelas dos generais só dão luz aos ceguinhos". E foi assim daquela vez.

De modo que enquanto a sala se toldava de fumo, ela sentia-se enredada num tropel espavorido de generais, uma debandada de comandantes rabugentos, marechais de aviário e estados-maiores do reumático e eram eles, os manipansos excomungados de Dantas C; às vezes por cima da desordem soava uma ou outra gargalhada mas Mena descobria logo depois que não, que afinal tinha sido um quase vómito, um berro chasqueado do major, tudo menos uma gargalhada.

(A traição dos generais:

a) O medo: O presidente da República, marechal Carmona, encomendou um golpe de Estado para demitir o ditador Salazar mas desmentiu-se no dia seguinte.

O medo: Em operações de guerra o comandante Abrantes Silva ordenava um alto à marcha, reunia o pessoal à volta, obrigava-o a ajoelhar e comandava a oração:

"Oremos, meus filhos!"

b) O preço: O general Pereira Lourenço e o irmão, diretor da Pide, compraram a Papelaria Fernandes, de Lisboa, e transformaram-na na grande empresa fornecedora das polícias e dos organismos do Estado.

O preço: "Só me comprometo com a revolução se me derem 1500 contos!" — General Ramires ao capitão F. Queiroga (1945).

c) A denúncia: O general Fernando de Oliveira, além do soldo militar e dos honorários de gerente da Sociedade Nacional de Sabões, recebia 5.000 escudos mensais como informador da polícia política (Pide).

A denúncia: O general da aviação Alfredo Sintra informador do Ministério dos Estrangeiros de Hitler.

A denúncia: O general Galvão de Melo conspirador com conhecimento de Salazar.

"O comodismo dos generais portugueses sujeita-os à chacota e à degradação." Gen. Humberto Delgado, *Carta aos Generais.*

"General ou brigadeiro é tudo o mesmo chiqueiro."

"As estrelas dos generais não iluminam, cegam", Dantas C, *Caderno.*)

Balada da Praia dos Cães

Mena quando finalmente subiu ao quarto foi como se tivesse deixado para trás dois homens a debaterem-se na linha da insónia diante de um horizonte de generais. Meteu-se na cama ouvindo ainda o major a insultá-los de longe, cada vez mais longe porque, cada vez mais também, ela ia ficando entre o pesadelo e a noite. Estendida dentro do escuro e de olhos muito abertos, assim estava.

E de golpe acendeu-se a cara de Dantas C mesmo por cima dela e sentiu uma garra cravada no pescoço: "Donde é que veio o dinheiro, coirão?"

Agora, era agora. Ele ali estava a apontar-lhe o candeeiro da mesa-de-cabeceira aos olhos e a segredar de dentes cerrados: "Depressa. Onde é que foste arranjar o dinheiro e quanto foi? Com quanto ficaste e onde está, quero saber tudo. Depressa ou deixo-te cega."

Elias acompanha a cena para lá do esmaecer das lentes mas o seu ouvido de polícia regista-a na versão definitiva: *Impossibilitada de se libertar, a acusada fez ali mesmo a confissão circunstanciada dos acontecimentos.*

E realmente fez. Faz. Uma confissão circunstanciada, é assim que se cumpre a memória. No tocante ao arquiteto referiu, refere, que a intenção deste ao recorrer ao dinheiro da mãe não tinha sido outra que a de prover a subsistência da casa e de aliviar o estado de tensão em que todos se encontravam; que não guardou, escondeu ou gastou em proveito próprio qualquer parcela dessa quantia; que tudo isto podia ser comprovado pelo arquiteto. Jesus, foi pior ainda. "Comprovar?", gritou-lhe. "Vocês estão todos feitos, julgas que eu não sabia?" E chegava-lhe a lâmpada à pele, e escumava, cheio de esgares, aquilo só visto.

Houve porém um momento em que ele ao suspeitar de qualquer ruído correu à porta do quarto julgando que ia surpreender o cabo ou o arquiteto a escutarem. Aí foi a salvação. Num salto Mena passou por ele e lançou-se para a casa de banho. Conta que ia despida e que se fechou ali talvez durante meia hora, sentada na sanita por se sentir à beira do desmaio. Tinha as faces em fogo e inchadas.

Veio então o tiro. Exato. O tiro. Quando o ouviu teve aquele impulso, saiu para o corredor pensando que teria sido o major a suicidar-se ou o ajuste de contas entre ele e o arquiteto. A hipótese do cabo não lhe ocorreu, confessa, foi só o arquiteto. Mas ao abrir a porta do quarto ficou trespassada: estendido na cama no meio duma nuvem de tabaco, Dantas C tinha ainda a pistola apontada à cabeleira postiça em cima da cómoda. A bala perfurara a parede mesmo a rasar o gato de barro.

"Não te mato, descansa", disse ele com um sorriso gelado. "Para ti basta uma garrafa de ácido nesse focinho que ficas como deve ser."

Nessa altura o cabo e o arquiteto acabavam de chegar à porta do quarto mas partiram sem uma palavra.

E estes foram os fatos, termina Mena. Ressalva as palavras "Scandale", "Standale" e "companheiro" e nada mais tendo a acrescentar esmaga o cigarro no prato de folha e declara-se pronta a assinar.

Elias sacode o fumo que se adensou à volta dele.

Mães, aos bordéis

Vai alta a lua na mansão da Judite quando Elias Santana faz rumo a casa. Na Gomes Freire em vez de elétricos há operários de armadura e pistola de autogéneo a abrirem faísca nos carris; à volta deles, sossego. A horas tão mortas o bairro revezou os usos, galdérias não há, polícias ainda menos.

Por esta costura da noite é que ele faz o caminho trivial. Judiciária, Martim Moniz, Rua da Madalena, a dos delírios ortopédicos. Sé. Fim de carreira. Sala do lagarto. Vista para o Tejo e para os saudosos pais, saudosa irmã, Elias, estamos chegados.

Mas ultimamente acontece haver transbordo. Ultimamente aí por alturas do Socorro o chefe de brigada faz tresnoite pelo Bolero Bar que é de entrada de esguelha e de porteiro mal-encarado. Aquilo, assim que se abre a porta é logo um cacimbo de cerveja de arrepiar os horizontes, a única coisa que se vê é uma fila de concertinas a ondular a marca HARMONIA em letras de prata cigana.

O inspetor: Bolero? Nunca ouvi falar.

Elias: Passei por acaso. É uma estação de ferramulas com venéreo obrigatório.

Hoje sabe-se que no decorrer do processo Dantas C o chefe de brigada andou por longes margens dos autos oficiais e que bateu terrenos que não deixou declarados. O Bolero entre outros. Entrou lá porque calhou, conforme disse em conversa com o inspetor a propósito de Norah, a amiga e colega de Mena. Por que calhou?

Norah d'Almeida no primeiro dia do julgamento apontou-o ao advogado de defesa: "Acolá, o bufo do Bolero." Conhecia-o porque tinha sido ouvida por ele quando prestara declarações na Judiciária e estava longe de imaginar que havia de tornar a pôr-lhe a vista em cima. Só que o homem começara a aparecer-lhe no bar onde ela ia às noites com a malta amiga e aí, chiça, a Norah não achou graça. Seguira-a, era óbvio, ainda estava para saber com que fim. Julgaria o idiota que a Mena era tão ingénua que se ia esconder no Bolero (Norah ignorava que ela estava presa) ou vinha simplesmente para a chatear lá porque era amiga da moça?

Na versão que corria de mesa em mesa o chefe de brigada teria entrado ali com o ar do míope despassarado e esbarrara para começar com uma margarida da noite que estava ao balcão mergulhada em espuma de super-bock. Dita margarida essa que em data para olvidar tinha tido os seus desentendimentos com a Judite por causa dum baile de facadas e que, sendo de mau esquecer e de pior perdoar, passara aviso às restantes margaridas e respectivos interessados. Elias topou mas fez por desentender. De pálpebra pendente e luar mortiço ficou-se a varejar de longe a mesa da Norah e do seu grupo de ir às vidas que era feito de filhos-família dissidentes e de meninas malenjorcadas e que contava, regra geral, com a prostituta sem medo como convidada de cabeceira e com os irmãos Karamazov, qual dos dois o mais tremebundo. Os ceguinhos da orquestra tocavam o *Only You* em lágrima de gota serena e as concertinas

Balada da Praia dos Cães

apregoavam a palavra H.A.R.M.O.N.I.A em letras irradiantes.

Inspetor Otero: Quando essas meninas da porra acham assim tanta piada às putas é porque se estão a vingar das mãezinhas que têm lá em casa.

Norah por entre as iluminações do whisky não tardou a descobrir o chefe de brigada no sórdido antro dos desencaminhados. Viu-o uma noite, viu-o duas, e à terceira vomitava desdém pelos olhos. Horror, diziam os olhos dela.

Elias escorria do balcão, pardo e sonolento como um anofélix de asa caída. Junto dele duas galdérias trocavam carícias (para o provocar?) uma estava grávida e a outra afagava-lhe a barriga:

"Vai ser menina e vai-se parecer comigo, amor." E a grávida, de cabeça baixa, muito séria: "Eu sei, amor, eu sei." Oh, puta de vida, pensava Elias.

O desprezo que vinha da mesa de Norah era verdadeiramente soberano. Para aquela gente ele era o fique, o pasma, o ratas que andava à caça de Mena e vinha ali para espiar. E enxotavam-no com os seus ares de incomodados como se ele tresandasse, apesar de distante e conformado. O balmain e o sauvage de Norah e das outras meninas-moças (os cheiros de Mena, afinal) confraternizavam com o desodorizante das prostitutas e alegravam-se com os ranços dos bêbados que esses, sim, ao menos eram gente, tinham interesse, enquanto que Elias não passava dum serventuário pautado da moral assustada. Eis, irmão, o ensinamento, eis o recado que mandavam os olhares dos meninos desmandados ao modesto polícia em exercício. Os ceguinhos continuavam a ondular as concertinas embandeiradas com a bênção da HARMONIA, e aquilo já nem era uma marca de instrumento, era um brado. Um brado de apóstolos congregados em cima dum estrado e com os olhos mortos dirigidos para a eternidade.

Elias, para o inspetor Otero: Norah d'Almeida, mi hermana emputecida, de dia liceu, à noite chungaria. Cultura em sessões contínuas é o que isto quer dizer.

E Otero: Lavagem, Covas, quais cultura. Essas gajas vêm é lavar-se à má-vida das poucavergonhas dos paizinhos.

O inspetor nunca foi ao Bolero mas conhece o Texas e o Grego, fenómeno semelhante. A mesma maltezaria de cineclube, as mesmas esgraçadinhas a contarem estórias ao taxímetro e se calhar até as mesmas estórias, admira-te. O que vale é que as putas dão para tudo, diz. Não houve aquela Madalena que depois de morta foi santinha?

Elias, pensativo: Também acho, o problema é de lavagem. Lavagem pela via do encardido, olhe o que disse a tal Norah, "este país precisava de ser pasteurizado com merda", foi o que ela disse em declarações. Com merda. E não julgue que se engasgou ou que pediu procuração.

O inspetor fecha com uma gargalhada: Mães aos bordéis, que as filhas já lá estão. Verdade ou mentira, Covas?

No dia dois de maio pelas onze e trinta horas deram entrada na Penitenciária de Lisboa RENATO MANUEL FONTE-NOVA SARMENTO, alferes miliciano, de vinte e cinco anos, solteiro e de profissão arquiteto, e BERNARDINO BARROCA, 1.º cabo 3976/57, de vinte e dois anos, também solteiro, ambos desertores do exército português. Acompanhavam-nos o subchefe de brigada da Polícia Judiciária Silvino Saraiva Roque e dois agentes daquela corporação, que fizeram prova do respectivo mandato de captura. De acordo com os regulamentos foram os detidos despojados de todas as vestes e haveres e depois de lhes ter sido rapado o cabelo e distribuído o uniforme prisional recolheram ao depósito de segurança em regime de isolamento.

A prisão deu-se na madrugada do mesmo dia nas instalações do Motel Marina, Praia Azul, Algarve, por uma força da GNR sob o comando do tenente Roma que ocupou posições à volta do local, cortando todas as vias que lhe davam acesso. Roque e os seus dois homens assistiram dentro duma carrinha ao clarear do dia que foi todo em cinema dos mares do sul, com a estrelinha pálida no céu cinzento, o areal a aparecer em dourado-mel e a água sem uma ruga; ouviram galos do campo a anunciar.

O motel começou a revelar-se pela brancura macia da cal das paredes e logo pelo verniz das persianas de madeira, todas corridas. Quando a piscina (vazia) resplandeceu em safira no seu fundo de azulejos e as palmeiras-anãs se abriram em leque à luz do dia, Roque apercebeu-se dos secretos da paisagem, e viu soldados rastejantes atrás das piteiras desgrenhadas, um vulto de walkie-talkie na mão a esgueirar-se entre alfarrobeiras e as orelhas dum cão-polícia.

O motel estava fechado, era maio, época ainda do defeso para o turismo de menos estrelas. Mas assim que foi dada ordem de ataque com uma rajada de metralhadora para o ar o guarda da casa acudiu à porta da rua, de braços levantados com a mulher atrás. Depois tudo correu na maior simplicidade. Ouviu-se uma voz: "Estamos desarmados" — e apareceram no terraço os dois milhafres. Vestidos. Dormiam vestidos, era de prever.

Este, o ocorrido. Dos subjacentes (como diria Elias Chefe) não reza a História, são segredos da Judite e de quem ela protege por baixo da saia, e ai daquele que se descair. Sabe-se que o arquiteto aguardava um envio de dinheiro dum amigo de Lisboa. Sabe-se: que o guarda do motel fazia parte duma rede de contrabandistas e que já tinha cadastro. Sabe-se: que negociava também em câmbios. E em terrenos. E em turismos marginais (tinha uma frota de burros para excursões campestres). Sabe-se: que deu abrigo ao cabo e ao arquiteto, fazendo-os passar por trabalhadores de ocasião na limpeza dos apartamentos e do jardim. Que foi detido com os capturados; e ouvido; e mandado em paz vinte e quatro horas depois. Sabe-se tudo. Sabe-se muito

Balada da Praia dos Cães

*principalmente que estávamos no 1.º de maio, data dos traba-
lhadores, e a PIDE e a GNR eram aos enxames à volta dos pescadores e das fábricas de peixe. Dedução: havia polícias a mais e
dinheiro a menos, coisa grave.*

*E como o contrabando não é de pátrias nem de maneiras,
alguém que o Roque conversou e a Judite abençoou correu a dar
a sua palavrinha fatal e o motel viu-se livre dos maus hóspedes.
Tudo por boca e na base da confiança porque promessa de polícia
não precisa de notário*

e palavra de contrabandista quando fecha é selo branco, completa o mencionado Roque. Dar linha larga ao anzol e abrigar o arrependido foi toda a vida o seu lema, e para cais de contrabando e chulos à meia praia ainda ninguém inventou receita mais propícia. Viu-se. Roque bateu a costa desde a foz das espanhas até à outra ponta do mapa onde a terra acaba e o mar começa como escreveu aquele marquês que só via para um lado; acompanhou o desenho do Algarve pelas ondas carneirinhas e pelas conversas à cerveja, barzinhos de maria joana e boutiques de heroínas olheirentas, isto de ser polícia também enriquece o espírito e areja a geografia. Resumindo: andou, fez-se mostrado. E torna a dizer, o resultado viu-se. Passado tempo alguém lhe mandava de bandeja o cabo e o arquiteto.

De bandeja. Se alguma vez a língua portuguesa teve razão foi aqui, recorda Roque. Porque efetivamente foi numa salva a fingir de prata que a criadita da pensão lhe trouxe os dois despassarados juntamente com a conta da semana. Assim. Do pé para a mão. Ele, Roque, há uma data de tempo a peneirar pelos algarves, ele a olhar as ondas e a ver a sua vida a andar para trás, e não é que uma bela tarde em que estava de estaleiro na varanda da pensão lhos vêm oferecer num envelope-denúncia?

Ilmos. Srs. da Polícia Judiciária

Nesta.

Espalmados como duas borboletas na moldura duma carta anónima, foi como eles lhe chegaram à pensão; e ser-

Balada da Praia dos Cães

vidos naquela salva vinham para todos efeitos em bandeja maneirinha, para quem sabe do dicionário.

Falas de avio, irmão, diz-lhe Elias Chefe à tona da papelada que cobre a secretária, e quem fala assim procura alívio. Enganei-me?

Pelo tom da carta, continua Roque, percebia-se que a denúncia vinha de contrabandistas de rede e não dum vingativo por conta própria. Um canguru que se preza nunca salta fronteiras isolado e mesmo assim é capaz de levar outro na bolsinha da barriga, até aí chega o Roque e não é muito de contrabandos. Agora, o que lhe faz confusão é porque é que eles vieram ter com a Judite quando tinham a Guarda Fiscal ali à mão.

Elias, arrumando a papelada: E quem te diz a ti, ó polícia cor-de-rosa, que os gajos não se aconselharam com a Guarda antes de te mandarem a boquinha?

Silêncio. Roque, daí a nada: Ainda é maio e já o campo vai no trevo.

Elias: Trevo? A que propósito vem o trevo agora?

Agente Roque: O cabo. Durante toda a viagem não fez senão repetir, ainda é maio e já o campo vai no trevo.

Elias: É o que eu digo, falas de avio. Ficaste ouriçado por te terem tirado os presos e agora veio-te a diarreia de língua.

Roque: Diarreia, eu? Chefe, me cago en la leche. Me cago en la Pide y en todas sus putas madres.

Elias: São muitas, hermano. Vê o que dizes.

Roque: Eu quero é que a Pide tenha muitos meninos e para já que lhe façam bom proveito esses dois que eu lá deixei.

De bandeja, diz Elias. Também os deixaste de bandeja, não te esqueças.

Roque encolhe os ombros: Que se lixe. E Elias: Mas lavaste a vista, isso é que ninguém te tira. E Roque: Cada algarvia, chefe, cada algarvia. Conta que lá em baixo as amendoeiras em flor é um nunca visto; que petiscos e medronheira, difícil encontrar melhor; que é tudo a esfolar o estrangeiro e que até os bonicos dos burros são dourados por causa do turismo. No Alentejo nem por isso. No Alentejo não viu nada, confessa; o cabo é que só via trevo por onde passava. Essa cá me ficou, murmura Roque. Algemado e a pensar na lavoura, a alma do diabo.

Elias tem na mão o relatório do Taunus-esperma do major, mas esquecido, sem o olhar. Em vez disso estuda o outro por trás das lentes, como que o estuda:

Aquilo dos ciúmes misturados com o crime, diz em voz lenta, pensada. Já agora, porque é que te veio o palpite dos ciúmes do arquiteto? E depois: Alguma coisa que ouviste pelo caminho?

A fechar o dia, 22.30 horas

Elias esteve a tirar os alinhaves do processo, últimos acabamentos. Mesmo assim ficaram datas em aberto; o

Balada da Praia dos Cães

baile das datas é sempre o grande arraial do polícia, é lá que o falso padre acerta ou não acerta o passo com a menina extraviada. Pensa: acertar os dias, procurar uma vez mais, batalhar no calendário enquanto lhe derem tempo e mãos livres.

Primeira data em aberto: sábado, Noite dos Generais.

A Noite dos Generais ficou-lhe atravessada, está-lhe aqui. Durante esse dia o major não se avistou com o doutor Habeas Corpus que é marido em fins de semana por terras do Ribatejo. E no entanto o major passou toda a tarde fora da Casa da Vereda. E à noite disse que de fato; que tinha estado com ele. O que não joga certo, ali há coisa. Também falou com o advogado uma-só-única vez desde que fugiu da prisão; e disse várias (fartou-se de correr para o escritório daquele cornudo — textual, palavras dele). E a verdade é que saiu de casa e todas as vezes fardado de padre e de revólver no bolso, em missão por conseguinte — mas para onde, pergunta Elias, encontrar-se com quem? Conclusão: Dantas C nas tardes em que saiu da Casa da Vereda andou a dar à sotaina por confessionários inconfessáveis.

Segunda data em aberto: o verdadeiro encontro do major Dantas C com o doutor Habeas Corpus.

O encontro existiu, foi um fato. Mas nesse dia o major não se descoseu, não contou aos companheiros as desgraças que tinha tido com o superlativo supracitado doutor. Guardou tudo, vá lá saber-se por quê, para o tal sábado em que decidiu pôr a escrita em dia, advogado, generais, o maralhal por inteiro. Meteu-os a todos no saco dos traidores e malhou até fazer faísca. Santos Costa, chacal das casernas, Botelho Moniz, Craveiro Lopes, todos comeram pela medida grande (cf. *Caderno*, lá está o rol, lá estão as misérias de cada um).

Elias puxa do caranguejo pela corrente: dez e meia, hora da segunda sessão para as girls do Parque Mayer, e ele dentro em pouco vai estar de visita à donzela dos pavões em seu catre adormecida. Pensa: E o vivaço do Roque com aquele palpite dos ciúmes?

Terceira data em aberto: "Ali é que ela vai ficar."

Pois é. Afinal a malquerida também tinha a sua cova apalavrada. Soube-o depois porque lho disse o arquiteto e tremeu dos pés à cabeça só de o ouvir. "Ali, ali é que ela vai ficar", teria revelado o major ao Fontenova, os dois em passeio no pinhal. Mas revelado, quando? Na véspera do crime, como dissera a Mena o arquiteto? E hoje é a própria Mena que tem dúvidas, Dantas C passou os últimos dias fechado na sala da lareira a jogar as cartas sozinho, pouco provável essa conversa no pinhal. Sozinho. Partidas de crapaud, paciências, o mundo que o baralho dá. Sendo assim, pergunta-se, não havia cova nenhuma prometida, era tudo delírio do Fontenova? E com que intenção, essa mentira? Justificar ainda mais o crime, era isso? Sozinho, ele para o fim passava o tempo sozinho, é tudo o que Mena sabe responder.

Balada da Praia dos Cães

Elias fecha a porta do gabinete. Volta a magicar no agente Roque todo iluminado com o palpite dos ciúmes.

Corredores vazios, mulheres da limpeza de gabinete em gabinete, a cavalgada dos aspiradores. Descida ao confessionário pela hora do sono dos justos, ele aí vai, o chefe de brigada, e desta vez bate à porta de mão rápida e aberta como quem chega de urgência e traz recado. Vista-se, ordena. E fica à espera. Boceja à boca larga e a tal ponto que os nós dos maxilares se soltam num estalido. Depois, olho à esquerda portas de celas, olho à direita ninguém, espreita pelo ralo de vigilância.

E vê-a. Mena está de joelhos em slip e tronco nu no meio das mantas revolvidas, cobrindo os seios com a camisa de dormir que tem enrolada nos punhos (como todos os presos habituou-se a desconfiar que é espiada). Com um braço mantém o busto tapado no momento em que estende o outro para apanhar uma camisola; que enfia na cabeça, a camisola, fez isso num gesto rápido; e senta-se, pernas para fora da tarimba. Estremunhada, a ganhar forças.

Agora põe-se de pé. De pé, descalça e corpo a prumo, tem realmente umas sólidas e majestosas coxas e as nádegas são exatas e conscientes, não passivas. Dobrada, agora: o cabelo caído para a frente deixa à vista o traçado do pescoço que é firme e em lançamento harmonioso. De perfil, depois: levantando os jeans à altura dos olhos como se os quisesse observar à transparência, a linha do dorso desenvolve-se com serenidade e sem uma quebra, um constrangimento; as nádegas (irmãs, diz-se em linguagem de cadastrado) alteiam-se com exigência.

Elias vigia-a espalmado na superfície da porta, olho quedo. Ali a tem ao real e por inteiro. Fechada num círculo de vidro, ali a tem. A pedir com um corpo daqueles uma boa verga que entrasse toda, que a explodisse com descargas de esperma a ferver, daquele que é grosso e pesado, do que cresta, e que a encharcasse de alto a baixo desde os olhos até às nádegas, o que ela queria era isso, que lhe fossem pela espinha acima e a pusessem a berrar pela mãe, era o que a cabrona estava a pedir, e dá-me, ai dá-me, dá-me mais, assim, assim, pois então. Mesmo distanciada e reduzida pelo vidro panorâmico do ralo é uma provocação, uma agressão da natureza, a grandacabrona.

Acaba de vestir os jeans e vem lá do fundo da cela. Aproxima-se, aumenta de figura (Elias recua deste lado da porta); a seguir senta-se na tarimba, um pé em cima do cobertor, a espremer qualquer borbulha, ao que parece. E pronto, fica naquilo. O chefe de brigada aponta então a chave à porta e faz a sua entrada na cela.

Bom, diz sentando-se no lugar de sempre, ao lado do lavatório. Os homens foram apanhados.

Mena fica agarrada à perna, o queixo em cima do joelho.

Entregaram-se sem problemas, torna ele. Tudo quanto posso dizer é que estão à responsabilidade da Pide.

Ouve-se a água a escorrer no lavatório a fio manso, muito débil. O chefe de brigada dá um apertão na torneira, mas sem resultado.

Balada da Praia dos Cães

Naturalmente que o seu caso também vai ser transferido para a Pide, recomeça quando se senta de novo. Questão de norma, esclarece. Os processos têm de seguir os seus trâmites.

Trâmites. Mena estende o braço para trás à procura dos cigarros e dos fósforos. Palavra mais estúpida, trâmites.

Elias Chefe: Espero que esteja preparada para certas perguntas quando lá chegar.

Cruza a perna e logo lhe saltam à vista umas meias grossas e esbeiçadas a inchar para fora dos sapatos. Pardacentas, todo o aspecto de roupa encardida: Elias descruza a perna.

E ela? Ela, Mena, fuma com a boca colada ao joelho.

Elias Chefe: Não é que adiantem grande coisa, no fundo não passam de perguntas de ordem pessoal, o chamado foro íntimo. Mas servem para avacalhar. Para desmoralizar, quero eu dizer.

Saca dum papel que traz na algibeira: Isto, por exemplo. O carro do major.

Mena: Carro do major?

Elias Chefe: Um relatório que eles mandaram. Por aqui já fica a saber como é que a vão atacar.

Mena: Céus, mas o que é que o carro do major tem a ver com isto?

Elias Chefe: Resíduos de esperma. Descobriram uma data de provas comprometedoras para a senhora. Está aqui, faça favor.

Ela rejeita o papel com um gesto, abraça-se ainda mais à perna. Ouça, diz a seguir, devagar e muito baixinho. Eu e o major éramos amantes, chega?

O cigarro fica a derramar-se suavemente, a derramar-se. Mena ancorou, está toda abraçada a ela mesma.

Amantes, repete ainda.

Mas dum momento para o outro larga a perna, recua o corpo por cima da tarimba e senta-se contra a parede, muito direita. Tudo mudou a partir de agora. Então?, parece ela perguntar às duas lentes que a espiam.

O chefe de brigada puxa da unha de estimação, altura para começar a passeá-la pelos trabalhosos do penteado. Uma tal Norah, diz ele mudando de assunto. Norah d'Almeida, conhece, não conhece?

Mena: É minha amiga. Por quê, também vem no relatório?

Elias Chefe: Capaz de vir, capaz de vir. Se andou no carro com o major vem com certeza. Andou?

Mena, voz fatigada: Relatório. Como se eles não soubessem as minhas relações com o major.

Põe-se ainda mais de frente para o polícia, quer vê-lo bem, quer que ele a veja:

Amantes, diga-lhes lá. Eu e o major éramos amantes, se é isso que eles querem ouvir. E fazíamos tudo, também lhes pode dizer. No carro e fora do carro. Valia tudo, nem queira saber.

Fala com desinteresse, como se estivesse a distância e na presença duma testemunha para esquecer. Tudo, repete ela

Balada da Praia dos Cães

num segredar de desprezo. E segue. Elias lembra-se do retrato com fundo de pavões e do à vontade sobranceiro que ela tinha face ao mundo. Ela, a donzela dos pavões. Agora, coitadinha, a donzela está na hora de curtir as tropelias, deixá-la ir. O mais bonito é que o faz com aquela voz sem sobressaltos e com a luz da inocência no olhar.

O chefe de brigada mexe-se no assento: vai interrompê-la? Mas Mena tem a palavra, não cede. Esses do seu relatório, continua ela, são gente lá dum mundo qualquer, nunca poderão imaginar as barbaridades que se fazem por essa cidade, por esses carros. Elevadores, as devassidões que se passam nos elevadores. Nem eles sonham. E nos restaurantes, eu também não acreditava mas há disso, verdadeiras desvergonhas à mesa dos restaurantes. E quem diz nos restaurantes diz nos museus, nos vãos de escada, conheço muito boa gente a quem aconteceu. Pessoas normalíssimas, mas que é que quer. Até na praia, na praia, quero eu dizer, com gente à volta. Inconcebível, não é? A praia cheia de nevoeiro, pessoas, pescadores mesmo ali ao pé, e eles a fazerem amor com água pela cintura. Momento, tenha paciência, já vamos às suas perguntas, agora estou a responder ao relatório, a essa coisa que o senhor trouxe para aí.

Elias Chefe: Continue. Se acha que tem algum interesse, faça favor.

Mena: Ah mas com certeza que tem e pela minha parte não há o menor problema. Posso contar tudo, os sítios, as maneiras, sei lá, essas coisas podem ser importantes para os homenzinhos do relatório, então não são. Contar por exemplo que uma vez metemos uma prostituta no carro, calcule-se, uma prostituta. Das que andam na rua, ainda para mais. E que eu vinha cá atrás de óculos escuros, e que alinhei ou não alinhei, é o menos, tudo isto ajuda a esclarecer o relatório, quer-me parecer.

Por trás das lentes frias o chefe de brigada entrevê cumplicidades, jogos secretos, masturbações: no cinema, no restaurante, hotéis-palace, barcelonas. O pé que se descalçou e que tateia por baixo da mesa; a boca, ainda amaciada pelo vinho, que aproveita a queda do guardanapo para ir direita a um pénis inteligente, já precavido, e é só uma abordagem por baixo da toalha, mas certeira, esse toque, essa e outras insinuações que Mena não põe por extenso mas aponta, as tais milmaneiras dos amantes em destruição.

Assim a vai ouvindo. A cabrear com aqueles modos comportados e aquela mansidão agreste na voz. Só depois perceberá que desta Mena, Melanie, donzela dos pavões e da melena altaneira, se vai desprendendo também o vulto do major e que toda aquela fúria de amar tinha sido ele a glorificar o seu fim de macho e a dizer faz-me isto e ela a fazer, faz-me aquilo e ela fazia, um festival de voracidades. Mas Mena calou-se e fita o chefe de brigada com uma grande serenidade.

Elias Chefe: Acabou?

Ela procura à volta com os olhos, e depois: Importa-se de me passar esses comprimidos que estão no lavatório?

Balada da Praia dos Cães

O chefe de brigada tem uma hesitação mas acaba por lhe ir levar o tubo de aspirinas. Fica à espera do agradecimento. Nada. Obrigada, diz-lhe ele então.

E Mena: Ah, sim, obrigada.

Cruza os braços, corre os olhos à volta, pelas paredes, pelo teto. Depois leva a mão à testa, salta para o chão:

Já agora, pedia-lhe para sair um bocadinho enquanto me meto na cama. Estou com uma enxaqueca que não me mexo.

Elias põe-se a afagar o penteado e a fitá-la. Pensa: O golpe da enxaqueca, o golpe que ela usava com o major. Mas, está bem, sai.

Nessa noite tem um sonho que nunca mais lhe esquecerá.

Elias: o sonho

Extensos corredores, luz gelada violentíssima muros e muros de mercadorias: um supermercado? Silêncio branco. Chão resplandecente, hospitalar. Há uma multidão a desfilar, lenta e solene, empurrando carrinhos de compras; mas não são de compras, são carros de bebé e vão vazios. Parece uma procissão de pais enlutados percorrendo um museu de longos corredores.

Elias anda por ali não sabe bem por que mas descobre que segue uma mulher de cabelos azulados. A mulher não se mostra interessada em comprar seja o que for (afinal ninguém compra nada, todos seguem a passo ordenado cabeça erguida) e leva um saco na mão que diz AIRPORT(é isso que a distingue na parada dos carrinhos reluzentes). Vai entre duas paredes de embalagens que parecem não ter fim e que convergem em redondo como naqueles espelhos que há ao alto nos supermercados. As embalagens são sempre as mesmas, DETERGENTE BRONQUITE, DETERGENTE BRONQUITE, DETERGENTE BRONQUITE, parvoíce, pensa Elias em pleno sonho, esta marca não existe, e nesse momento o corredor já é uma plataforma do metropolitano, dum lado as prateleiras do supermercado do outro carruagens a desfilar com rostos à janela. Muito hirtos, os rostos. Enquadrados nos retângulos de vidro sucedem-se como uma interminável tira de fotografias de cadastrados.

Ela, a mulher, prossegue a passo tranquilo entre o metropolitano e a linha contínua dos expositores de mercadorias. Cabeças de porco é o que há ao longo desse muro. Prateleiras e prateleiras de cabeças de porco, sorridentes e amarelas, todas iguais a umas que Elias viu na montra dum talho chinês dum filme policial. Envernizadas a gema de ovo, com certeza (Elias tem a sensação que conhece este lugar doutro sonho). E de repente a mulher para. Arrima-se ao muro das cabeças de porco: Elias põe-se um pouco de lado porque sabe que ela se vai voltar. Ao mesmo tempo verifica que não tem o cabelo azulado mas cheio de reflexos de aço, esplendor metálico, lunar, e, atenção, lá está ela a

Balada da Praia dos Cães

voltar-se devagarinho. Roda um tudo-nada para a esquerda e para a direita a ver se está sendo observada e ao mesmo tempo tira disfarçadamente qualquer coisa do saco de plástico. Depois endireita-se e volta para trás pelo caminho da vinda.

Elias dobra-se a fingir que se assoa para não ser reconhecido mas a mulher passa de pescoço levantado, e o rosto dela é o de Mena e leva um sorriso de quem sabe que está a ser seguida. Esta revelação não surpreende Elias.

Corre então ao sítio onde ela deixou o objeto e nem precisa de procurar porque o descobre imediatamente no meio das cabeças de porco: um gato de barro com um caracol de cabelo de mulher na testa; toca-lhe, é mesmo cabelo natural. Sem perder mais tempo, vai na pista de Mena.

Não a vê. E quanto mais a procura mais despovoado se mostra aquele mundo luminoso e frio. Não há gente, só corredores e um chão que cega de tão espelhado. Num tal labirinto de luzes e de reflexos perde a orientação e a distância mas não se detém, caminha sempre, até que vai dar a um átrio deserto onde gira uma escada rolante. Há também uma janela tristemente iluminada, uma cabina da photomaton, só agora percebe, e quando percebe descobre que Mena está sentada lá dentro. Imóvel diante da objetiva como se fingisse que estava a posar — mas com um livro aberto sobre os joelhos.

Elias passa e segue. Entra na escada rolante que é quase a pique e que vai desembocar num horizonte luarento de pinheiros anões. Farrapos de pano a pingarem dos ramos. Uma cancela. Um telheiro. Tem a porta aberta mostrando um móvel dourado com um gato de cerâmica. Impossível o gato num móvel destes, raciocina Elias.

O telheiro é todo forrado por dentro de azulejos luminosos (uma vasta toilette pública, ou coisa semelhante) e tem ao centro um balde a transbordar de pontas de cigarros que se contorcem como vermes. E são? Mesmo vermes? Vai para se aproximar mas pressente que está alguém atrás de si. Volta-se e dá com a irmã dele a fitá-lo, muito séria. Nua. Majestosa. Completamente nua. E alta como nunca imaginou que ela fosse. Tem o cabelo descolorido, alumínio a refulgir, e o púbis é negro-negro, uma labareda de negrura a tremular num corpo de cera.

"Podes olhar", diz a irmã numa grande serenidade; e ao mesmo tempo começa a virar-se, mostrando-lhe uma linha de escamas cinzentas que lhe desce do pescoço até às ancas. "Estamos todas assim no Bar Bolero", diz.

Elias fica aterrado com aquela esteira de crostas que lhe corre pelo dorso. Verrugas, chagas mortas, não distingue bem. Têm qualquer coisa de maldição, qualquer coisa de ritual de tortura aceite com resignação, e Elias sente-se gelar diante de tanto fatalismo, tanta brancura...

... e entretanto tem a consciência de ter acordado numa estranheza de vergonha e de remorso. Está como morto, esquecido na cama. Mas a irmã persiste, a irmã vigia-o no meio da noite e o sonho repete-se (ou continua) em momentos desgarrados, sem ordem. "Estamos todas assim lá no Bolero." E vem novamente a cabina da photomaton. "Todas, todas assim." E agora o vidro da porta é a fotografia (ampliadíssima) da cara da pessoa que está lá dentro diante da objetiva, a irmã, Elias sabe que é ela mesmo antes de se aproximar e de ficar diante daquela suavidade, daquele caracol de cabelo colado a dedo na testa.

Está nisto quando a porta se abre e sai da cabina a irmã em corpo inteiro. Nua, outra vez, e projetando-se em passadas longas e suspensas, como se bailasse. Elias admira-se com as dimensões do corpo dela (tornou-se enorme, caramba como está enorme) e ondula o dorso que é amplo e que se recorta numa linha de escamas eriçadas. Lembra-lhe uma valquíria a caminho dos bosques, uma virgem selvagem e suntuosa galopando numa poalha de luz.

Afinal também ele foi parar de repente num espaço carregado de luminosidade. É mais uma vez um corredor que se abre, solitário e cheio de cintilações, e esses brilhos, essa trepidação de luz vem de filas e filas de concertinas que revestem as paredes com os seus teclados e as suas irradiações espetaculares. Elias não vê mais nada senão concertinas. Têm todas escrito HARMONIA como se fosse uma assinatura gritante.

Subitamente, numa muito manhã

chega o recado de el-rei para aparelhar os cavalos. Diz assim: "Imediata transferência da detida. Determinação do Sr. Diretor. Assinado F. Otero, insp."

Quando é que aquela folha de agenda foi deixada na secretária de Elias não vale a pena averiguar, é manhã demais para isso. O pessoal ainda não entrou e Otero tão cedo não vem sentar o bigode debaixo do retrato do Salazar, rodeado de ambulâncias ululantes. Em todo o caso Elias pressente complicação, menina, ligue-me para casa do senhor inspetor. E como o telefone lhe responde com sonidos de castigo, diz: Cá me parecia.

Voz da telefonista por cima da ligação: O senhor inspetor já saiu.

Se saiu ou não chegou a entrar isso agora já é saber demais, pensa o chefe de brigada pousando o auscultador. Digamos antes que se encontra em matinas de adultério dentro duma perfumada, se ele assim se pode exprimir. Para aí sim, e que deus lhe dê uma boa saraivada de negas são os desejos do Covas.

Tira duma gaveta o livro dos mortos, abre-o na página final, último auto, últimas confissões ainda por assinar. Mena vai mudar de ares não se sabe para onde, ele pelo menos desconhece, sabe é que tem de fechar o processo e já, é o momento de chamar: A Detida.

Deu a ordem pelo telefone e vem para a janela compor os barrocos do penteado que lhe recobre a calva luminosa. Mãos nas algibeiras, alfinete de pérola cansada em lágrima de peito, preside ao abrir de feira que é a rua lá em baixo. Comércio ainda nos taipais, cavalos da Guarda Republicana em formatura de rotina, os elétricos, os jornais da manhã transitando para os empregos, dobradinhos em mão ronceira. No passeio em frente há dois carros celulares: ficaram ali de noite mas Elias imagina-os cheios de mulheres a darem palmadas gloriosas no sexo e a insultarem os guardas.

Vira-se, é Mena que acaba de entrar no gabinete acompanhada do chefe dos carcereiros, um gordo bexigoso a cheirar a massa de rancho. Indica uma cadeira, aquela diante da secretária, e toma o seu lugar oficial. Polícia e acusada frente a frente, ora vamos lá arrumar isto.

O soba dos carcereiros saiu, anda do outro lado do vidro a vadiar pelas mesas dos agentes; o fatomacaco tem as nádegas arredondadas por duas manchas lustrosas. Passeia-se e esfrega as mãos. Como se a vida lhe corresse às maravilhas, pensa o chefe de brigada; mas desvia os olhos porque começam a chegar os primeiros agentes.

Mena. O assunto é ela. Tem-na em primeiro plano, pullover decotado, braços cruzados. Ora bem.

Começa a leitura do auto com as pausas e os repetidos necessários. Tudo sabido mas como se não. A respondente para cá, a respondente para lá, Lisboa tantos de tal na sede desta Polícia. A linhas tais e tais o chefe de brigada, interrompe-se para lembrar que qualquer correção pode ser feita em aditamento. Mena sabe. Adiante. Avisa no entanto que desta vez é definitivo, últimas declarações. Convém deixar tudo em ordem porque vai ser transferida, esclarece ele.

Transferida?, pergunta a presa.

Elias Chefe: Claro. Não é nada que não estivesse à espera, acho eu.

Mena aperta os braços contra o peito como se tivesse frio. Pensou na Pide, calcula o chefe de brigada mas nesse instante o que lhe vem à ideia são os carros celulares que estão na rua e uma algazarra de marafonas a arrepelarem o sexo como doidas. Diz: O mais natural é que seja depositada numa cadeia de mulheres.

Depositada? A presa olha para a palma da mão. Vejo gente, ao menos, acrescenta em voz sumida. Olha a mão, volta-a, põe-se a olhá-la outra vez. Bem, murmura Elias. E recomeça a leitura.

Auto, discurso de perdição. Fulana disse, confirmou, ressalvou. Mena ouve-se repetida e rasurada. Importa-se de tornar a ler essa parte?, diz.

Elias Chefe: "... que após o crime, quando lhe foi dito pelo arquiteto que o major há muito tinha a intenção de a matar e que inclusivamente lhe mostrara o local onde a iria enterrar, a respondente tomou isso mais como um aviso dirigido indiretamente a ele, arquiteto, do que propriamente a ela.

Mena: Não. Pensando melhor acho que ele tencionava mesmo matar-me.

Elias Chefe: Pensando melhor? Por que pensando melhor?

Mena morde o lábio antes de responder. As torturas, diz. Cada vez ia mais longe, tinha de acabar por me matar.

Então põe-se de pé e, olhe, volta-se levantando as traseiras do pullover acima do elástico do soutien. E Elias vê. Vê e não acredita. Desde a cintura ao pescoço tinha as

Balada da Praia dos Cães

costas lavradas por queimaduras de cigarro, cinzentas e eriçadas. Repetidas. Meticulosas. Pareciam uma espinha de
escamas a todo o correr do dorso.

Ele tinha-se tornado impotente, diz Mena baixando o
pullover.

A RECONSTITUIÇÃO
8 de Agosto de 1960

Elias quase não interrogou o arquiteto, quase não interrogou o Barroca. Recebeu-os já confessados e passados a limpo dentro dum dossier da Pide.

"Diretoria da Polícia Internacional e de Defesa do Estado" — assim os leu. Autos, mandatos, notificações. Um agente Mortágua servindo de escrivão, um inspetor que se assina Falcão, dois nomes que nem de propósito. Nada de porradarias nem de estátuas de sono, isso presume-se, ali não consta senão o fundamental e no possível omite-se até a matéria política que essa é com eles, depois se verá. "Foram expurgados os fatos que integram crimes contra a segurança do Estado", previnem os autos.

Tudo no alinhado e no competente, assim leu ele os condenados. Depois falou-os. Melhor, conferiu-os. Teve uma sessão com cada um e devolveu-os ao remetente. A Pide que se amanhasse com eles e adeus até outro dia, que volto ao meu natural, disse Elias.

Tornará a vê-los muito depois, 8 de agosto do ano corrente e na Casa dita da Vereda onde teve lugar o homicídio, e nesse dia, duas da tarde, Fontenova e o cabo Barroca apeiam-se do carro celular, estonteados e de mãozinhas para a frente (algemados, quer isto dizer) e estacam diante do sol. O cabo de cabeça rapada e em uniforme prisional, o outro em casaco de tweed e calça de flanela. Olha quem eles são, exclama o agente Roque parado no terreiro.

Os locais (I)

Aqui era o sítio onde o major a queria enterrar.

Elias e o arquiteto estão à beira dum pequeno valado que atravessa o pinhal. Difícil avaliar a profundidade porque as silvas o cobrem em arco com hastes de unhas assanhadas; veem-se amoras negras luzir, algumas magras, já peludas.

Acredita que ele a ia mesmo matar?, pergunta Elias Chefe.

O arquiteto contorce-se para chegar as mãos algemadas ao bolso do tabaco mas o chefe de brigada dá-lhe uma ajuda; ele próprio lhe acende o cigarro.

Obrigado, diz o arquiteto. Enche o peito com uma fumaça arrastada como se estivesse a aspirar o aroma dos pinheiros. E a seguir: Se ele a queria matar? Possível, não digo que não. De todos nós o grande problema para o major era ela.

Elias, virado para o balseiro: O tal problema da impotência, bem sei.

Balada da Praia dos Cães

Ali perto levanta-se um bater de asas pesadas, um gaio possivelmente. O chefe de brigada procura no meio da ramaria: gaios num sítio destes?

Arquiteto Fontenova: Foi-me buscar de propósito, "olhe, Fontenova, ali é que ela vai ficar".

Elias pensa em Dantas C a jogar sozinho as cartas na sala. A mesa coberta de figuras e de naipes e ele a movimentar esquemas — de pé, para abarcar a geografia do terreno. Vê-o também a atravessar o pinhal em roupão com o arquiteto atrás, "ali, ali é que ela vai ficar", e entretanto percebe que o Fontenova está a falar qualquer coisa do pai e da educação militar. Do pai? "Em todos os militares há uma tendência para as situações extremas", diz naquele instante o arquiteto.

Isto tem um não sei quê de oratória sussurrada, a maneira como ele está a discorrer diante da cova embravecida. Elias ouve-o. Recordações. Colégio Militar. O pai, que pelos vistos tinha feito a Grande Guerra como capitão-médico, três condecorações e a legião de honra francesa. Mestre de armas também, campeão de florete desde os tempos em que tinha sido aluno do Colégio Militar. Quando recebeu a taça dos jogos olímpicos, diz o Fontenova, o pai subiu à tribuna com a farda de capitão a pedido do governo português.

Silvas emaranhadas, verdadeiro arame farpado ali aos pés deles. E há vespas; não se sabe onde mas ouvem-se zumbir. Olhe, diz Elias cortando a palavra ao arquiteto, terreno rochoso. Raspa o chão com a sola do sapato: só rocha, mau sítio para se enterrar alguém. Parece impossível que o major não tenha reparado nisso.

Naquela área o pinhal está plantado sobre pedra coberta com uma camada de caruma donde saltam raízes famintas a ondular como cobras. Quando o chefe de brigada recomeça o passeio vê que algumas delas se alongam por grandes extensões.

Lixada, essa coisa da impotência, diz atirando um chuto numa pinha. Não há maior desconfiado que o indivíduo impotente.

Vai ao desenfado, casaco pelos ombros, colarinho aberto; não se volta sequer para trás porque sabe que o arquiteto o segue a curta distância.

(Assuntos abordados entre o chefe de brigada Elias Santana e o incriminado Fontenova no decorrer da diligência ao pinhal:

— o enterramento de Mena;

— torturas a que o major a submetia (outras práticas além dos espancamentos e das queimaduras de cigarro?);

— a referência ao avô almirante e ao pai, campeão e mestre de armas — a que propósito?

— os sublinhados; interessava averiguar se o arquiteto tinha lido *O Lobo do Mar* depois de Mena e se quando o leu encontrou os tais sublinhados. Que não, foi a resposta às duas questões. Ah, fez o chefe de brigada.)

Balada da Praia dos Cães

De regresso, num prado de fetos, encontram-se com o agente Roque e com o cabo que vêm em sentido contrário. Chama-se a isto um rendez-vous aos passarinhos, diz Elias. Que tal o guia?

Roque responde: Ajeita-se. Acrescenta que precisamente naquele momento o cabo o ia levar à toca do major, se é que ainda se lembrava do caminho. (Sorri.)

Elias: Ah, a toca. E é longe, a toca? Estou a perguntar se é longe, você perdeu o pio ou quê?

O cabo percebe que é com ele, faz um gesto vago com a cabeça: Acolá ao fundo.

Acolá ao fundo, acolá ao fundo, repete o chefe de brigada medindo-o de alto a baixo. (Parece um penedo, o desgraçado. A mancha baça do cabelo rapado à máquina zero, o aço das algemas, o cotim da farda, é tudo baço naquele mano.) Okay, vamos lá ver isso.

À medida que descem a encosta o pinhal vai-se dispersando, as árvores inclinam-se na mesma direção (a marca do vento, deduz Elias) e o mato rasteiro ganha terreno (o vento ainda, a viagem das sementes) urze e estevais por toda a parte. Mais uns passos e abrange-se o horizonte até ao mar.

O cabo vê-se que conhece o caminho. Veio dar ali por acaso logo na primeira tarde em que o major saiu para um dos seus encontros clandestinos e tomou-lhe o gosto. Devia estar cansado de se ver entre quatro paredes.

"Tomou-lhe o gosto." O chefe de brigada sorri da expressão. O cabo tinha razões de sobejo para isso, tomar-lhe o gosto. Nunca ele imaginaria o que lhe estava reservado quando desceu pela primeira vez o carreiro que agora vão a descer. Veio ter ali ao espairecer, passou a pilha de toros que acabaram de passar mesmo agora e fez rumo àquele monte de pedras lá em baixo. Um poço ou que é aquilo? Quanto mais se aproximam mais se convencem de que é realmente um poço aberto há pouco tempo, com o cascalho tirado do fundo a toda a volta. E também há um alpendre, isto é, uma chapa de zinco saída das pedras, a dardejar ao sol. Mas o cabo interrompe, chama a atenção para a segunda pilha de toros que fica um pouco desviada para a direita. Foi daquele sítio que ele viu a cena que o deixou estarrecido: o major debaixo do alpendre. Vestido de padre, claro; e muito só.

Sim senhor, acena o chefe de brigada. Era então para aqui que o major vinha conspirar sozinho.

Estevais é o que há à volta deles, estevais e pedras, ausência de árvores. E sol. O sol a rebrilhar no verniz das folhas das estevas e o cheiro morno que elas deitam e que tem o denso do suor íntimo, carnal. E você atrás daquela lenha, diz Elias Chefe. Bonito, não há dúvida. O major a reinar aos encontros políticos e você acolá a topar tudo. Três vezes, não foi?

Duas, responde o cabo. Duma das vezes ele foi realmente a Lisboa.

Elias afasta-se para urinar. E dessa vez, grita ele de costas enquanto urina, dessa vez você soube que era verdade mas das outras não se descoseu. Sabia tudo, você.

Regressa abotoando a braguilha pelo caminho: Deixava andar os companheiros ao engano, também não era malvisto, não senhor.

O cabo olha a direito por cima da planície, lá ao fundo.

Elias: Roque, este processo é mas é uma valsa de conspiradores. (Risada oca). Ora agora mentes tu, ora agora minto eu, mentia tudo, minha gente.

Os locais (II)

Na estrada há dois land-rovers estacionados e guardas da GNR de carabina à bandoleira. Há também curiosos a espreitarem, e o que é que eles espreitam, quando muito uma nesga de telhado ou a vereda que conduz ao terreiro, é tudo o que se pode ver lá de cima.

Mena ainda não chegou, e o inspetor Otero também não, deve estar com o diretor Judiciaribus a acenar a tudo que sim e mais que também. Pior, talvez, se calhar foi chamado por um luva-negra da Pide para receber instruções à meia boca, Elias não se admiraria nada. Absolutamente nada. Elias nunca esquece que "as polícias devem prestar-se colaboração no âmbito das respectivas competências" (Otero), nada para admirar. Et voilá, pensa. Tem agora com ele o dossier das confissões e passeia-se em mangas de camisa pelo terreiro.

No terreiro anda igualmente o Roque, entretém-se a aparar a canivete uma vergôntea de esteva. À margem, os presos aguardam ordens sentados debaixo dos pinheiros; afastados, evidentemente, cada qual em sua sombra. Perto deles o fotógrafo mensurador brinca com um cachorrinho refilão e impressiona porque é um tipo albino, sem idade. Tem o cabelo branco e frágil como uma nuvem de algodão e olhos desprotegidos e sem cor; quando se ri fica com cara de criança velha e mostra uns dentes miúdos como os do canito. Ouve-se um melro. Canta que se desunha.

Vendo-se no meio do carreiro e de caderno na mão Elias lembra-se das longas esperas no palco antes dos ensaios gerais. Clube Estefânia, récitas de amador, há que tempos é que isso ia. *A Recompensa* do doutor Ramada Curto em grandes tiradas de lágrima e gesto, e Elias a avançar com uma barcarola de Offenbach metida a relâmpago pelo encenador:

> Oh
> eféme-roamor
> su-premador
> paixão,

canta-lhe a sua memória, sempre pronta.

Entra na vivenda, desce à garagem onde esteve depositado o cadáver. A seguir a sala: local do crime. Confirma a disposição dos móveis pela planta que acompanha o dossier e passa às armas que estão expostas em cima da mesa: instrumentos finais. Pistola Parabellum calibre sete vírgula setenta e cinco, outra de marca Walter calibre seis trinta e cinco, um revólver Smith trinta e dois, metralha não faltava naquela casa. Posto isto vai-se sentar no maple junto da

Balada da Praia dos Cães

chaminé, ali, sim, está fresco. Pendura o casaco nas costas duma cadeira; no armário em frente tem o telefone.

"Acordou com os gritos do major, vindos da sala de baixo", lê o chefe de brigada recapitulando o dossier, folha sim, folha não. "Denuncio-os a todos! Denuncio-os a todos!" (O cabo, auto de acareações.)

"Pela primeira vez o major propôs-lhe clara e ine-quivocamente a execução de determinadas personalidades tanto do Governo como da Oposição." (Idem, arq. Fontenova.)

Elias mesmo por alto localiza estes instantes: Noite dos Generais. Passa páginas. As coisas repetem-se, vêm por extenso e por acréscimo. "Denuncio-os a todos!" Outra vez o major aos gritos — aos gritos mas desta vez pela boca de Mena. E o arquiteto, mais adiante: "Disse que prepararia assaltos a agentes isolados e a esquadras da polícia a fim de obter armas e munições, bem como a estabelecimentos de armeiro e outros que não concretizou."

Elias interrompe para ver as horas, começa a admitir que a sessão tenha sido adiada. Pensa: Ordens da gerência, o programa pode ser alterado por motivo imprevisto, gran-dessíssima chaticc. Instintivamente olha para o telefone.

Depois:

"Instado sobre a natureza e os objetivos dos planos da vítima, respondeu: que só tomou conhecimento dos mes-mos na noite anterior ao homicídio; que essa reunião teve lugar na sala, estando o major sentado no maple e de frente para o telefone que olhava de maneira intencional e misteriosa; que tal atitude e a circunstância de ter colocado sobre os joelhos a Parabellum de cano longo, de que nunca se separava ultimamente, entendeu-as o respondente como exibições de atemorização." (Arq. Fontenova.)

"Ele está doido. Vai-nos matar a todos." (Idem, despertando o cabo na noite de 25 de março.)

"Foi-lhe então dito pelo major que começariam por agitar o país provocando uma série de incêndios que designou por políticos, ações sempre espetaculares e fáceis de realizar por não requererem pessoal treinado. Entre os locais escolhidos recorda-se de ter ouvido nomear o cinema São Luís (por ficar contíguo à sede da Pide) e os edifícios do Diário da Manhã e do Tribunal Militar, o primeiro porque continha matérias inflamáveis e o segundo porque, além de ser de construção antiga, era em grande parte ocupado por arquivos. No que respeita às individualidades a abater o major não referiu o método ou métodos que se propunha utilizar." (Arq. Fontenova, uma vez mais.)

Elias ao virar da página torna a passar o olhar pelo telefone. Tarde de sono, nenhum sinal de carros lá fora. Tudo parado, a não ser o melro. Ele aí está novamente e agora em delírio de não mais acabar.

"Nada de idealismos, Fontenova, ou alinham com a gente ou denuncio-os à polícia!" O melro desfaz-se em arabescos por cima da leitura do chefe de brigada. "Ou alinham ou denuncio-os." Pois. O major com novos detalhes. O major a indicar com olhos escarninhos o telefone (ameaçando que lhe "bastava mandar um sinal") e o Fontenova a tentar dissuadi-lo, ainda que perturbado pelos esgares que via acentuarem-se no rosto dele, major Dantas. "O respondente recusava-se a aceitar", diz o texto das declarações.

Recusava-se a aceitar? Elias tinha sublinhado a passagem. "Denuncio-os a todos! Vai tudo e os da sua lista também, não julgue que os deixo ficar de fora! Afirmação que o respondente, indignado mas em termos conciliadores, observou recusar-se a aceitar pelo respeito que lhe merecia a pessoa do major e pela confiança que tinha depositado nele ao entregar-lhe essa lista."

Elias sabe avaliar o que está por trás do não escrito: o dossier que tem na mão é uma versão para uso externo, não agitar que faz bolhas. Fala de individualidades a abater mas fica-se por aí, nem uma palavra sobre o Caderno do major (estão lá os nomes, bastava transcrever). Fala da lista dos amigos do arquiteto e não cita um, um só, mostra simplesmente Dantas C a bater na coronha da Parabellum e a gritar que os vai pôr à prova. "Tenho os nomes deles, Fontenova! Os nomes todos, não se esqueça!" E pronto, o dossier logo que toca a política passa adiante o mais depressa possível e deixa apenas à vista o tiro e o sangue.

É assim, na qualidade de assassinos descritos no comum dos casos, que vão dar entrada os três detidos para repetirem ao vivo e no próprio local do drama uma morte concertada.

Ação

Atenção, diz o chefe de brigada assim que o inspetor se senta.

Dá uma vista de olhos pela sala: o cabo GNR está de guarda à porta, Roque enfrenta o teclado da smith portátil na mesa ao pé da janela, o fotógrafo albino regula a objetiva. Na parede da lareira alinham-se os presos, algemados. Estamos, anuncia o chefe de brigada, na noite de 26 de março de 1960.

Entra o motorista da Judiciária (com a camisa suja de vermelho, vinha de apanhar amoras). Para o lugar do morto, ordena-lhe o agente Roque. E vendo-lhe a camisa manchada: Chiça, você já vem a deitar sangue e ainda não levou o tiro?

Elias de dossier aberto na mão:

Vinte e seis de março de mil novecentos e sessenta. No dia anterior e nesta mesma sala o senhor (indica o arquiteto) tinha tido uma altercação com a vítima (indica o motorista) por motivo de desinteligências políticas. Correto?

Fontenova hesita. Chatice, lá começamos nós, suspira Elias. Conhece estas interrupções, são pormenores, rigores de nada, que só servem para atrasar. Nestas alturas o criminoso preocupa-se com todas as minúcias da verdade mas não o faz por uma questão de escrúpulo, não é isso. Nem por vaidade, embora haja casos. Não. O que aquele homem agora deseja é enterrar o crime até ao último pormenor, aqui onde o viveu. Liquidar, não deixar nada para trás.

Balada da Praia dos Cães

Aceita as algemas mas quer-se ver livre do crime e esta é a sua última oportunidade. Faça favor, diz Elias Chefe.

O arquiteto tem pouco a corrigir a não ser que não houve propriamente discussão porque Dantas C estava retenso, pronto a estoirar à primeira contrariedade que lhe aparecesse pela frente. O arquiteto falou de perfil para os companheiros e os companheiros ouviram-no da mesma maneira.

Elias Chefe: Mais nada? Bom, passo a ler. Auto de quinze de maio assinado pelo arquiteto Renato Manuel Fontenova Sarmento: "Temos de o matar, ele está doido. Se não o matamos nem sei a desgraça que nos acontece. Ao que o cabo anuiu, afirmando que há muito se apercebera disso e que o major tinha passado a vida a humilhá-lo."

"Passado a vida." Elias procura outra página do dossier. Para o cabo o major já era homem morto no momento em que disse aquilo, "Passado a vida."

Lê: "Que tanto o respondente como o acareado Barroca estudaram ainda a possibilidade de, juntamente com a incriminada Filomena, solicitarem asilo político a uma embaixada. Que puseram de parte tal solução por estarem certos de que o major, em represália, denunciaria a esta Polícia (Pide, esclarece Elias) várias pessoas da Oposição e em particular as que constavam da lista que o respondente lhe tinha confiado e que ele, major, em tom de chantagem designava pela Lista Negra. Que pelo acareado Barroca foram ratificadas estas declarações, que achou conformes e assinou."

O chefe de brigada disse. Ou antes, leu. Seguidamente troca algumas palavras com o inspetor, os dois em cima do dossier. Deixa-o a folhear o assunto e vai pôr-se atrás da mesa onde está Roque com a sua smith de teclados buliçosos. Roque desmarca-se: atravessa a sala para ir desalgemar os presos e distribuir as armas do crime. Na máquina de escrever podem ler-se em primeiras linhas a abertura oficial do

AUTO DE RECONSTITUIÇÃO

aos oito dias do mês de agosto de mil novecentos e sessenta, neste domicílio da Casa da Vereda, aonde se deslocou o Exmo. Inspetor Dr. Manuel F. Otero, e se encontravam presentes o agente de 1.ª classe Silvino Roque e bem assim o fotógrafo-mensurador Albino, desta Polícia, procedeu-se à reconstituição do homicídio de que foi vítima o major Luís Dantas Castro.

Para o efeito, compareceram devidamente custodiados os Presumíveis autores do crime, citados nos respectivos autos, e para figurar como vítima foi designado Silvério Baeta que se encontrava presente em funções de motorista do transporte dos agentes. Iniciando-se a Reconstituição foi a vítima sentada acolá naquele maple (ordena Elias) na posição de quem faz paciências com cartas de jogar dispostas no chão. O homem está só. Calça chinelas de quarto e agasalha-se num roupão de lã, no bolso do qual (Roque entrega a Parabellum 7.35 ao motorista) guarda uma arma.

No outro bolso, corrige o Barroca em voz baixa. E logo Elias, desta ponta da sala: O cabo tem razão, Roque, o major era canhoto.

Balada da Praia dos Cães

Jogar sozinho, pensa o chefe de brigada a olhar o motorista no lugar onde morreu Dantas C. Começou nesta mesa (e de pé, como está Elias) começou aqui movimentando dispositivos de crapaud e acabou acolá no maple porque foi reduzindo o terreno e o baralho. Passara a ofensivas de menos trunfos e menos efetivos, o major. "Tinha refinado nos esquemas", conclui Elias de si para si.

Quando lhe ocorre a palavra "refinar" dá-se conta de que o inspetor acabou de folhear os autos com a mão larga e solta com que revê sempre os processos, sejam quais forem. Roque traz-lhe o dossier e Elias espalma-o em cima da mesa, aberto na página da planta da sala, com as respectivas distâncias e figurantes.

Movimentos, marcações. Em frente e à direita, o major na posição em que levou os chumbos: sentado, um jogador sem parceiros. Mais adiante os presos em linha, com a lareira em fundo. Estes também acabaram reduzidos ao seu espaço de susto enquanto o major batalhava sozinho com as cartas: o cabo e o arquiteto fechados no quarto, Mena lá para os sótãos numa gaiola de telhado. Agora estão os três de braços caídos, os homens com a arma pendurada nos dedos, Mena no meio, em tailleur de linho, sapatos de salto alto, sem meias. Um friso de assassinos à espera de instruções para repetirem o crime. Okay, diz Elias ao agente Roque. Vamos ao programa.

E logo em voz alta, braços esticados contra o rebordo da mesa: Estamos no momento em que os dois homens descem à sala para jantar. A vítima está entretida com as cartas, não levanta os olhos sequer quando eles entram. A senhora (indica Mena) encontra-se na cozinha, a mesa (olhar geral pela mesa) ainda não foi posta; e nem chegará a ser, pelos vistos. São, de acordo com os autos, dezanove horas e é noite, luzes acesas. O cabo e o senhor (indica o arquiteto) cada qual com uma arma no bolso ocupam as posições que tinham previamente combinado.

O Barroca atravessa a sala e fica entre a mesa e a janela, quarenta e cinco graus à esquerda da vítima. (Isso, bem à esquerda visto que a vítima era canhota; é por aí que ele se aproximará a seguir, cobrindo o lado em que o major tem a arma.) Por sua vez o arquiteto vai direito ao armário fingindo que procura uma bebida. Pouco depois o cabo, mão no bolso, pistola engatilhada, afasta-se da janela como se fosse sair da sala e aproxima-se do major. Major que continua todo voltado para as cartas. Que ostensivamente ignora a presença deles. Que não pode prever que o Barroca faça um desvio súbito e lhe aponte uma arma à cabeça a menos de um metro de distância.

E, claro, quando vê é tarde, quando o vê já o arquiteto veio pelo outro lado e está também a fazer-lhe frente com a mira do revólver. (Sinal do chefe de brigada, o fotógrafo dispara. Piscar de olhos do motorista. Flash 1.)

Elias Chefe escolhe agora outro ponto de observação. Vai pôr-se ao canto da parede da lareira, a dois passos de Mena.

Soa então o primeiro disparo (do cabo, perfuração do parietal esq.) e logo outro a seguir (igualmente do cabo

Balada da Praia dos Cães

porque o revólver do Fontenova se encravou). O revólver encravou-se, grita o chefe de brigada, e agora o que é que o senhor faz?

O arquiteto olha à volta desamparado e vendo a pá da lareira corre a agarrá-la e cai em cima do major vibrando-lhe pancadas na nuca. Flash 2.

Passamos então ao flash 3: Mena perante o cadáver, versão da própria reproduzida nos autos e que Elias confronta agora no local.

"Que a respondente, alarmada com os disparos, correu à sala e deparando-se-lhe aquela cena fugiu horrorizada para as traseiras da casa; que não pode afirmar com segurança mas lhe parece que permaneceu ali cerca de dez minutos, ou seja, até o cabo a vir procurar e a reconduzir à sala; que uma vez lá chegada encontrou o arquiteto ajoelhado no chão a escutar o cadáver; que ao vê-la ele se levantou vagarosamente e passando-lhe o braço pelos ombros disse "Tinha que ser, tinha que ser"; que nesse instante, movida por um impulso de compaixão e de solidariedade, a respondente o abraçou."

Elias Chefe: Foi então que a senhora, por cima do ombro do arquiteto, viu o corpo do major a estrebuchar.

Mena acena que sim. "Céus ele está vivo", gritara ela. Dantas C despejava golfadas de sangue pela boca, a cabeça era uma massa de cabelos e de carne estilhaçada donde pendia um olho redondo, sem brilho.

Imediatamente surgiu o cano da pistola do cabo, a hesitar entre a cabeça e o peito do cadáver. Isso durou uns segundos, essa sondagem, porque o arquiteto correu a agarrar-lhe o pulso: "Não, Barroca. Temos que ficar todos comprometidos e eu ainda não disparei." (Flash 4. A fotografia mostra Fontenova apontando a pistola do cabo ao coração do motorista que olha com alguma desconfiança para o cano da arma.)

Flash 5. "Você, Mena", disse a seguir o arquiteto passando-lhe a arma. E Mena não sentiu repulsa nem estranheza ao pegar na pistola. Obedeceu talvez por um instinto de companhia, não é fácil explicar. Ou por habituação à morte, nem sabe. Afinal ia disparar sobre um cadáver para dar sossego a dois vivos; a três, ela também contava. O arquiteto pegou-lhe no pulso para orientar a pontaria, com a outra mão envolveu a dela e pressionou-a sobre o dedo que comandava o gatilho. Mena nunca mais se esqueceria da frieza macia que respirava essa mão e do apagamento com que ela se lhe ajustou aos dedos. Por isso a olhou e não ao alvo no ato de disparar. Tinha tudo de homem, a mão; mas tão destituída de peso, tão vencida e quase irónica. Era como que uma luva feita da pele da mão que nos tivesse sido roubada.

Otero levanta-se da cadeira: Parece que está tudo, diz; e o motorista nem acredita e, chiça, amanda-se num salto para fora da sala com tanta pressa que até se esquece do boné.

Mas Elias pressente: há qualquer coisa que não bate certo. Leva à boca uma rennie: mastiga e pressente. Nesta altura o inspetor está na mesa do Roque a dar uma leitura

Balada da Praia dos Cães

às folhas que ele acabou de bater a máquina. Pelas entrelinhas deita um olhar de extravio às ancas de Mena.

Há realmente qualquer coisa que não bate certo, torna o chefe de brigada em voz alta.

O inspetor no meio do dactilografado: "Não bate certo?"

Elias passa a mão pelo penteado: Especifica: Ela (Mena) afirma que quando estava abraçada ao arquiteto viu a boca da vítima. Está nos nossos autos, viu a boca da vítima a balbuciar e a jorrar sangue. Ora isso só poderia ser visto daqui, deste lado, nunca do lado dela porque o corpo estava tombado em sentido contrário.

Mena: Tombado para este lado.

Arquiteto: Exatamente.

Para este lado? Esquisito, murmura Elias. Limpa os óculos, mira-os à transparência. Depois: Onde é que se meteu esse motorista?

Roque responde que foi arejar. Mareou com o cheiro a sangue, diz.

Neste entardecer de casa no pinhal até a luz vem a despropósito quanto mais as graças mornas do Roque. Elias à falta do motorista vai ele próprio ocupar o espaço do morto no meio do chão. Aproximem-se, diz para Mena e para o arquiteto. Coloquem-se na posição em que se encontravam no momento de se abraçarem.

Estendeu-se, conforme as descrições, de peito contra o sobrado e com a cabeça pendente sobre o ombro como se o pescoço tivesse sido quebrado. Isso dá-lhe o ar desdramatizado dos animais abatidos, a cara assim descaída.

Neste raso do chão vê os pés de Mena e do arquiteto em pequenos movimentos, até escolherem o sítio próprio e ficarem imóveis; e então os tornozelos de Mena (nus, sem a corrente de ouro do passado) aparecem-lhe numa claridade exata, impecáveis. Estão quase em cima de Elias, nunca os teve tão perto, vindos do alto duma linha bem lançada que nasce dos aromas do corpo e que se alteia em curva lisa no peito do pé, ajustada ao decote dos sapatos. Sapatos de pele de lagarto, ainda para mais. Foto, ordena Elias com a boca por cima do ombro. Quero que as posições fiquem bem discriminadas em relação às distâncias do cadáver.

(Disparo. Flash 6, que será referenciado como "versão da incriminada".)

Quando o chefe de brigada se ergue da linha rasa e regressa ao horizonte geral traz com ele um eco de Mena, o traço agreste do seu perfume. Sente-o mas duvida que não passe duma memória a circular nos seus labirintos mais ardilosos. Agora está só com os presos. Otero e o agente Roque foram tomar ar para o terreiro, acaba de os ver passar neste instante do outro lado da janela, e o fotógrafo albino saiu também, frágil e triste, sempre frágil e triste, levado por aquela nuvem de algodão que lhe flutua à volta da cabeça.

Elias chega-se à mesa. Pousa a mão sobre as folhas datilografadas: a consumação do crime foi finalmente descrita. No local encontram-se os autores confessos e o investigador em exercício. Abotoa o colarinho, o investigador. Levanta e torna a colocar o lápis, o canivete e a borracha pela ordem com que o Roque os tinha arrumado sobre o papel. A sala continua à guarda do cabo GNR, depreende-se que ficou num pântano sangrento. Cartas de jogar espalhadas pelo chão em redor do morto, e o morto, mais que morto, a jorrar sangue sem parar. "Tiveram que lhe meter uma toalha na boca a servir de tampão", deixou escrito o agente numa das folhas.

Através das vidraças vê o fotógrafo a lançar assobios na direção do pinhal, com a mão em pala diante dos olhos por causa da luz. Anda à procura do cachorro de há bocado. Pela primeira vez o chefe de brigada tem a sensação de que os anos não passaram por aquele mano, lembra-se dele quando começou a prestar serviço na Judiciária, tão albino, tão albino, que era quase uma transparência em contraluz. Estou lixado, saiu-me um fotógrafo em negativo, dissera Elias então; e hoje continua na mesma, um corpo em negativo sacrificado pela luz que habitamos.

E o melro? Calaste-te, melro caruso?

Agora o post-mortem,
diz o inspetor Otero

Com efeito, e em complemento da reconstituição do homicídio, fizeram-se deslocar os incriminados ao quarto do piso superior que a vítima e a companheira ocupavam habitualmente e onde os dois homens se reuniram com Mena depois de terem acabado o cadáver.

Tinham andado os três às voltas com o morto, tinham-no embrulhado num cobertor, tinham-lhe envolvido a cabeça no plástico que servia de toalha à mesa da sala (e com cordéis; bem atado para não deixar verter o sangue), tinham-no até calçado com os sapatos que Mena viera buscar cá acima; e isto é que não cabe na cabeça de ninguém, por que calcá-lo, por que essa repugnância de enterrarem o homem em peúgas. Mas aconteceu, foi assim. Nem Mena nem o arquiteto encontram uma justificação para aquilo e o cabo ainda menos, baixa a cabeça. As coisas numa confusão daquelas corriam por si, umas atrás das outras, e eram independentes da vontade deles. Os objetos apareciam como se tivessem sido esquecidos e exigissem o seu lugar para lá de toda a desordem, as situações tinham uma configuração irreal e eles resolviam-nas de imediato a despachar. De modo que quando Mena apareceu com os sapatos do major, olha, eram os sapatos, havia que lhos calçar. E custou. Suaram. Tiveram que lhos meter à força porque (raciocínio deles) o corpo começava a inteiriçar-se e resistia, dava-lhes luta. Mais tarde é que souberam pelos jornais que afinal os tinham calçado ao contrário.

Mas há um ponto em que Mena deixa a sala, não pode mais. Isso em que altura?, pergunta Elias Chefe.

Tarde, pelas contas do arquiteto. Quando estavam a lavar o chão e viram que o cadáver tinha recomeçado a sangrar, Mena deve ter desesperado ou o que é que foi, e fugiu

Balada da Praia dos Cães

para o quarto. Para aí uma hora depois o cabo e o arquiteto deixaram a sala e foram encontrá-la nessa cama onde está sentado o chefe de brigada; parecia alheada, vazia. "Uma insensibilidade total" (Mena.)

A luz da janela apanha os dois presos de frente. Fazem par recortados nas portas do guarda-fato que é alto e boleado, um mastodonte de loja de ferro-velho. O cabo rapado à presidiário, o outro em figura de cidade, um estranho par na verdade. Embora não se olhem Elias sente que estão solidários (como que algemados um ao outro) e não se mostram contraídos.

Mas na noite do crime não. Na noite do crime estavam empedernidos, sem rosto nem respirar de lábios. Mena quando eles lhe entraram pelo quarto dentro virou-se para a parede: não os queria ver, não queria sequer imaginar a cara com que ela estaria também. E o cabo e o arquiteto nem arriscaram um som, aguentaram firme ao fundo do quarto com uma aparição que tivesse repassado das portas do guarda-fato. Uma palidez alumbrada. Assustadores, os dois.

Passado tempo (um tempo baço, sem memória) sentiu-se uma voz: "O culpado foi ele, ele é que fez tudo isto" — e era Mena com a boca enterrada no travesseiro, ela própria ficou surpreendida de se ouvir, julgava que tinha apenas pensado. "Sim", disse então o arquiteto, "não havia outra saída." E Mena, de novo: "Envená-lo, talvez."

Envenená-lo? O chefe de brigada põe-se a mirá-la: ela está à ombreira da janela na maior das indiferenças. O tailleur, as pernas um pouco abertas (mais provocantes por isso) o pé em lançamento alteado nos sapatos pele de lagarto, estas sabedorias naturais, reconhece Elias. Vê-a acender o isqueiro dourado que ele também teve na mão quando foi ao penhorista da Praça da Figueira naquela manhã de ciganos. Pensa no pai de Mena. O pai tinha-se apressado a ir arrancar ao invejoso os delicados da donzela e, mais que certo, além do isqueiro levantara também a corrente de ouro. Mas a corrente não a traz ela na perna, deixou-se disso.

Inspetor Otero, de pé, com o bloco-notas em cima da cómoda: Demoraram-se neste quarto mais ou menos quanto tempo?

Mesmo agora tinha sido dito: tempo naquela noite era coisa baça, sem memória. Há passagens em que ainda hoje o sentem a pulsar fato a fato, palavra a palavra. Mas enquanto estiveram naquele quarto tudo se passou numa turvação mansa, desamparada. Mena a emergir do oco, sim, isso têm presente. Ela a elevar-se pouco a pouco e a ficar recostada na cama à medida que cada qual começava a soltar frases de momento, primeiro a custo e depois num murmurar contínuo como se estivessem a prestar contas uns diante dos outros. Falando sempre do morto, sempre dele. Uma vontade de falarem do morto para acreditarem que estavam vivos, devia ser isso; não para se justificarem. Para se convencerem de que se tinham libertado finalmente. Fontenova contou a ida ao pinhal, "ali, ali é que ela vai ficar", Barroca revelou os falsos encontros de Dantas C "sem mais ninguém, à beira do poço"; Mena disse terrores, casos calados. Como confessaram na polícia, olhavam-se e não se reconheciam. Estavam desfigurados.

Balada da Praia dos Cães

Elias parece que está a ler o mundo libertado pela morte nos sublinhados do romance do Jack London. "*Seria um ato moral libertar o mundo de semelhante monstro*", desse que os fitava com uma pistola de cano longo sobre os joelhos, e esta era uma das passagens marcadas, leu-a lá e não a esquece. E eles, ignorando essa sentença que há muito tinha sido prevista, eles iam somando exemplos vividos, mentiras e ameaças sofridas, repetindo o major até o tornarem mais e mais recuado, mais e mais distante (a certo ponto já tinham dificuldade em recordar-lhe as feições) e assim Dantas C passava a ser uma constatação, uma criatura quase histórica.

Nunca como nessa noite se sentiram tão irmãos e tão gratos entre si.

Elias fazendo o ponto da situação: Depois desceram à sala para telefonarem à mãe do arquiteto.

Telefonarem? Não, eles primeiro vieram para a cozinha, a ideia de convocarem a mãe do arquiteto nem sequer tinha sido levantada, o cadáver ia ser enterrado no pinhal. No pinhal, o pinhal era o sítio indicado. O cabo e o arquiteto tinham pensado nele desde princípio mas Mena opunha-se, saber o morto ao pé de casa horrorizava-a. Eles com o major enterrado ali a dois passos e por quanto tempo, perguntava. Quantos dias, semanas, sabiam lá, teriam de esperar naquelas quatro paredes para fugirem do país? Além de que ninguém tinha contado com um pormenor, as ferramentas. Ah pois, naquela casa não havia uma pá, uma sachola com que pudessem abrir a cova.

Então ocorreu-lhes a solução. Uma praia. Areia. E ato contínuo, o arquiteto por uma ponta e o cabo por outra, levaram o corpo para a garagem enrolado no cobertor. Mena ia atrás para limpar o sangue que escorresse.

Elias Chefe: Deixaram-no em cima da mesa de pingue-pongue. Voltaram à cozinha.

Exato. O Fontenova e o cabo desceram o cadáver pela escada interior que por sinal era apertada e dificultosa. Mal sabiam eles que debaixo das pinhas ao canto da garagem estava o caderno do major com todos os nomes da lista do Fontenova.

Elias Chefe: Muito bem, voltaram à cozinha.

Voltaram à cozinha.

Elias Chefe: Jantaram.

Sim, mas primeiro fizeram o telefonema. Ou antes, a Mena fez o telefonema. Depois é que, nem eles sabem por quê, jantaram. Por necessidade de rotina, talvez. Por desejo de retomarem uma vida normal. O arquiteto lembra-se: Mena durante o tempo que estiveram na cozinha não parou de fazer pequenos movimentos de arrumação. Enquanto conversava abria gavetas sem dar por isso, mudava um copo, apertava uma torneira; aqui varria, acolá passava o pano, coisas assim. Mesmo quando fez o telefonema para a mãe do arquiteto esteve continuamente a limpar o tampo do armário e a ordenar os objetos que havia perto do telefone.

Elias Chefe: Falaram em francês.

Em francês. Um telefonema rápido, aliás. Mena disse que era uma festa de amigos e explicou o caminho. Houve um silêncio demorado na outra ponta do fio e depois, "d'accord", desligaram. Uma hora mais tarde a velha senhora parava o citroën no primeiro cruzamento antes da Casa

Balada da Praia dos Cães

da Vereda e saltava-lhe o filho detrás dum muro: "Tens de me emprestar o carro, aconteceu uma desgraça."

Elias Chefe: Seriam umas onze e trinta, hora dos autos.

Mais ou menos. E chovia forte, lembram-se bem. A mãe do arquiteto não chegou a ver o cadáver, foi logo para a sala, onde ficou com a Mena a fazer-lhe companhia até o citroën voltar.

Elias Chefe: Isto é, duas horas depois. Segundo declarações da própria, ela só regressou a Lisboa por volta das três da manhã.

Três da manhã? Nenhum dos presos tem uma ideia do tempo, mas é possível. Encontrar um lugar onde as marés de inverno não viessem desenterrar o corpo não foi fácil. A chuva por um lado simplificava as coisas, nenhum trânsito, poucas possibilidades de serem reconhecidos, mas por outro tirava-lhes a visão. Bateram a costa, com o cadáver metido à força contra o assento detrás e à segunda passagem pela Praia do Mastro resolveram. Rodaram ainda uns trezentos metros para lá da zona dos banhos, mais ou menos até ao grande cartaz da TAP à beira da estrada. Dali carregaram o corpo para as dunas onde uma semana mais tarde iria ser descoberto pelos cães fumegantes, foi tudo.

O inspetor entretém-se a desenhar assinaturas no bloco. Otero. Manuel F (floreados) Otero, com voltas no O. Está de cigarro apagado nos lábios, cara apagada também pelas sombras bronzeadas dos óculos tropicais, e tão aplicado no assinar-se que quase toca com a cabeça no gato de barro. Sem cara e sem expressão deixa cair ao correr da parker:

E a partir de então, a partir dessa noite, a senhora e o arquiteto passaram a dormir juntos neste quarto.

Aquilo saiu assim. Como se o estivesse a escrever e a assinar em voz alta.

Mena fixa o inspetor de frente; e depois: Não, nessa noite fiquei nas águas-furtadas. Dormi dez horas seguidas.

Calado, Elias calado. Regista: dez horas a dormir. A porrada vertical, o sono do terror. E quando ela acordou os outros dois manos já tinham descoberto e raspado à faca o sangue que esguichara para o teto, foi nessa manhã, foi então, e andavam enlouquecidos à procura do caderno do major. Queimaram tudo quanto era dele, roupas, documentos, objetos. Elias lembra-se duma reportagem policial que lera em tempos no Século Ilustrado: "Entregaram-se ao sheriff de Jacksonville porque na obsessão de destruírem as memórias da vítima tinham atingido o estado de exaustão."

Otero continua a caprichar ornatos com a parker:

Dormiam nesta cama, torna ele, mas tinham a farpela do padre acolá no guarda-fato, essa é que é essa. Por quê, pode saber-se?

Como os presos não respondem, responde ele, mas sempre a arredondar a escrita: tinham a farpela ali para se lembrarem que o homem estava morto e bem morto, ele, Otero, não vê outra explicação.

O chefe de brigada desinteressa-se por instantes. A roupa do cura já cheirava mal, já dera o que tinha a dar. Começara por ser a grande descoberta da brigada da Judite ao entrar na Casa da Vereda: Ena com catano, pasmara ele próprio; e quando chegou lá abaixo segredou ao inspetor

Balada da Praia dos Cães

"Está um padre enforcado no guarda-fato". Mas isto foi no primeiro dia. Depois, sacra miséria, o enigma deixou de ser enigma, nada do outro mundo. O Fontenova a seguir ao crime teria pensado em servir-se daquele disfarce na altura da fuga, conforme estava declarado, e nisto não havia nada de extraordinário a não ser (segundo Elias) o fato de o arquiteto aparecer nesse caso a máscara dobrada, vestido de padre e na pele do major, o que também não deixava de ter a sua graça, o arquiteto a vestir a segunda pele do major agora que o tinha bem arrumado. Mas, pronto, seria assim e por isso é que o fato e o cabeção se salvaram das labaredas infernais. De Dantas C foi quanto sobrou, não contando com o Caderno. Tudo o mais acabou na lareira já que o fogo, como sói dizer-se, purifica e alumia. Nem o baralho de cartas escapou — e por cartas, Elias tem sempre presente um velho desenho animado duma partida de poker a feijões entre personalidades sinistras: assim que o ás de copas chegava às mãos do Jack Estripador começava a gotejar sangue imediatamente.

Otero pôs de lado o bloco, fechou a parker das conjecturas. Agora faz o olhar do polícia, ou seja, parando em silêncio diante de cada acusado para a seguir disparar a pergunta de estição.

Pergunta: A fuga para o hotel, vamos lá a saber.

Fontenova adianta-se, não tinha havido fuga nenhuma. Mena deixara a Casa da Vereda depois de o assunto ter sido discutido entre todos. Entre todos?, duvida o inspetor. Mas está bem, aceitemos, por agora o que lhe interessa é recompor os passos omitidos. Não esquecer que naquela ocasião eles estavam a uma semana sobre a descoberta do cadáver e que andavam ó mãe, ó mãe, à procura duma brecha para passarem a fronteira. Dinheiro havia, o problema era inventar quem lhes desse o salto para o outro lado.

Perfeito, diz Elias Chefe. E nessa ordem de ideias o telegrama para Moçambique resolvia tudo.

Sim, diz o arquiteto, para bem ou para mal resolvia tudo. Mas, insiste ainda, a decisão foi assente entre nós três.

Otero põe-se a rolar o cigarro entre os dedos. Mandar um telegrama de aflitos ao pai das áfricas, só quem não conhecesse as antenas da polícia: antes que o traço-ponto acabasse de bater no seu destino estava a chavala de pulseiras às mãos juntas e a caminho do calabouço. E se em vez de telegrama tivesse recorrido ao telefone, pior ainda, aí é que ela nem teria tido tempo de desligar. Isto, bem entendido, se a Pide não preferisse deixar vir o pai errante para o usar como furão até à toca dos desesperados, também podia ser.

Mas Mena teimava, não via outro caminho. Era um risco que tinha de correr e corria-o por conta própria. Esperaria o pai num hotel que não desse nas vistas, de maneira a deixar a salvo os companheiros. A intervalos combinados iria dando sinais pelo telefone para a Casa da Vereda; se entretanto o telegrama tivesse sido apanhado pela polícia, paciência, era o risco, de braços cruzados é que nunca mais resolviam nada. E com isto seria o que Deus quisesse, fez a malinha e passou-se para outros beirais. Muito simples, disse ela.

Elias está a pensá-la sentada no Novo Residencial. O pai a dar ao leque na ilha dos hipopótamos e ela num quar-

Balada da Praia dos Cães

to de hotel amarrada a um horário de aviões, de sapatos-
chinela e penteado rabo de cavalo como quando deu entrada na Judiciária. Também é verdade que não esperou muito
porque logo na manhã seguinte tinha o Otero e o diligente
Roque a trazerem-lhe os cumprimentos da Judite
Benemérita mas, paciência, foi o risco. No mais, tudo dentro dos esquemas, o telefone deixou de tocar na Casa da
Vereda e o cabo e o arquiteto nem pensaram duas vezes e
bateram a asa para o deus-dará. Muito simples, tinha dito
Mena. Isto teve lugar no dia dez de abril próximo passado
pelas nove e trinta da manhã. Muito simples.

Sim? O inspetor não vê tão simples como isso.
Continua a rolar o cigarro, perguntando se na base da sepa-
ração de Mena não estariam razões doutra índole, se assim
se pode exprimir. Especifica: razões unicamente respeitan-
tes a ela e ao arquiteto.

Mena alça uma sobrancelha. Não se percebe se faz que
não entende ou se é puro e simples desinteresse.

Otero, então: Dormiam os dois. É preciso ser mais
explícito quando pergunto por que é que a senhora quis
fugir dele?

Dá um empurrão no gato de barro. Começava a aquecer duma maneira inesperada (como todos os polícias
Otero sabe indignar-se com as próprias palavras) e enche o
peito de ar, a ganhar calma. Olhe, diz agarrando o dossier
que o chefe de brigada tinha nas mãos. Está aqui. "Intimidade completa", recorda-se? Volta a aquecer, sacode o
dossier alto e bom som diante de Mena: Depois da morte
do major a senhora passou à intimidade completa com esse,

347

com o arquiteto. Os termos são seus, foi assim que a senhora confessou à Pide, ou já se esqueceu? E por que à Pide, diga lá? Por que a gente não a apertou como devia ser? Por que não chegamos para si, acha que não?

Demora o olhar em Mena, o bigode escorre-lhe desprezo.

Cambada de bardamerdas, diz saindo porta fora.

Sentado na beira da cama o chefe de brigada prolonga o silêncio do quarto, cabeça baixa, as mãos caídas sobre os joelhos. De vez em quando fixa-se por instantes na estatueta do gato, e ouve-se um ciciar de música baixíssimo, e é ele, quase um murmurar; e a música corre desfeita na luz do entardecer, os prisioneiros sentem-na e duvidam; mas é música, é uma espécie de sombra a perpassar. Finalmente cala-se. Encolhe os ombros e abre as mãos para os presos como quem diz: lixados, não há nada a fazer. Posto o que se arrasta até à porta do quarto e com um sinal distraído os manda sair à frente dele.

O resto é simples. No hall ao fundo das escadas espera-os o agente Roque com as algemas, e no terreiro está o cabo GNR de polegar em riste na bandoleira da espingarda. Saem um por um mas quando chega a vez de Mena o chefe de brigada retém-na por um braço:

Você. Foi você que pôs os sublinhados no livro do cabo, segreda-lhe por entre dentes.

E manda-a seguir com um empurrão.

Fica-se a vê-la a atravessar o terreiro a passo seguro atrás dos outros algemados. A pouca distância vai o agente Roque mirando-lhe o andar e balouçando a smith portátil.

Trepando a noite pela rua do Telhal, calçada do Torel, Elias faz uma pausa de galão e torrada numa leitaria do Campo Santana. Acabou de averbar mais uma sessão das *Violetas Imperiais* no Capitólio e veio por aí acima embalado em valsa até ao jardim da sua predileção. Elias solfeja por dentro e em sustenido.

Mas ao abancar no leite pingado vê-se num apeadeiro de balcão e luz rançosa onde o que há é uma ou outra galdéria em trânsito para as desoras do trote e algum solitário do totobola. Engole de urgência e vem para a rua (à saída cruza-se com um informador que ele muito bem sabe mas faz de conta).

Campo Santana, Jardim dos Mártires. Elias, arrumado à fachada do prédio da leitaria; a cantar em surdina, um rumorejar íntimo. Àquela hora há um sossego de província a toda a volta. Prédios da cantaria e azulejo, o miradouro envidraçado num telhado de esquina, um palacete entre camélias e palmeiras, memórias duma burguesia republicana que já lá vai. Chega até ele um cheiro a relva, as árvores do jardim abafam o espaço da noite com a sua folhagem carnuda e antiga; daquele ângulo mal se vê a estátua do doutor Sousa Martins que apesar de tudo resiste, modesta como sempre e com umas tantas velas piedosas a tremular no pedestal.

Do fundo do lusco-fusco emergem por milagre damas da má-vida e Elias cumprimenta-as de longe, sem parar de cantar de memória: Borboletas, Mariposas de mi ronda, Perlas de mi penar. E isto podia ser ainda uma continuação das coplas das *Violetas Imperiais* mas não é, é apenas um conversar com ele mesmo. E as damas lá vão, ainda a sacudirem-se dos cortiços donde acabaram de sair mas singrando todas na mesma direção, todas a caminho da Baixa e do barulho das luzes onde se irão perder num abelhar de perfumes e de lantejoulas entre as esquinas e os bares. Mariposas, soutiens a adejar. Oh irmanas.

Elias, cosido com a parede da leitaria, apaga-se e acende-se a cada nuvem que atravessa o luar. De tempos a tempos alisa a calva penteada, mas fecha-se logo e fica de olho mortiço, mãozinhas pendentes, da cor do muro. Como um lagarto. Exatamente. Como um lagarto, já que todo o de fato bom polícia se dissolve no silêncio e nas rugas da paciência para quando menos se espera lançar de estição e trazer mosca. E Elias está nesse tal e qual, se se mexe é em gesto seco e cortado, e logo se imobiliza. Emite silvos. Uma música, um soprar muito íntimo que é como que o respirar dos muros, coisa de nada.

Até que de repente se desprende da parede e atravessa a rua, direito ao jardim. Desloca-se ao longo dos canteiros, aqui detém-se, acolá evita. Agora percebe-se: anda à caça.

Balada da Praia dos Cães

Nesta mão leva uma lanterna de pilhas, na outra um frasquinho para o que der e vier. E vem muito. Revolvendo as ervas com o foco de luz ele sabe como desencantar minhocas e escaravelhos e como reter no salto o louva-a-deus ou o gafanhoto estremunhado.

Assim se pode dizer que anda um polícia de cu para o ar nos canteiros de Lisboa. Como caçador furtivo, não como polícia, é bom que se note. E como caçador, embora de espécies menores, tem tal engenho e persistência que ao fim de meia dúzia de voltas ao candeio está de bornal atestado e vai instalar-se a gozar o fresco na solidão pensativa dum banco de jardim. Um qualquer, estão todos vazios.

Senta-se apertando no bolso um frasco de prisioneiros aflitos e contempla a estátua do cirurgião Sousa Martins, o tal que depois de morto continua a semear curas entre os vivos. Velas acesas, ex-votos, mensagens dos espíritos: aquilo é mais um oratório que um monumento. Um apóstolo-doutor encarnado em bronze, um santo clandestino; está rodeado de oferendas humildes e de flores funerárias. É nisso que pensa Elias, afagando o frasquinho dos insetos que tem no bolso. Ou talvez no lagarto Lizardo que deixou em sono de vidro junto a uma janela sobre o Tejo.

Eis senão quando cai-lhe do céu um soldado paraquedista. Ali no banco, mesmo ao lado dele. Sem um estremecer da noite, sem um risco no luar, tudo silêncio, folhagens e claro-escuro, e ao lado dele o paraquedista.

Lume?, pede um cigarro espetado numa voz. Elias responde que não gasta, não fuma; mesmo sem o olhar sente que o outro o mira dos pés à cabeça com passagens pela braguilha. A poucos passos o monumento-velório lembra-lhe que lá no outro mundo há um sábio a passar receitas pelo correio dos espíritos na mesa do pé de galo. Não faltam bilhetinhos de agradecimento à volta da estátua, Elias dali não distingue mas sabe que há, nunca faltam. E moldes de cera (o seio redondo, a mãozinha de criança) essas homenagens estão presentes; e bengalas, uma bota ortopédica, esbeiçada e bolorenta, o boião com pedras de fígado ou com pedaços de estômago, mil testemunhos. E todo este arsenal é misterioso e se renova aos pés do Espírito Sábio, trazido e levado por uma maré secreta, tudo vem do domínio do Oculto, pensa Elias que em matéria do inexplicável sabe apenas que: há mistérios. E que enquanto houver mistérios haverá ciência para os explicar, a chave do progresso está nessa competição.

Afinal o paraquedista tinha fósforos, acabou por acender o cigarro e agora lança baforadas para as nuvens com um sorriso misterioso. A pouco e pouco começa a soltar frases, a falar de perfil como se estivesse a comunicar recados através do espelho da noite. Diz que está com um daqueles vícios de não desencavar.

Elias, que conhece a estátua a várias horas do ano e sabe-a fielmente ornamentada com pedaços de corpos sofredores, pensa agora no Lizardo que também um dia se desfez dum pedaço da própria cauda. Mistério, esse sacrifício. Mistério a maneira como a cortou. Com os dentes e com as unhas por certo, mas com que sofrimento, caramba.

Balada da Praia dos Cães

A verdade é que o destroço ficou espetado na areia como um testemunho e à medida que mirrava e escurecia, a cauda mutilada ia renascendo, mais forte e mais desperta.

De acordo, mas o militar de perfil é que não se cala. Suspira que está uma noite de malandros, coisa e tal. Elias, polícia de mortes, não de costumes, desembrulha uma pastilha rennie porque lhe veio um desgosto à boca, ardores de enfado. Os sucos, os sucos é que quanto a ele comandam a psicologia do vivente e aí, Sábio Irmão, aí é que não há medicina do Além que vá mais longe. Fulano é azedado ou bem-disposto consoante os sucos da digestão. Azedado ou bem-disposto, mastiga Elias, consoante a pastilha dos aflitos que tiver à mão e que, quando boa, ainda é a hóstia mais redentora dos pecados da moela. Isto para não falar no bom arroto porque se a rennie acalma o gástrico, o arroto expele as chamas e os diabos do todo.

O soldado continua a desabafar para a noite. Afirma que não é o filho do pai dele que vai dali para a caserna adormecer no chulé dos horrorosos, em vez disso o que ele quer é desassossego, camas sem programa, vendavais de lençóis e promete todos os sortilégios de que é capaz uma verga impante e sem bandeira desde que, esclarece, a companhia saiba apreciar devidamente. Não é assim?, pergunta.

Elias levanta-se molemente: Obrigado, amigo, fica para a outra vez.

E deixa-o. Atravessa o jardim.

Elias a caminho de casa é como o cavalo do almocreve: passo batido, paragens certas, meditabundo. Vai. Se desce a

353

Avenida, direção ao Rossio, para nuns pontos, se vem pelo Intendente para noutros, sempre os mesmos. Seja qual for o trajeto tem sítios. Depois é que reconhece se está para norte se para sul.

Deixou para trás o paraquedista que caiu das nuvens e o cirurgião que subiu aos céus (a vida tem destes desencontros, sábia frase) e dá por ele diante da loja dos escadotes, que é um vasto espaço iluminado com vidraças para a rua. Nem balcão nem comércio, paredes lisas. E no centro estão quatro escadotes armados, quatro escadotes de metal reluzente voltados uns para os outros como se fossem personagens a representar eternamente num palco desconhecido. Por aí Elias sabe que chegou ao Socorro, paragem-zona.

Socorro, prédios sujos, o muro leproso da morgue. Mais abaixo a Mouraria, com bares de faca na liga e venéreo à discrição donde as ramonas da Madre Judiciária vão sacar galdérias luarentas a tantas rusgas por noite. Elias nem tomará conhecimento, passará de largo. Subirá à rua da Madalena, a dos bazares ortopédicos, braços mecânicos e cadeiras voadoras, e lá no alto mais velho da cidade, jaula de vidro e janela para o Tejo, encontrará o lagarto Lizardo à espera da ração de insetos. Não há elétricos; deslizam táxis à sossega mas não chateiam, os sinais verdes dos táxis são os vaga-lumes que cruzam a cidade pela noite fora.

Elias entoa música em pianíssimo. Parou na montra duma agência de viagens para mirar o frasco dos insetos. À luz fluorescente e distorcidos pelos ângulos do vidro são criaturas tenebrosas. Escaravelhos armados de carapaças, um louva-a-deus em verde virginal, mais que sinistro, gafa-

Balada da Praia dos Cães

nhotos de patas serrilhadas, olhos como bagas de chumbo. Tudo a espernear, uma confusão de bocas e articulações a debaterem-se num mundo fechado. PORTUGAL, Europe's Best Kept Secret, anuncia um cartaz na vitrina, Fly TAP. Ao lado um tamanco com asas (que quer dizer KLM, a Holanda sobre nuvens) e o slogan Com-as-Viagens Abreu-O-Mundo-é-Seu.

É então que vê passar as três jaulas rolantes vindas não se sabe donde. De longe. Certamente da autoestrada do norte, Avenida do Aeroporto abaixo, atravessando a cidade. São três transportes de circo, gradeados mas sem feras, que avançam de madrugada. Dentro deles viajam os tratadores com um ar estúpido, ensonado. Desfilam pelas ruas desertas, sentados no chão, pernas para fora, caras entre grades.

Elias deixa de cantar. Durante o resto do caminho pensa nos tratadores enjaulados a atravessarem a noite sobre rodas: o que mais o impressiona é que pareciam vaguear sem destino.

(Passagens de zarzuela e trechos avulsos entoados pelo chefe de brigada Elias Santana durante o seu passeio noturno:
— La Violetera
— O Último Couplet
— Carmen, de Bizet
— Oh, Sole Mio
— Os Sinos de Corneville.)

FIM

APÊNDICE

pág. 39   "O chefe Santana morreu em Angola em janeiro ou
fevereiro de 1974 como subinspetor da Companhia
de Diamantes. Nós aqui raramente sabíamos dele,
dizia-se que estava um tanto cafrealizado, era uma
coisa que corria, o Covas cafrealizado e com uma
quantidade de filhos pretos. A verdade é que teve
uma morte estuporada, nunca se percebeu muito
bem. Parece que o encontraram todo podre num
armazém qualquer onde ele guardava imagens dos
indígenas e outras bugigangas do género e a polícia
quando viu aquele aparato de senzala, a polícia pôs-
se em campo, é evidente. Mas não descobriu nada,
além de que o homem tinha sintomas de envenena-
mento. Foi daí que se soube que o Elias Covas toma-
va mezinhas de feitiçaria." (Chefe de brigada Silvino
Roque ao Autor, maio de 1979.)

pág. 93   Maltês Soares, o "famigerado Maltês" como lhe
chama Otelo Saraiva de Carvalho em *Alvorada em
Abril.* Era comandante da polícia de choque, conhecido pelas suas exibições de terror nas ruas de Lisboa
e por uma subserviência incondicional à Pide. Otelo

refere-o a oferecer-se servilmente às forças libertado-
ras no dia da Revolução para regular o trânsito da
capital.

pág. 131   "O major do monóculo." Posteriormente, o general
António de Spínola.

pág. 233   Aqui, como noutras circunstâncias descritas, devo ao
arq. Fontenova o esclarecimento pessoal de vários
fatos do processo-crime.
No que se refere ao envio da roupa e do dinheiro da
casa da mãe soube, por ex., que recorrera a essa solução pelas razões apontadas e também como preven-
ção a um assalto da polícia à Casa da Vereda. O projeto de abandonar o major veio mais tarde, "quando o
comportamento do Dantas se degradou a um ponto
em que seria desastroso continuar junto dele".
Fontenova Sarmento começou então a elaborar inti-
mamente um plano que seria posto em prática num
dos dias em que Mena se fosse abastecer à vila.
Assentava em dois condicionamentos fundamentais,
este plano: primeiro, que a fuga teria de ser conjunta
para que nem Mena nem o cabo ficassem à mercê do
major e, segundo, que as eventuais represálias de
denúncia da chamada Lista Negra deviam ser evitadas
ou anuladas. De acordo com estes determinantes,
Mena, em vez de se dirigir para compras à vila de
Fornos, iria refugiar-se em casa do padre Miguel
Barahona, amigo de infância do arquiteto, onde ele e
o cabo se lhe juntariam no mesmo dia. Dali estabele-

Balada da Praia dos Cães

ceriam contatos com os indivíduos da Lista Negra (cinco, ao todo) avisando-os da eventualidade de serem denunciados pelo major. Eram pessoas totalmente alheias ao Movimento e em princípio ser-lhes-ia fácil libertarem-se dessa acusação. Em princípio, sublinhou Fontenova Sarmento.

Porque havia a possibilidade de que algum ou alguns deles estivessem comprometidos com outras organizações, o problema era esse. Através duma denúncia sem fundamento a Polícia podia chegar a áreas muito concretas e duma importância que Fontenova estava longe de saber. Isso foi suficiente para que desistisse do projeto, concluiu ele.

pág. 257 As presumíveis ligações da vítima com a Pide eram evidentemente infundadas. Pelo contrário, há muito que aquela polícia tinha o major sob suspeita, conforme se verificou nos respectivos arquivos depois da Revolução do 25 de Abril.

Como tantos militares que estiveram em comissão na Índia portuguesa, Dantas Castro conhecera ali o Casimiro Monteiro que na altura era chefe de brigada da Polícia Especial encarregada da repressão aos movimentos independentistas.

Monteiro, ele próprio de sangue indiano, foi processado pouco depois por cinquenta crimes cometidos em serviço no distrito donde era natural (v. *O Caso Delgado*, por M. Garcia e L. Maurício). A pena foi-lhe comutada e entrou para os quadros da Pide por influência dos setores ultras do salazarismo onde era

JOSÉ CARDOSO PIRES

conhecido por Leopardo. O jornal católico A Voz de Chaves (24.7.58) promoveu-lhe homenagens públicas, apontando-o como "um gigante do Portugal contemporâneo e um dos mais dignos representantes da raça lusa de todos os tempos".

pág. 283 Além dos textos do processo, a reconstituição da Noite dos Generais inspira-se em descrições pessoais do arquiteto Fontenova Sarmento. As constantes referências do major à corrupção das altas patentes militares são ilustradas pelos exemplos citados no romance, que foram extraídos das seguintes fontes:

a) O medo — Fernando Queiroga, *Portugal Oprimido*, ed. O Século, Lisboa 1974; *Alvorada em Abril*, ed. Bertrand, Lisboa 1977.

b) O preço — Queiroga, ob. cit.; *Memórias do Capitão*, de Sarmento Pimentel, ed. Felman Rego, São Paulo 1962.

c) A denúncia — *Documentos secretos da Pide*, por Nuno Vasco, ed. Bertrand, Lisboa 1976; *Relatório Stohrer do III Reich* (in *Documents Secrets*, ed. Paul Dupont, Paris).

General Galvão de Melo, posteriormente, 1980, candidato à Presidência da República. "Aqui há tempos apareceu uma carta que este leader escrevera em 1962 a Salazar, relatando uma conspiração contra o regime fascista para a qual se deixara aliciar para melhor informar Sua Excelência." — Coronel Varela Gomes, entrevista ao *Diário de Lisboa*, 1.9.1982.

Balada da Praia dos Cães

A Carta aos Generais (Lopes da Silva, Beleza Ferraz, J. Botelho Moniz e Costa Macedo) foi publicada em *Missão em Portugal*, de Álvaro Lins, Rio de Janeiro 1963.

pág. 317   O inspetor-adjunto José Aurélio Boim Falcão era um dos investigadores de longa rotina da Pide; Sílvio da Costa Mortágua viria a fazer carreira naquela Polícia pela brutalidade dos seus métodos.

pág. 327   "Eu creio que o medo é uma forma dramática de solidão. Uma forma-limite também, porque corresponde à ruptura do equilíbrio do indivíduo com aquilo que lhe é exterior. Mas o pior é que essa ruptura acaba por criar uma lógica de defesa, eu pelo menos apercebi-me disso, a lógica do medo vai estabelecendo certas relações alienadas de valores até que um ponto em que se sente que o medo se torna assassino." — Arq. Fontenova, em conversa com o Autor, verão de 1980.

NOTA FINAL

1. No outono de 61 L. V., que se encontrava sob asilo político na Embaixada do Brasil em Lisboa, fez-me chegar às mãos um relato de 22 páginas redigido por um jovem que meses antes fora condenado a pena maior como co-autor dum homicídio. O texto era a descrição lúcida e frontal duma tragédia que tinha perturbado profundamente a opinião do país. Simples e objetivo, o que impressionava era a consciência solitária que o ditava e a voz corajosa em que o fazia.

A leitura posterior dos dois processos-crime (Polícia Judiciária e PIDE) veio confirmar-me essa serenidade factual, mas foi o conhecimento direto que tive com o autor do relato, depois de cumprida a pena, que me deu uma dimensão mais profunda dessa objetividade. Apercebi-me então de que naquele homem sensível e dotado de criatividade e imaginação a obsessão do estrito e do pontual era quase uma despersonalização deliberada e que a impusera a si próprio como um princípio na análise deste capítulo da sua vida.

Então como hoje ele sabia que na sua tragédia individual existiu uma parte-maior de erro coletivo; que as sociedades de terror se servem dos crimes avulsos para justificarem o crime social que elas representam por si mesmas e que em todos esses crimes a sua mão está presente, em todos. Ele sabia isso como ninguém, mas silenciava. Nunca por nunca ser insinuou um apelo à tolerância e menos ainda à compaixão. A compreensão dos outros? A que teve guarda-a fundo e não a invoca.

Para ele o que esteve e continua em causa é o rigor do erro próprio. E isto assombra porque é a solidão plena. A mais extrema, afinal.

2. Passados mais de vinte anos sobre estes acontecimentos, a solidão vertical com que ele os encara hoje é, penso eu, uma resposta à solidão partilhada com que os viveu. A essa experiência de terror responde com uma análise frontal e por si só. Não a ilude. Assim se recompôs do medo porque sabe, foi ele que o disse um dia, que "o medo é uma forma dramática de solidão".

3. O medo, uma forma dramática, um limite de solidão. Foi ele que o disse? São de fato palavras dele ou do aqui designado arquiteto Fontenova? Ou doutro alguém, quem sabe? Não teria, até, sido eu que me achei a ouvi-lo dizer essa e outras coisas numa memória inventada para o tornar mais exato e real?

Em certas vidas (eu acrescentaria, em todas) há circunstâncias que projetam o indivíduo para significações do domínio geral. Um acaso pode transformá-lo em matéria universal — matéria histórica para uns, matéria de ficção para outros, mas sempre justificativa de abordagem. Interrogamo-la, essa matéria, porque ela nos interroga no fundo de cada um de nós — foi assim que pensei este livro, um romance. Nele, o arquiteto Fontenova é uma personagem literária, e da mesma maneira o major. E Mena. E o cabo Barroca. Todos são personagens literárias, isto é, dissertadas de figuras reais.

De modo que entre o fato e a ficção há distanciamentos e aproximações a cada passo, e tudo se pretende num paralelismo autônomo e numa confluência conflituosa, numa verdade e numa dúvida que não são pura coincidência.

J.C.P.
setembro de 1982

Impresso no Brasil pelo
Sistema Cameron da Divisão Gráfica da
DISTRIBUIDORA RECORD DE SERVIÇOS DE IMPRENSA S.A.
Rua Argentina 171 – Rio de Janeiro, RJ – 20921-380 – Tel.: 2585-2000